甘南藏族自治州成立七十周年

新世纪甘南文学作品选

2001—2021

汉文版
散文卷

主　编 ◎ 赵凌宏

副主编 ◎ 丁玉萍

作家出版社
THE WRITERS PUBLISHING HOUSE

图书在版编目（CIP）数据

新世纪甘南文学作品选.2001-2021.散文卷/赵凌宏主编；丁玉萍副主编.-- 北京：作家出版社，2023.6

ISBN 978-7-5212-2281-4

Ⅰ.①新… Ⅱ.①赵… ②丁… Ⅲ.①中国文学—当代文学—作品综合集—甘肃②散文集—中国—当代 Ⅳ.① I218.42 ② I267

中国国家版本馆 CIP 数据核字（2023）第 070446 号

新世纪甘南文学作品选 2001—2021 汉文版 散文卷

主　　编：赵凌宏
副 主 编：丁玉萍
责任编辑：史佳丽
封面设计：重庆祺虎平面设计有限公司
出版发行：作家出版社有限公司
社　　址：北京农展馆南里 10 号　　　邮　　编：100125
电话传真：86-10-65067186（发行中心及邮购部）
　　　　　 86-10-65004079（总编室）
E-mail:zuojia @ zuojia.net.cn
http://www.ZUOJIACHUBANSHE.COM
印　　刷：北京盛通印刷股份有限公司
成品尺寸：170×240
字　　数：221 千
印　　张：15
版　　次：2023 年 6 月第 1 版
印　　次：2023 年 6 月第 1 次印刷
ISBN 978-7-5212-2281-4
定　　价：99.00 元

编选说明

一、《新世纪甘南文学作品选》为甘南藏族自治州成立70周年、甘南藏族自治州文学艺术届联合会（简称：州文联）成立40周年而编选的献礼性作品集，分汉文版和藏文版两套。作品集旨在集中展现新世纪以来甘南州文学艺术发展取得的辉煌成就，体现甘南各族儿女艰苦奋斗的拼搏精神和家国情怀，讲好甘南故事，弘扬甘南精神，凝聚甘南力量。

二、《新世纪甘南文学作品选》汉文版由《新世纪甘南文学作品选·小说卷》《新世纪甘南文学作品选·散文卷》《新世纪甘南文学作品选·诗歌卷》《新世纪甘南文学作品选·散文诗卷》《新世纪甘南文学作品选·评论卷》五部书组成，由赵凌宏任主编，王小忠、丁玉萍、杨晓贤、王卫东、安少龙任副主编。《新世纪甘南文学作品选》藏文版由《新世纪甘南文学作品选·中篇小说卷》《新世纪甘南文学作品选·短篇小说卷》《新世纪甘南文学作品选·散文卷》《新世纪甘南文学作品选·诗歌卷》《新世纪甘南文学作品选·评论卷》五部书组成，由赵凌宏任主编，旦正才让、周毛塔、阿班、尕德、希多才让任副主编。

三、两种版本的《新世纪甘南文学作品选》，遴选了跨入新世纪以来甘南作家创作的，内容涉及精准扶贫、乡村振兴、生态保护、中华民族命运共同体意识及其他题材的弘扬主旋律、体现正能量的作品。时限为2001—2021年，为了保证作品质量，除评论卷外，其他八部书均以遴选发表在省级以上公开发行的文学期刊和专业性报纸上的文章为主。

四、为了使选本更具权威性、公正性和兼容性，州文联成立了《新世纪甘南文学作品选》编委会，邀请业内专家进行反复讨论，确定每一部书的主编、副主编、入选对象及重要文本，并以约稿和征稿相结合的方式征集稿件。除评论卷外，其他八部书均配置了作者简介，文章排序也以作者出生年月为序。为体现文本的质量和信息，注释均注明了刊发该文本的报刊名、期数和出版信息。

五、部分作者因各种原因未曾邀约、搜集、整理到其代表性文本，使得这两套书，虽集众人之力全力而为，但就资料性而言，挂一漏万，在所难免，敬请读者理解。

《新世纪甘南文学作品选》编委会

2022 年 12 月 26 日

主　编

赵凌宏

副主编

丁玉萍　后　俊　希多才让　旦正才让　杨晓贤
王小忠　安少龙　王卫东　阿　班　尕　德　周毛塔

编　辑

才让刀吉　曹　姣　曹要达　唐亚琼　夏吾吉　李　艳

《新世纪甘南文学作品选（2001—2021）》
序　言

　　甘南藏族自治州地处伟大祖国青藏高原东北部，是亚洲最大的天然草场和最美的湿地草原，是黄河上游重要的生态安全屏障，是古丝绸之路唐蕃古道的黄金通道，是中华民族重要的文化资源宝库之一。甘南历史悠久，游牧文化、农耕文化、宗教文化、生态文化和红色文化的交融碰撞、繁衍流变，蕴育出了多姿多彩的地域文化。

　　在历史演进的长河中，生活在这片土地上的人民，对民族文化的孕育和发展做出了重要贡献。新世纪以来，州文联团结带领全州广大文艺工作者，始终坚持与全州发展大势同频共振，积极引领当代甘南文艺风尚和文艺发展方向，着力构筑甘南经济社会转型发展的"精神高地"，倾情书写各民族和衷共济、和睦相处、和谐发展的大好局面，全面彰显了高举旗帜、服务大局、讴歌时代的使命意识；始终坚持满足群众的精神文化需求，开展了一系列公益性文化惠民活动，走基层、转作风、改文风，积极参与"精准扶贫"和"乡村振兴"行动，诞生了植根沃土、服务基层、回报桑梓的深情文字；始终坚持"二为"方向和"双百"方针，各艺术门类创作空前繁荣，尤其是文学活动日益频繁，文学创作成绩突出，连续三届全国散文诗笔会、中国当代诗歌论坛、"魅力临潭·生态家园"全国诗歌大赛、著名作家甘南行、"聚焦生态甘南 书写乡村振兴"甘南作家采风创作活动、《躬身——缘起于甘南的"环境革命"与人文传奇》新书发布会等一系列重大文学活动的成功举办，书写了深化改革、推动发展，繁荣文学创作的绚丽篇章。

近年来，在文学创作上，老、中、青三代文艺家始终服务大局，增进团结，深入生活，潜心创作，形成了良好的创作氛围，造就了一批文学创作人才，一支有水平、有实力、有潜力、有影响力的作家队伍已经形成。截至目前，全州各级作家协会会员四百多人，省级作家协会会员近百人，全国性作家学会会员二十八人，全国性作家协会会员十五人。老、中、青作家创作出版了五十多部文学作品书籍，艺术质量上乘，具有较强的社会影响力并为群众所喜闻乐见，许多作品已载入甘肃乃至中国新文艺史册，成为不同时期的代表性作品。文学作品荣获鲁迅文学奖诗歌奖提名奖、全国少数民族文学创作骏马奖、甘肃省敦煌文艺奖、甘肃省黄河文学奖、甘肃省少数民族文学创作奖、徐志摩诗歌奖、昌耀诗歌奖、艾青诗歌奖、西部文学奖、玉龙诗歌奖、张之洞文学奖、孙犁散文奖、梁斌小说奖、鲁藜诗歌奖、安康诗歌奖、三毛散文奖等国内重要文学奖项。一些作家的事迹被载入《甘肃文艺辉煌五十年》《藏族文化史纲》《藏族文学史》《甘南文化名人录》等文化史书。数量众多的优秀作品，清晰地记录了伟大祖国和甘南大地发展进步的足印，热情歌颂了时代生活的主旋律，向外界开启了一道认识甘南、了解甘南、走进甘南的独特窗口。

甘南藏族自治州建州 70 年之际，为贯彻落实习近平总书记在党的二十大、中国文联十一大、中国作协十大开幕式上的重要讲话精神，在州委州政府的关心支持和上级主管部门的精心指导下，州文联组织编辑力量，对 2001—2021 年的藏汉双语甘南文学佳作做了系统地归纳与筛选，编辑了《新世纪甘南文学作品选》汉文版和藏文版。汉文版委托作家出版社出版，这套书由小说卷、散文卷、诗歌卷、散文诗卷、评论卷五部书组成。藏文版委托民族出版社出版，这套书由中篇小说卷、短篇小说卷、散文卷、诗歌卷、评论卷五部书组成。两套书均集中遴选了跨入新世纪以来甘南作家诗人的创作成果，这些内容涉及民族团结、精准扶贫、乡村振兴、生态保护的作品，以"中华民族一家亲，同心共筑中国梦"和"讲好甘南故事，弘扬甘南精神，凝聚甘南力量"为创作理念，集中展现了甘南各族儿女艰苦奋斗的拼搏精神和家国情怀，全面反映了甘南州作家队伍认同伟大祖国、认同中华民族、认同中华文化、认同中国共产党、认同中国特色社会主义的创作实践。

习近平总书记强调："文艺事业是党和人民的重要事业，文艺战线是党和人民的重要战线。"这为新时代文艺事业指明了前进方向，更对文艺工作者提出了更高要求。今天，我们已经站在新的历史起点上，一个新的文化建设高潮已经到来，历史的滋养和现实的感召，将极大地调动和激发甘南文艺家的热情。让我们以习近平新时代中国特色社会主义思想为指导，深入学习贯彻党的二十大精神和习近平总书记关于文艺工作重要论述，坚持以人民为中心的创作导向，坚持创造性转化、创新性发展，牢牢把握"推动创作优秀作品"中心环节，充分发挥文联组织优势和专业优势，广泛地团结引领全州广大文艺工作者，积极投身于新时代伟大实践，更好地肩负起举旗帜、聚民心、育新人、兴文化、展形象的新时代使命任务，深入生活、扎根人民，凝心聚力、守正创新，砥砺奋进、趁势而上，创作推出更多彰显甘南地域特色和时代特征、增强人民精神力量的优秀文学作品，大力推进华夏文明传承创新区建设，为全面建设团结富裕文明和谐美丽的社会主义现代化新甘南贡献文学力量。

《新世纪甘南文学作品选》的顺利出版，离不开上级主管部门的关心指导，离不开本土作家诗人的共同努力。在此，特别感谢省民委、州委州政府在书籍策划、思想导向和出版经费上给予的大力支持，感谢甘南作家诗人在征集稿件、作品授权和文本校对上的积极参与。编辑出版难免有挂一漏万和遗珠之憾，还望各位作家诗人理解，并提出宝贵的意见建议，便于再版时修订。

编　者

2023 年 6 月

目 录

唐毅①的散文

①唐毅，男，汉族，出生于1957年9月16日，甘肃省临潭县人，作品先后发表于《星星》诗刊、《甘肃日报》等，入选《百年临潭》《洮州记忆》《洮州温度》《藏羚羊走过的地方》《爱与希望同行》《芳草地》等文集。

古巷，故乡黄昏琴弦上最后的绝唱[①]

洮水缓缓地从大草原走来，路经故乡时已是一路风尘，一身疲惫，在这崇山峻岭的狭缝里逶迤蛇行，留下一路呻吟，一路喘息。她似乎选定了这块肥沃平坦、气候适宜的地方，要在这里小憩一下。

洮水在这里转了个弯，这里便是我的故乡。故乡仅有几百年历史，据说来自遥远的江南水乡。是的，凤头鞋依稀还有印象，高高的发髻也刚散成披肩，一些老人身上依旧存有江南水乡风韵，江淮的软语里亦刚掺进一些藏语和本土方言。

随着九甸峡机器的轰鸣，故乡又要北迁了，又要重绘一部故乡振兴的创业篇章，古老的巷子里流淌出故乡黄昏琴弦上最后的绝唱。

故乡的小巷又窄又长，不是石砌就是土墙，被风蚀雨浸的墙脊上长满了幽幽的青苔，墙基旁一株株老杏树，老柳在微风里梳理着丝绦，空气中弥漫着缕缕的炊烟和麦香，故乡的小巷像一首优美隽秀的抒情小诗，像一首充满温馨的小夜曲，更像一部尘封已久的地方志，在岁月的暮色里，用心去翻、去读，顷刻间一段历史，一些故事，一群人物便从发黄的书页上滑下来，缓缓向我们走来，抖落一地的遥远故事。

故乡的古巷，似乎没有出过什么大户，什么名门望族，什么钟鸣鼎食之家，更找不出一点御笔、御赐、衙门等的蛛丝马迹。深深的裂缝里、凹凸的小径上，找不到丝毫富与贵的气息。从古到今似乎从未听到过像云似风又如雾的古琴叹息声，亦未听到过叱咤风云的英雄史诗。自我懂事起，记忆中永远是古巷苍老的满脸倦容与皱纹，岁月剥蚀后依稀可辨的沧桑背影。

走在故乡幽深、逼仄的古巷里，似乎穿行在荒漠的历史隧道，一扇扇

---

① 原载庆祝建州 60 周年甘南历史文化丛书《藏羚羊走过的地方》，中国藏学出版社 2013 年版。

黑乎乎的木门镶嵌在古巷的墙上，房顶上的炊烟永远温情悠闲，老柳树在有风的日子里不会放弃它一贯的捋须动作，老人们口中的铜烟瓶永远唱着同一首歌，大婶大嫂的母鸡仍然还在为一个蛋炫耀着自己，几声老牛的叫声像一曲古老的歌，飘出古巷回荡在傍晚的原野。

一个人在傍晚走进古巷，静静地，醉了的时候，吼几声秦腔，那声音便在夜的上空、巷子的深处飘荡，引来几声犬吠，或一两家尚未睡着的人家的门响或灯亮。古巷在紫燕的翅膀上，在黝黑的门楣上，在呼噜噜的烟瓶里，在小麦拔节的声响里，甚至在男人的呼噜与女人的梦呓里，演绎着她极具个性的故事、怪事、趣事、佚事。

古巷平凡，却平凡出几许神圣，平凡出几许神秘，平凡出几许色彩，而今的古巷是一首词新曲旧的民歌，从古巷飞出的是一首首溢彩的音符，在恬适与宁静中，尾音儿拉得老长老长。古巷还是古巷，她好似没皱褶的包子，虽古老馅却鲜。厚厚的巷墙遮盖不了古风古韵，也遮挡不住生活汹涌而来的喜气洋洋，更挡不住故乡人对未来的描绘和向往。

我漫步在这即将失去的古巷，心中充满了怅惘，充满了留恋与失意。手抚坑坑洼洼的巷墙，仿佛在抚摸着爷爷布满皱纹的脸庞，抚摸奶奶干瘪的乳房，我和古巷一道感到空前的无助与孤独，一种莫名的恐惧与寒意，刹那间，浸过我的心房。对古巷的留恋，对古巷的缠绵，犹如铅坨，重重地压在我心湖的中央。长歌当哭，不只是自悼与自伤，失落的情感，难以抚平的悲伤，也许是我终生难以忘怀的一种感伤。

也许几百年、几千年之后，在那戈壁新城，古巷再一次展现它迷人的靓丽和不褪的色彩。古巷，再次成为大漠上永久的风光。那时，我的拙文将成为祭文，我的悲伤是后人从戈壁古巷中采撷的一缕阳光。

洮水依旧，只是古巷成为故乡黄昏琴弦上最后的绝唱。

梿枷声声[①]

麦熟的时候，我和妻都要回到故乡，共享镰刀亲吻麦秆的喜悦与幸福，聆听梿枷拍打麦束的古老场音。但今年我们却难成行，因为故乡已不在。故乡作为一种记忆随着一辆辆军车于去年迁往遥远的瓜州。然而，那支遥远的、苍劲的、古老的梿枷号子却给人留下了深久幽远的韵味，难以忘怀，一如洮水的拍岸声，时时拍打着我的心堤。

在故乡，往年当麦还在抽穗扬花时，村里的男人们已开始进山找梿枷条了，梿枷条的要求一般比较严格，必须是"顺刺"（这种灌木的枝硬韧，不易断裂），既不能太细亦不能太粗，须大拇指粗，一米来长才合适，必须是直的，然后用一指宽的水浸过泡软的牛皮把五至六根枝条紧紧编绑在一起，按上一米多长的梿枷把；用石块将梿枷扇略微压弯，便静静地躺在檐下等待打麦时发出那牵动庄稼汉心弦的"啪啪"声。

终于，麦收结束了。麦束已在地里排队列行地站了二三十天，基本上风干了，在一个明媚而安谧的日子，天还未亮，麦束便被人背、车拉、畜驮，运到打麦场上，"脱衣摘帽""开膛剖肚"后均匀地摊晒在不知被农妇们扫了多少遍的溜光溜光的打麦场上。

比往日丰盛的早餐过后，相互帮忙来的人们便开始拿起打麦用的农具上场了。那场面，至今想来好壮观，完全不亚于任何一种文艺表演形式。在原生态的打场号子里，声如太平鼓，形似锅庄舞，势若迪斯科。不论男女，拿起道具般油光光、亮闪闪、滑溜溜的梿枷把整齐划一地排成两排，面对着面，一进一退，从东到西，从西到东，在粗犷的号子声里，高高地扬起来，重重地落下去，麦粒便纷纷跳出麦壳，像刚刚出生的婴儿，欢快地在阳光下跳跃，飞舞……

①原载庆祝建州60周年甘南历史文化丛书《藏羚羊走过的地方》，中国藏学出版社2013年版。

打完了头遍，翻过麦束晒会儿，然后，梿枷声再一次响起来，像一首悦耳的歌曲。唱完了第一段，过门后，第二段又开始继续欢快地吟唱起来。

在"啪啪"的梿枷声里，场上的麦粒越积越厚……接着就是起场、上架、叉草、扬麦、风尘、进仓。

一年中，小村总要被"啪啪"的梿枷声激荡一两个月。那声音是庄户人一年中最期待的声音，最喜欢的声音。尽管脸庞黝黑，背上汗花绽开。

"啪啪"声拍得小村失却了沉寂冷落，拍得小村永远蓬勃亢奋，女人们在麦堆中获得满足，男人们从丰收中获得力量，乡邻们从贫瘠的黄土地中拍打出了生活的芳香，游子们从故乡的炊烟里汲取了奋发向上的营养。这是一道绵长古老的风景，这是一首延续了数千年的交响乐章。

今年听不到了梿枷声声，真的有些惆怅，但那声音，永远会拍打我的心房，响在我的耳旁。

李德全①的赋

① 李德全，男，汉族，生于1957年12月。甘肃省卓尼县人。中国诗歌学会会员，甘肃省作家协会会员，中华辞赋社会员，中国辞赋家协会理事。诗歌、散文、辞赋分别收入近百部作品集。获"酒神赋、茅台铭海内外大赛"、首届中国"千县赋"征文、2019年首届全国生态文明原创诗赋征文等优秀奖，以及《红豆》杂志辞赋征文优秀奖。出版诗文集《生命如歌》、诗赋集《岁月如诗》、地方风物传记《话说洮砚》、散文随笔《洮砚散记》等。

卓尼赋 [①]

登高远望，山如波峰，壑为浪谷。极目环视，层峦崔嵬，云雾卷舒。天地苍茫兮，日月星辰以光华璀璨。风光无限兮，春夏秋冬而明丽煊艳。先民聪慧睿智，择居风水宝地。承世界屋脊之余脉，领黄土高原之灵气。何谓卓尼，两棵马尾松是名。东接莽莽岷山之地气，西迎悠悠洮水之碧泓。南映皑皑迭山之雪辉，北依巍巍连峰之隆崇。卓尼毓秀钟灵，苍翠挺拔；中环古郡临潭，齿唇相依。堪称洮砚之乡，藏王故里。

山水形胜，风光旖旎。洮水如练兮，横贯西东；柳绿桃红兮，莺歌燕语。林海莽苍兮，绵延逦迤。万木葳蕤兮，隐天蔽日。车巴沟、卡车沟、大峪沟，沟沟交通；云江峡、康多峡、九巅峡，峡峡迥异。灿若银链串珠，妙似星汉耀熠。三月洮畔，桃花流水展画卷；十月康多，霜叶飞红醉长峡。扎尕梁霞蔚云蒸，雨雪行其里；白石山峭拔霄汉，风云腾青崖。高原春风，萋萋芳草衔珍露；长河落日，浩浩碧波跃金鳞。清泉响亮幽谷，杜鹃笑红山林。平湖百鸟翔集，原野彩蝶翩跹。奇松悬崖兮，修竹绕岭；崖高千仞兮，丹气绕缠。树隐奇禽兮，林藏异兽；地生宝藏兮，蛟龙潜潭。瀑流如练兮，缥缈霞烟。紫气生虹兮，岩岫飘岚。三角石，矗立天地，似雄鸡报晓；九眼泉，冰瀑涌流，如仙女倾诉。洮水流珠，天下奇观；九天石门，吞云吐雾。驭长风以览晓月，驾白鹿以饮神泉。阿角沟如梦如幻，世外桃源。赤橙黄绿青蓝紫，七彩斑斓。旗布峡翠绿沉碧，仙女沐浴；尚书林浓密蓊郁，葱茏连绵。踏遍山川君可见？青山滴翠，流水成韵；鹿鸣溪畔，长虹贯天。野鸭戏波，白鹤亮翅；柳丝梳春，秋果摇金。苍山隐隐千秋画，流水悠悠万古琴。美哉，卓尼，山城如画，别具春秋。青山四面环抱，洮河一水中流。城依青山，咀天地之灵秀。水绕城外，蕴文明之元猷。

洮河文化，源远流泓。寺洼齐家马家窑，沧海桑田之见证；古城古堡

① 原载《卓尼县政区概览》，甘肃文化出版社 2016 年版。

之重镇，边墙关隘之要冲。溯古源流，秦汉肇启，隶属变迁，游牧农耕。兼容民族之成分，接纳戍边之屯兵。开疆土，逐水草，各得其所，亦牧亦农。藏土习俗，承袭原始之古朴；汉回徙移，留存江淮遗风。历代土司，政教合一，兵马屯田，兵民与共。禅定寺，佛教圣地，安多古刹，遐迩闻名。《大藏经》，佛教经典，卓尼制版，勘印精工。享誉海内外，丰富藏学宫。文脉绵延赓续，英贤层出不穷。杨积庆秉明大义，笃献诚心，红军突破天险；肋巴佛弃教从戎，投身革命，浴血白山黑水；杨复兴正气凌然，审时度势，率部和平起义。山不在高，卓尼身居《中国的西北角》；水不在深，洛克《生活在卓尼喇嘛寺》。

物华天宝，祥瑞氤氲。卓尼三格毛，本土藏族，融汇藏汉民俗之精华，传承洮河文脉之精神。服饰特别，雍容华贵；能歌善舞，雅静温矜。跳《阿加》，唱《善巴》，藏家吉庆之歌舞；巴郎鼓、牛角琴，山村丰收之乡音。更有洮河绿石砚，中华名砚之瑰宝；色呈绿翠之雅嫩，纹涌洮水之波痕。错透镂空以工巧，精雕细琢而倾心。或花草虫鱼，龙飞凤舞；或名胜典故，神话传闻。上贡历代王朝，下藏墨客文人。深居喇嘛崖之水底，享誉东南亚之毗邻。

自然资源，得天独厚。雉鸡、雪鸡、蓝马鸡，山间珍禽；鬣羚、麝鹿、梅花鹿，林中奇兽。黑熊、雪豹、金钱豹，深山精灵；蕨菜、木耳、羊肚菌，野味珍馐。鹿茸、麝香、冬虫夏草，药中名贵；金矿、银矿、铅锌矿，开掘探求。山林原野，聚宝藏瑰；世间乐土，滋育千秋。

改革开放，成果辉煌。周公吐哺，天下安康。农民解枷归田，农村包产到户；免除农牧税赋，实现教育重光。科教兴县良策，万众同奔康庄。退耕还林，山水清丽娟秀；退牧还草，牛羊布满山冈。科技进村，水电入户；三农反哺，丰衣足粮。牧民定居，改天换地；街道广场，灯火映窗。今日之洮河流域，一座座电站星罗棋布，高峡出平湖；两岸之万亩良田，一道道灌渠纵横交错，梯田五谷香。湖光山色，花明柳暗；游艇逐浪，鱼跃鸟翔。草原丰美，骏马驰骋；雄鹰凌空，民富国强。

今日之卓尼，轻歌又曼舞，百福接千祥；明日之卓尼，山高水且长，再著新华章。

迭部赋①

天象星列，玉宇晏清。迭山横雪，紫瑞纷呈。龙江扬波，岚气朦胧。山以虎踞而形胜，水因龙蟠则沉洪。山川毓秀以人杰，风物荟萃而地灵。先民殷勤，择势而居，石火电光，火种刀耕。开疆拓土，繁衍生息，披荆斩棘，孕育文明。斯邑有名，名曰迭部②，得天独厚，卧虎藏龙。

地枕秦岭，望岷山之千里雪辉；足立羌藏，聆听龙江之万古涛声。北依卓尼，兄弟③近邻，手足情同。东连舟曲，姜维屯田，沓中遗恨；南邻蜀境，雪山草地，燃遍火种；桑田沧海，座座古迹名胜；星罗棋布，处处古堡古城。悠悠千古，风云际会叠州热土，烽烟失苍山，日月耀古今；漫漫古道，荣辱犹系边关冷月，兴衰沉江河，丹心照汗青。迭山巍巍，皑皑白雪，见证金戈铁马；龙江滔滔，汤汤江水，镜鉴古今英雄。江水清越，弹奏万古琴韵；云横秦岭，舒卷千秋画屏。绿色迭部，红色精神，人文俊彦，民俗归宗。

维我迭部，异彩纷呈。登临光盖山，一览众山小，冰峰擎苍天，万壑云涛平。悬崖百丈，潮涌春风。石门洞开，森翠壁青。山鸡栖翠枝，苍鹰搏云层。穿行扎尕那，峻峰闪银辉，云缠雾卷舒，六月杜鹃红。古寺传风铃，藏寨掩石城。石城峣屼，瀑流森澄。驮道通洮州，长途达蜀中。春风行，龙江两岸，杨柳依依，三月桃花争艳；夏雨降，深山幽谷，流泉泠泠，栖鸟振翮梳翎。秋霜落，万木披锦，层林尽染，秋山煊妍如醉；冬雪飘，千山万岭，玉树琼花，天地一片晶莹。奇山异水，妍华旖旎，沃野平畴，

---

① 发表于《中华辞赋》2017年第1期。

② 迭部：古称"叠州"，藏语的意思是"大拇指"，被称为是山神用大拇指"摁"开的地方。

③ 兄弟：卓尼藏族先祖些地，迭部藏族先祖傲地，均属藏王赤热巴巾派到安多地区的征税大臣噶·益西达吉长子一系。些地和傲地兄弟二人为寻求发展，来到甘、川边界"热东巴"时，在前进方向上内部出现分歧。最后些地一系沿草地经夏河美武一带，再到卓尼申藏乡境内，后又转入雷马沟到达卓尼。傲地一系则从"热巴东"顺白龙江而下进入迭部沟，并长期定居于此。

欣欣向荣。原始森林，莽苍郁葱。横亘巍峨，烟雨迷蒙。高山牧场，芳草碧茵，苏鲁芳菲，格桑吐英。花影凝眸，绿意盈怀，涧泉悦耳，诗情萦胸。录坝湖，措让湖，碧水映雪峰，波光闪玉鳞，神仙择居，有仙则名；老龙沟，龙爪沟，奇峰生异石，密林藏珍禽，九龙探幽，有龙则灵。天险腊子口，一夫当关，万夫莫开；崎峻铁尺梁，君临天下，以人为峰。岷山绵延去，迭山显峥嵘。龙门关、黑虎关、飞龙洞，神工鬼斧兮亦真亦幻；龙潭瀑、玉练瀑、珍珠瀑，翠屏叠彩兮雾飞霖蒙。百丈悬崖，九曲流清，幽谷绝涧，麋鹿腾空。水帘神洞，流彩凝虹。群峰竞秀，巉岩崚嶒。云杉荫翳参天兮，隐天蔽日；青藤缱绻绕树兮，影疏黛暝。枇杷吐蕊映日兮，蜂蝶翩跹舞；箭竹滴清而流韵兮，神魂醉意浓。岩泉清浅低吟兮，百鸟和鸣。长峡浩渺潋滟兮，芷兰芬清。千山崔嵬嵯峨兮，迭峰山之骨；百水蜿蜒澎湃兮，龙江水之灵。畴野涌绿堆红兮，雍容地理貌；人文渊薮昌兴兮，厚德人至诚。幸甚至哉，心神澄明，日履奇境觅仙踪。风月入怀，梦枕江音听梵声。

维我迭部，物华大观。迭峰重峦，奇木异卉，泽被山川。茫茫林海，生态阆苑；珍禽异兽，华丽锦妍。叠州莽林广而袤，生物品类奇且繁。洛克①潜心精采撷，藏珍猎奇广博览。植物博物馆，人间伊甸园②。

维我迭部，曲水流觞。民情古朴，人情练达，民族宗教，蒂固根深，藏传佛教，源远流长。深山隐约，晨钟暮鼓，古寺缭绕，祥云佛光。民间故事，丰富多彩，传说神话，荡气回肠。民俗淳厚，风情琳琅。洛萨节、插箭节、香浪节，祥和以吉庆；踩迪舞、摆阵舞、锅庄舞，欢快而激昂。高峡曲折

①洛克：约瑟夫·洛克(1884—1962)，美籍奥地利植物学家、地理学家和人类学家。20世纪20年代以来，他以美国《全国地理杂志》的探险家、撰稿人、摄影家等身份，先后在云南丽江、四川亚丁、甘肃卓尼与迭部进行科学考察和探险寻访长达27年。
②伊甸园：1926年9月，洛克再次来到迭部，居住在旺藏寺，他写道："这里的峡谷由千百条重重叠叠的山谷组成……这些横向的山谷像旺藏寺沟、麻牙沟、阿夏沟、多儿沟以及几条需要几天路程的山谷，孕育着无人知晓的广袤森林，就像伊甸园一样。"又写道，"我平生从未见过如此绮丽的景色，如果《创世纪》的作者看见迭部的美景，就会把亚当和夏娃的诞生地放在这里……"

起平湖，龙江闪烁耀光芒。奇伟瑰怪之风华迭部，香格里拉之人间天堂。

维我迭部，红光耀天。翻雪山，过草地，红军将士，挥师甘南。俄界会议，纠正错误，明确路线，勇往直前。北上抗日，夺回失地，视死如归，转战陕甘。旺藏寺殿前，红军将士整装待发；茨日那①木楼，泽东主席远瞩高瞻。崔谷仓放粮②，红一军将士转危为安；腊子口战役，红四团官兵歼敌克关。回眸历史，古为今鉴，人物春秋，义勇艰难。流落红军，信义不泯，心系中央，梦落关山。更有当代新儿女，继往开来谱新篇。事载青史永不朽，名留迭山江水间。硝烟弥漫腊子口，三军过后尽开颜。

美哉！迭部，无限风光。壮哉！迭部，绝胜一方。融红色记忆于绿色旅游，寓人文情怀于山水画廊。占据区位优势，成就辉煌。依托生态资源，凤翥龙翔。迭山逶迤以舒广袖，龙江汹涌而仰天骧。歌舞升平以庆盛世，物阜民丰而著华章。

舟曲泉城灯赋③

千仞翠峰，万古江声。露骨横雪，藏乡泉城。扼守蜀道之要塞，锁钥川陇之交通。紫霞旖旎而毓秀，瑞气氤氲而钟灵。江波浩浩，斯邑人才俊彦；松涛阵阵，其地翰墨香浓。文风蔚然，贤达八方荟萃；民俗淳厚，礼仪千秋炳铭。

观夫天地贞观，日月贞明。晔若流丹，灿似繁星。舟曲灯会，溯源寻踪。灯起隋唐，文盛明清。玉衡光华，金羊煌煌以载曜；河汉星落，华灯

---

① 茨日那：茨日那村位于迭部县旺藏乡政府驻地东南侧。1935 年 9 月 13—15 日红军到达旺藏寺，一军团住进旺藏村，三军团和军委纵队住在旺藏寺，毛泽东主席住在该村一家普通小院的木楼上，并在这里向红四军团下达了"以三天的行程夺取腊子口"的命令。

② 崔谷仓：1935 年 9 月 15 日，红一军离开旺藏寺，途经崔谷仓村。由于杨土司的暗中安排，崔谷仓粮仓存放着 20 余万公斤小麦，全部献给了红军，使每个战士分到了 10 余斤粮食，为攻打腊子口和走出千里岷山提供了有利条件。

③ 发表于《中华辞赋》2017 年 7 期。

耿耿而峥嵘。霓虹炫彩，紫雾韶风。至若瓦灯、陶灯、青铜灯，铜华金擎。宫灯、纱灯、九枝灯，错质镂形。花鸟虫鱼，人物山水；乾坤日月，春夏秋冬。于是燃灯以祈福，祥光普照；开灯以启智，明慧方兴。览三皇之天书，薪火相续；阅五帝之经卷，一脉相承。开黉门，秉承礼义廉耻；敞开轩，恪守忠信笃诚。公正敏法，尊孔读经。文脉滥觞，人杰地灵。千灯同辉，列星焕景；百窗并耀，异彩纷呈。若乃亭台楼阁，名山圣境，风光处处以绝胜；传说神话，民俗典籍，文脉汤汤而永恒。新诗新联之新曲，古色古香之古城。文艺璀璨，儒学昌弘。故而铭联题匾，雕楣镂楹。灯箱灯笼，五光十色；灯山灯树，万紫千红。诗联墨艺，深蕴遒峻之雅古；见形悦胜，博览圣手之丹青。街廊迤逦，传承中华之古韵；灯对浩瀚，肇启文昌之新声。

至若翠峰山下，火树银花以烁耀；白龙江畔，溢彩流光而腾明。月华映照兰堂，竹影婆娑；灯火洞明寰宇，夜色朦胧。玉树琼花，赏灯蔚然兴盛；灯联谜语，引人妙趣情浓。佳人络绎，花影攒动，飘然衔蘅吐蕙；才子驻足，风雅文儒，流连画意诗情。清商流转，知音含情。君子扬德，雅士依形。波光粼粼兮，一江春水一江月；山泉汩汩兮，半城泉韵半城灯。星空明灭兮，河汉浩渺渡牛女；长廊永昼兮，灯火斑斓耀夜空。

故而望江涛兮春正好，藏乡江南榴红。凭高楼兮俯城阙，万家灯火通明。阅尽秀色兮，一片清丽韵致；徜徉灯海兮，满街怀古遗风。六义列锦以舞凤兮，八体飞毫而惊龙。星离离以舒光兮，灯点点而流萤。韶华舟曲兮，道业兴文以教化；风韵泉城兮，华章润德而励行。其乐融融于盛世兮，感恩吾党；其心谆谆乎民意兮，不忘初衷。灯明月照以华采熠辉，文懋德广而民生太平。天宝物华之藏乡兮，温文博古以集萃；人文礼仪之福地兮，阜康儒雅而昌隆。

吴春岗 [①] 的散文

首曲欢歌 ①

天下黄河第一弯。

黄河，中华民族的母亲河。

黄河，中华文明的摇篮。

从西部大地隆起的青藏高原上，黄河从巴颜喀拉山发源，穿过远古的岁月，一路汇千溪万涧，浩浩东注。在出昆仑，越荒原，进入玛曲草原后，处于对玛曲这块绿宝石般土地的偏爱，便回首西行，眷恋地环绕了一个 433 千米的大弯后，又折回东流。像母亲张开柔软的臂弯，把玛曲一万多平方千米的广袤草地尽数搂入怀抱，从而在雪域高原上形成天下黄河第一弯——黄河首曲的壮美景象。

玛曲是藏语黄河的乳名，因而玛曲幸运地成为全国唯一的以中华民族的母亲河——黄河命名的县。

蓝天、白云、无际的草地，银光闪耀的河流、湖泊，白珍珠、黑珍珠般散落原野的牛羊，以及点点白帆似的顶顶帐篷。这里水草肥美，牧歌悠扬，是亚洲最好的天然牧场。这里鹿鸣鹤舞、百鸟争鸣，是珍禽异兽的天然乐园。

这里历史久远，文化灿烂，被称作"民族迁徙的走廊"和"神秘的羌海"，享誉一时的"唐蕃骏马古道"，曾从这里向东西两个方向延伸，连通着雪域高原和汉地长安。

今天，沐浴着黄河首曲凉爽的清风和高原上八月的阳光，我们欢聚在玛曲草原，欢聚在母亲河畔。

啊，看吧，首曲儿女手捧洁白的哈达匆匆走来。这 43.3 米长的哈达，代表着黄河流经玛曲 433 千米的迷人河段，凝结着四万多首曲儿女的深情厚谊，把美好祝福奉献给大家，祝愿所有的来宾和朋友们幸福吉祥，祝愿

---

① 原载《高原阳光》，作家出版社 2016 年版。

祖国富强，民族团结，大地风调雨顺，永结吉祥。

这高原一样粗犷的、江河一样奔放的、白云一样舒展的，是我们的首曲"锅庄"。

首曲"锅庄"是我们首曲儿女的心灵之歌，迎宾之舞。

首曲骄子格萨尔

格萨尔，首曲的骄子；

格萨尔，正义和智慧的化身，勇敢和力量的象征；

格萨尔，追求理想的标识，忠勇仁爱的旗帜。

黄河首曲，是传说中藏族英雄格萨尔走向辉煌和岭国崛起的地方。

已出版的一百多部《格萨尔王》中，有四十多部与黄河首曲有关；格拉山峰下，与格萨尔相关的地名风物有二十余处。

黄河首曲的雪山草地上，格萨尔的故事被每一条河流诉说着，被每一根琴弦弹唱着，被每一缕轻风传递着。

在黄河首曲，格萨尔的精神培育着一代代藏族儿女追求真善美的民族品格。

瞧，英雄的河曲之子格萨尔王，率领他的三十位战将和英勇的士兵，骑着河曲神马，威风凛凛，英姿飒爽地前来参加我们今天的盛会。

格萨尔，一个曾被流放河曲的王子，在历尽艰辛和重重磨难后，最终寻找到马中之王——河曲神马，并在岭国赛马称王的角逐中，力挫群雄，开始了他英雄的征程。

从此，为了正义和光明，格萨尔骑着河曲神马，踏坎坷降恶魔，征凶顽，南征北伐，叱咤风云，演绎出一部世界上最长最宏伟的英雄史诗。

草原上的露珠，亲吻过格萨尔的马蹄，

雪山上的雄鹰，聆听过格萨尔的呼号；

山谷里的溪流，洗涤过格萨尔的征尘，

蓝天上的白云，见证过格萨尔的神勇。

格萨尔，人类文化的宝贵财富。

被世界各地热切关注的显学是我们的格萨尔；

和历史同行并进的是我们的格萨尔；

从古至今与藏民族血肉相连、不断衍进、传唱不衰的也是我们的格萨尔！

我们是格萨尔的子孙，我们是格萨尔意志和精神的传承者。

历史如疾风驰过，中华人民共和国五十年的风风雨雨里，也蕴含着格萨尔精神的不朽，并化作推动时代不断前进的动力。

格萨尔千人弹唱，这壮观景象属于我们黄河首曲。

生活，如果少了弹唱，就不会如此美丽，

草原，如果少了歌舞，就不会如此动人。

如果琴弦是流淌的河，格萨尔文化就是河上不息的浪花。

格萨尔千人弹唱，让遍地的鲜花作音符，

格萨尔千人弹唱，让漫天的彩霞化旋律。

因此，人杰地灵的黄河首曲才孕育了以华尔贡为代表的众多的民间艺术家，并影响和形成了二十世纪八十年代以来，甘、青、川藏区群众性民歌弹唱艺术繁荣兴旺、经久不衰的社会文化现象。

一个民族的悲欢，就在这琴弦上起伏，

一个社会的兴衰，就在这舞步中表露。

盛装欢舞迎嘉宾

服饰，不仅是一个民族适应自然环境、物质生产、生活发展的必然需要，更代表着一个民族的思想文化以及审美追求。

美，来自自然。

美，来自生活。

在漫长的岁月里，黄河首曲儿女在生产、生活实践中，形成了自己具有高原地域特色的服饰文化。玛曲藏族服饰的价值取向上，表现为既要抵御高原上的风雪严寒，又要便于骑乘，从事畜牧业生产。因此，玛曲的藏族服饰较多地保留了雪域高原游牧文化的传统特征，充分显示了藏族人的智慧和审美情趣。

瞧，服饰表演队向我们走来了。

生活本身是缤纷多彩的，而多彩的生活属于每一个爱美的民族。

玛曲的藏族服饰由于部族源流的不同，存在一些地域上的文化差异。

欧拉、欧拉秀玛区域与青海牧区服饰相近，风格端庄、朴实、大方。尼玛、曼日玛、齐哈玛、采日玛一代的服饰因相邻四川，带有康巴文化的韵味，富于装饰性，显得富丽堂皇。阿万仓、木西合乡的服饰风格则介于两者之间，于大方中见华贵，于朴实中见多彩。

请检阅吧，我们的生活是如此灿烂美好，最鲜艳的花朵，最绚丽的彩霞，都在我们的服饰面前黯然失色。

请欣赏吧，我们创造着生活，生活扮美着我们，我们的每一天都是这样绚烂多姿，洋溢着七彩的阳光。

牦牛，这高原之舟，承载着苦难，承载着岁月的荒凉，承载着希望，也承载着雪域民族坚忍不拔的民族精神。

感谢故土，孕育了体格硕壮的牦牛。

于是，有人说，不知是藏族人离不开牦牛，还是牦牛离不开藏族人。

于是，藏族人有了最忠诚的伙伴和朋友。

忠厚、善良、勤劳、坚韧、负重，在牦牛身上凝结我们藏民族的优秀品格。

世纪展望话未来

太阳，每一天都是新的，

希望，每一天都在升起。

当新世纪到来的时候，黄河首曲像昂首嘶鸣着的河曲马，向着新的征途迅跑。

玛曲县委、县政府以发展为主题，以改革开放为动力，以实施西部大开发战略总揽全局，带领全县人民解放思想，与时俱进，发挥优势，突出特色，艰苦奋斗，开拓创新，确立了"牧业立县、工业强县、开放富县、旅游活县、科教兴县、依法治县"的经济社会发展战略。

"发展就是硬道理"的理论，让我们脱开羁绊奋勇向前。

"三个代表"的重要思想，让我们革除陋习加速前进。

"营造三个环境"的大讨论，让我们振奋精神轻装上阵。

这是一个充满生机和创造的时代。

这是一个充满希望和光明的时代。

"天苍苍，野茫茫，风吹草低见牛羊。"这古老民歌中的田园意蕴就在我们眼前。

看我们的畜牧彩车开过来了！

畜牧业是我们的立根之本，草原是三万多牧民群众赖以生存的家园。

今天，生态畜牧业建设使草原重现生机，牧民生活方式和生产方式发生了可喜变化。牧民"六化"家庭牧场建设，已经勾勒出了一幅草原兴旺、人民和睦的美好蓝图。

我们的奋斗目标是实现从牧业大县到牧业强县的跨越，实现从传统畜牧业向现代畜牧业的历史性跨越，让黄河首曲成为青藏高原上一颗璀璨的"明珠"。

看，载着财富，载着希望，我们的金矿彩车开过来了！

十年前，一群不畏艰难的创业者，在一个名叫格尔珂的地方，把一个金鸡鸣叫的神话传说，变为金灿灿的现实。

格尔珂掀开了玛曲历史的新篇章。

从此，每一个矿点，都流淌着创造的汗水。

格尔珂金矿给玛曲工业强县的构想插上了腾飞的翅膀。

这是一组令人自豪和骄傲的数据：

如今，格尔珂金矿生产黄金位居全省第一，名列全国第四，累计生产黄金12140公斤，实现产值10亿元，上缴利税3.64亿元，为玛曲和自治州的经济发展做出了重大贡献。

在十年的辛勤开拓中，格尔珂人付出的是黄金般闪光的年华，黄金般珍贵的奉献。

我们坚信，格尔珂人还将走向新的辉煌。

天下只有一条黄河，黄河只有一个首曲，这是大自然的恩赐与厚爱。

首曲正在积蓄着明天的能量，为了我们的生活更加光明，更加灿烂。

保护生态环境，建设美好家园。

看，我们的生态环保彩车开过来了。

黄河首曲的草原如此秀美，那是我们藏族人民祖祖辈辈珍惜保护的结果。

黄河首曲的水源如此丰沛，那是我们藏族人民世世代代爱护雪山草地、林木湿地的收获。

母亲河黄河在玛曲境内补充水量达到45%，首曲草原被誉为黄河的"天然蓄水池"和"中华水塔"。

保护大自然，保护天然林，保护草原，保护每一条河流、每一块湿地，就是保护我们赖以生存的家园，就是保护黄河母亲，就是保护我们人类自己。

保护黄河首曲的生态环境，是付出沉重的代价后，人类良知警醒后的自我拯救，是生态文明意识的复苏，是社会发展的进步。

欣慰的是，玛曲已被列为首批国家级生态功能保护区，草原"三化"的现象已得到初步遏制。

因此，保护大草原的生态环境，建设一个山川秀美的黄河首曲，是我们拯救和保护母亲河，为中华民族做出的最大贡献。

这是一个开放的年代，南风北雨，把人流、物流、资金流、信息流，带进古老而新生的黄河首曲，形成推动社会文明进步新的动力。

我们开放富县的战略构思，已经开花结果。

看啊，内蒙古大草原、农牧业产业化国家重点龙头企业草原兴发的彩车开过来了。

同样的蓝天白云，同样的河流湖泊，同样的草地与牛羊。

这是草原与草原的握手，这是两个兄弟民族的亲密握手。

开放开发的彩虹正在黄河首曲升起。

这，只是一个美好明天的开始。

而更多的脚步、微笑，更多的关心与支持，带着多民族大家庭成员的滚烫情意，带着友谊和真诚，从遥远的首都北京，从东海之滨，从白山黑水，从中原大地，从四面八方涌向雪域高原，涌向黄河首曲。

五彩的"龙达"，五彩的花雨。

唱吧，跳吧，八月的首曲大草原，

说吧，笑吧，沸腾的首曲大草原。

让我们再一次手捧哈达，以黄河首曲的名义，为朋友们祝福，为时代祝福：

祝福蓝天，

祝福大地，

祝福草原，

祝福明天，

祝福人间吉祥。

则岔石林纪行

则岔，是一个带有神秘色彩，充满诱惑力的地方。

"绝啦！"

"真棒！"

为数不多的搜尽奇山打腹稿的美术、摄影工作者，以特有的职业敏感，惊喜于美的发现，眉飞色舞地讲述。

而世居那里的藏族牧人，当外人问及则岔，常常以朴实、简洁的"啊喷喷……"表示由衷的赞叹。

共同的赞美之词，拨动着听者的心弦，使人为之动容和神往。

然而，"养在深闺人未识"的则岔石林风景区，含羞幽居，自甘寂寞，并不轻易让人们一睹芳容。二十余千米的长沟闭锁，云遮雾掩，山环水复，形成重重天然阻隔。何况它坐落于边远的人烟稀少的高山草原腹地。

风和日丽之际，偶尔有古老的牧歌，在山谷草地间荡起，又白云般悠悠远去。只有永不疲倦的河流，带着雪山草地赋予的激情，唱着古老而又年轻的歌，匆匆流去；只有山林间悄然飘落的落英和黄叶，在光阴荏苒中，化为尘土，萌生出新的绿色和生命。

历史毕竟已进入二十世纪八十年代。对大自然的偏爱，是人类最淳朴、古远和美好的天性。从精神荒漠中走出的人们，在创造着生活美的进程中，不断发现、开拓着自然本身的美。

改革开放的春风细雨，刷洗着华夏大地上的尘埃。中国骄傲地向着东西方世界展露着她东方文化的光辉、灿烂，和天气之灵气所凝聚的壮美山河的风姿和瑰丽。于是，有那么多的足迹，从陌生、遥远的国度，延伸到祖国秀丽的南方，走向丝绸之路，走向青藏雪原，在敦煌、布达拉宫、塔尔寺，也在拉卜楞；从辉煌、典雅的文化胜迹，踏向雄浑、奇丽的自然山水……

则岔石林，当是你芳心怦然的时候了。

正是草原上百灵欢唱、水盈草盛、姹紫嫣红的七月，我们从自治州首府合作驱车出发，来到碌曲县城。

带队的是州委副书记贡卜扎西，这位藏族摄影家三年前就筹谋着则岔之行，今日才得以遂愿。

第二天，我们起了个早。

洮河南岸的山冈上，一朵硕大、绚烂的火烧云正徐徐腾起，昭示着今天是个好天气。

曾有一些不辞辛劳到则岔的寻美者，常因天公不作美等原因，带着六分的欣慰、四分的缺憾和惆怅而归。

北京吉普车驰出了宁静的高原小城，沿着蜿蜒曲折的洮河而下。

夏日的洮河水，幽蓝澄碧，清澈见底。水流平缓处，浮光跃金，静影沉璧，不时有一两只水鸟飞过；水流急湍处，涛声轰然，浪叠波涌，激扬一河碎银。

车到贡去乎村，我们弃车乘马，逶迤南行进入了林草茂蕤的则岔沟。

中午，沟内气温渐高，炎日当头，暑热扑面，沿途蚊虫逐咬，一路山回水转，柳暗花明，人马已是气喘汗淋了。

中途几次小憩，继续赶路，林木渐见稀少，草地渐见坦阔，葱葱郁郁的牧草深及马膝。草地间各色花儿，或洁白如雪，或鲜红欲滴，或灿然似金，或紫蓝如靛，娉娉摇曳，含笑竞放，宛如一幅色彩斑斓的油画，与倒映在河水中的蓝天、白云相映衬，渲染出一派绚丽的高原草地风光。

抬眼望，一派峥嵘起伏、如屏似幢的山峦。

哦，则岔，则岔石林！

则岔石林位于拉仁关乡境内，距碌曲县城五十多千米。藏语里则岔是部落名。

地质史告诉我们：两亿年前后，这一带还是汹涌起伏的大海。随着印支期构造运动，海水退出，陆地暴露。之后，经燕山期、喜马拉雅期复杂的地质构造运动——褶皱断裂，使地壳不均衡逐渐上升，加之流水浸淫、风雨剥蚀……就形成了则岔石林遍布奇特的地貌景观。

清晨。

阳光初照，薄雾流岚，缕缕云烟，飘拂于山巅峡谷，把寂静的山林点缀得如梦似幻。

极目远眺，黛绿色林荫衬映着浑莽绵延的群峦，一座座拔地而起的石峰参差错落，宛如一片苍劲的林莽。

漫步其间，但见古松参天，翠柏昂然。林荫间、石崖下、草地上，一朵朵山花绚丽多姿，一条条清溪跌宕蜿蜒。芬芳、清爽的气息，使人心旷神怡，羽化而登仙。

然而，最使人思绪飞扬的是或俊逸，或朴拙，或隐约，或坦然，千姿百态，形神兼备的石峰造型，构成了一个扑朔迷离，聚飞禽走兽、人物花木等形态于一堂的艺术大观园。仙山幻景般的则岔石林，使你沉醉于一片美丽的想象之中。

是谁以神奇的力量，把壁立百丈的石崖从顶端到脚劈开了这道齐整的口子？

石门，藏语称"直合果"，又称石门一线天，是则岔石林的第一景观。

入门仰视，眩目欲坠崖顶透出的一线蓝天里，乱云飞渡，苍鹰盘旋。石门纵深近百米，最宽处不过十余米，窄处仅数米，湍急的坚希库赫河水夺路而出，声震石门。

雄关金锁，奇险无比。

当地藏族牧人告诉我们这样一个动人的传说。

很早以前，这里有一个恶水湖。湖中常有妖魔兴风作浪，危及四方人畜。正当当地百姓苦不堪言之际，威名远扬的格萨尔王西征到此，他听说此事后，决心为民除害，便挥剑奋力劈去，只听天崩地裂一声巨响，石山被劈开一道口子。顿时，湖中恶水一泄而尽。格萨尔王率领大军，又踏上了新的征程。

从那以后，这一带山明水秀，风调雨顺，水草丰茂，羊牛兴旺。

乘马涉河，在石门右壁的低处，有一个轮廓清晰的马蹄印。牧人们说，绝壁上的这一马蹄印就是当年格萨尔王的坐骑踩岩登壁驰骋而过时留下的。再往前，崖壁低处有一个青白色的石柱，传说曾是格萨尔王拴马的地方。

连通石门的东西山岭，构成了则岔石林最壮观的风景线。

石门外右边的一座石峰，疏顶曲背，皓首慈目，酷似一位老人，藏语称为"尕宝才让"，即长寿老人之意。

再往北，有一石峰，尖顶、腰浑、根略小，状如麦垛，一面青石裸露，三面绿荫掩遮，无疑是一座小"麦积山"。

向西顺直合乍沟而入，渐入佳境。直合乍是藏语名，意即石山沟。

耸立于山岭之上的拉姆峰，正像一群亭亭玉立的仙女，在举袂歌舞之后，逗留于草地，似含着无限柔情在登高凝望，朝朝暮暮期待着叱咤风云的格萨尔王和他的将士们远征凯旋。

探头龟，伸头延颈，拙笨地瞅着什么。

骆驼峰，这一庞然大物，不去漠海行舟，也来参加则岔石林的动物大聚会。瞧，它正迈着大步，不慌不忙地赶路哩。

蛤蟆石，多像一只蹲立于石阶，肚腹一收一鼓的蛤蟆。

狮子狗似不耐寂寞，跃然抖动一身长毛，向天而吠，颇有点狂犬吠日的不凡气概。

仙桃石，坐落于草坡上，通体浑圆，曙红色的色泽，鲜润可餐。

从石门外东行，则又是另一番景致。

哪里来的吊睛白额大虎？

卓然而立的虎头峰，雄踞于群峰之间。正看，这只山中之王斜身而立，虎视眈眈。侧看，只见它中腰弓隆，后胯腾踏，似随时冲下山来。

哦，唐僧和他的徒弟们正赶路呢。虎头峰下的这一组小石峰，酷似他们师徒四人。体态浑拙的猪八戒走在最先，唐僧凝神端坐于白龙马上，小巧的孙悟空执缰行于马侧，沙和尚驮担踏着大步。

石门东边山峰，多为剑削峭立的绝壁，峰峰环叠，可观而不可攀，大有华山之险势。有的下临深渊，枯树倒依，百米崖顶却又林木蔚然，于粗浑中透出一抹清秀。

直合乍沟口的仙人洞，又是则岔石林的一景。藏语称其为"德茂去乎奈"，意即极乐胜地。

缘藏式独木梯进入洞口，秉烛而行。洞势向上，洞内湿而温爽。宽敞处可容数十人，狭窄处，仅容一人匍匐而过。洞纵深约六十米，再往前洞口狭小，据说小孩子尚可钻行。估计若能疏通洞内积土，还会有相当可供游玩观赏的空间，甚至抵达大山腹部中。

因常年水蚀作用，形成洞壁上纵横交错、光怪陆离的各种图案。除许多悬垂的钟乳石和与之呼应的石笋外，还有酷似神话传说中的白度母的华盖、大象的肝肺、象牙等像形石。

洞内黄土细腻，黏性强，可捏成所需的形状，干后坚硬如石。当地牧人常嚼食其土，口味甘淡，大约属观音土一类。

入石门上行两千米，便是上石门。上下石门遥相呼应，形成了一条幽静的、草木蓊郁的绿色长廊，使人恍惚置身于峨眉之秀色中。河水深缓处，一条条肥硕的石化鱼嬉戏期间，悠然自得。

出上石门，地势豁然开朗。

向西行，有一拔地而起的石峰，犹如天然屏风。绝壁下方有一岩洞，曾有一位和尚离群索居，大约是想效仿达摩祖师面壁十年的苦修精神，在这荒野绝壁的岩洞里面壁打禅，潜心苦修。

沿坚希厍赫河南行西拐，就进入了错娄沟，藏语错娄即羚羊沟之意。

错娄沟内怪松奇柏遍布，洞底乱石堆叠，淙淙泉流跃石入沙，时隐时现，使人联想起唐人"明月松间照，清泉石上流"的优美境界。

大象驮宝是错娄沟的神来之笔。沟脑左侧雄浑的石峰，酷似一头俯首前行、驮满宝物的大象，它那浑圆、颀长的象鼻正弯伸向沟底，似一步步踏下山来。憨拙之态，活灵活现，较之桂林的象鼻山，更多了几分神韵。

谁持素练凌空舞，绿苔满崖映斜阳。错娄沟内有三处瀑布，为则岔石林风光增添了迷人的色彩。当你带着旅游的闷热踏临瀑布之下，银光闪烁的瀑布激起一片片水雾，清凉扑面，沁人心脾，使你神情为之爽然。

同以众多湖泊瀑布载誉天下的九寨沟风光相比，则岔风光是以数以千计的神姿仙态、千奇百怪、各领风骚的石林艺术造型为基本特征的。

更为可贵的是它集祖国的许多名山大川的特点和景观于石林之中。峨眉之幽、华山之险、泰山之雄，也体现于则岔石林。石林区的最高峰杂合恰拉海拔4157米，山顶白雪皑皑，摩天接云，蔚为壮观。

黄山的迎客松、梦笔生花、飞来峰等景观，在则岔石林也有着她们的孪生姐妹，且举不胜举。

在这块两百多平方千米的土地上，还栖息着熊、豹、麝、四不像、蓝马鸡、雪鸡、娃娃鱼等众多的珍禽异兽；蕴藏着金、铁、磷、煤等珍贵矿产。对于则岔石林风景区丰富的、极富开发价值的蕴含的认识，还有待于深化。

限于篇幅，对落鹰峰、洞外天、姊妹峰、鱼跃龙门、猴子观月等诸多景观不再介绍。本文所述只是对石林景观挂一漏万的粗浅介绍，以期抛砖引玉。

可以预见，在不久的将来，随着甘南藏族自治州旅游事业的发展，则岔石林将以独具特色的高原地貌风采，呈现在中外旅游者面前，为世人所瞩目，成为西部雪域高原上一颗璀璨的明珠。

李城①的散文

① 李城，男，汉族，1959年9月1日生于甘肃省临潭县，甘肃省作家协会会员。曾任教师、记者、编辑及公务员。出版散文集《屋檐上的甘南》《行走在天堂边缘》《穿越阿尼玛卿》、中篇小说集《叩响秘境之门》和长篇小说《最后的伏藏》《麻娘娘》等，两次获得甘肃黄河文学奖。

青稞简史 ①

一

青稞似乎是通人性的作物。刚出穗时看上去有点锋芒毕露，灌浆后穗子会一天天低垂下去，将光滑的茎秆坠成一个谦卑的弧度。

它放射状的麦芒只是为了大把大把摄取阳光，并捕获那些会随风而逝的氧气分子，尽可能多地把养分供给嗷嗷待哺的籽粒。每一株挺立在高原疾风中的青稞，都是一位含辛茹苦的母亲。

它的另一个名字是裸大麦。青色的纺锤形颗粒在颖壳中赤裸着，如同光身子套着夹袄的淳朴农民。在青藏高原，青稞和它的种植者具有这样的可比性：经受着同样的紫外线，沉淀着同样的色素，秉持着同样沉默和坚韧的个性。在海拔三千米以上的农区青稞是主要的粮食作物，而在海拔四千米以上的山地，它是唯一的粮食作物。是青稞选择了它的种植者，还是种植者选择了青稞？应该是相互的选择和约定。青稞和它的种植者相依为命，从苍茫的风雪中踽踽走来——它们和他们，都是无与伦比的。

青稞地总是与草地牧场毗邻。每年秋收过后，牧人们就赶着一队队驮牛，抡着抛石索打着呼哨，走向风毛菊和火绒草簇拥的村寨。牧人和农民说着同样的语言，开着同样的玩笑，卸下酥油和奶渣，带走青稞。

在过去漫长的岁月里，青稞是在石头上磨细的。如今还能在偏远牧场看到那样的情景：将炒熟的青稞放在大而平的石块上，磨青稞的人双膝着地跪在后面，双手握一块长而圆的石头前后摩擦，洁白的面粉雪花般撒落，堆积在垫子上。由于青稞的"裸"，磨出的面没有一丝麸皮。

地势越高气压越低，海拔三千米以上，水的沸点只在九十摄氏度以下，不足以煮熟食物。因而炒青稞成为日常事务。青稞是极为实在的粮食，为避免外焦内生，需要掺在沙子里炒：先将半锅沙子猛火加热，再投入少量

---

① 发表于《散文》2017 年第 3 期。

的青稞。掀动铁锅，滚烫的沙子如海浪翻卷，青稞粒随之蹦跳，噼噼啪啪，瞬间增加两三倍体量。炒熟的青稞筛去沙子，盛开成白玉兰似的青稞花。原本青色的、褐色的或紫色的表皮变成金黄，炸裂处洁白如雪，粮食的芳香释放出来，充满人间气息。

在食物紧缺的年代，人们舍不得将青稞完全炒熟，半熟的糌粑更抵得住饥。有时也会掺几把豌豆，豌豆食重。渡过那些自然或人为的难关，又会将纯青稞炒得开花，勤快人家甚至每天现炒现磨，以保持青稞的纯与鲜。因而一台小巧的手摇石磨，是每个家庭房檐下的必备之物。拌糌粑是需要耐性和技巧的：在奶茶里放入酥油片，酥油化开，再加入炒面和干奶渣。面对喜马拉雅雪峰般的一碗炒面，性燥手拙之人可能一筹莫展。揉好的糌粑被捏成可以入口的小攥攥，带着指关节和掌心的纹路。吃的时候顺势用拇指在上面摁一个坑，灌一勺调好的肉末辣子汤。出门在外的人则简便得多，将酥油块和炒面一并装入羊皮小袋，临时双手揉捏一阵，糌粑就拌好了。

二

人们惊叹于青稞的古朴与纯粹，却不曾为它填写一份较为完备的档案。在古今中外一些论述作物的皇皇典籍中，我只能搜寻到关于它的只言片语：

> 青稞似大麦，天生皮肉相离，秦、陇以西种之。
>
> ——（唐）陈藏器《本草拾遗》

> 远在新石器时代中期，距今五千年的古羌族已在黄河上游种植大麦。
>
> ——1979年中国台湾版《中正科技大辞典》

> 裸粒和无芒的本地大麦类群起源于中国的中部和西部山区及其毗邻的低地。
>
> ——［前苏联］瓦维洛夫《作物中心起源学说》

若要探究青稞的起源，这些似乎可做"本土论"的依据，而且如今也已得到证实。2015年新华社发布消息称，全球首个青稞基因组图谱由我国科学家绘制成功。研究人员将青稞基因组和其他禾本作物的基因组进行比对，发现青稞约于1700万年前从粗山羊草、乌拉尔图小麦以及冬小麦中分离出来。他们得出的结论是：经过青藏高原各族人民长达3500—4000年的驯化栽培，青稞完全适应了极端的高原气候，成为当地人的主食。同时考古工作者也有了自己的发现，他们在海拔4000米以上的西藏日喀则廓雄遗址找到了距今3200年的古青稞碳化物，那是新石器时代晚期的农作物遗存。

野草被驯化为作物的过程，也是人类漫长而艰辛的文明演进过程。雀舌般的秕仁渐次演化为光洁饱满的粮食，文明的光芒也渐次照亮了苍莽的青藏高原。中国科学院西北高原生物研究所的科学家发现，以青稞驯化起源地为中心，青稞的栽培向东向南北扩散，覆盖了唐蕃古道、茶马古道和丝绸之路。

我常常端详手心里的一粒青稞：它修长的腹沟宛若嘴唇，却总是固执地抿着，仿佛一开口就会道出天机。在青藏高原，青稞是最初也可能是最后的作物。我不知道这样说是否妥当。可以肯定的是，它至今没有受到污染，每一粒都坚硬、实在，保持了弥足珍贵的纯净。这缘于它独具的环境：当整个世界在时代潮流中飞旋起来的时候，这片雄浑高地依然日升月落寒暑分明，时钟也跟人们的脚步一样沉稳笃定。

三

在西藏的一些村寨，至今保留着开犁播种和开镰收割时的庄重仪式。是的，那仪式是庄重的，倾注了真挚的情感和殷切祈盼。开播那天人们像过节一样穿戴一新，聚集在地头以青稞酒和桑烟祭祀天地诸神，并为牛角和犁把扎上红花，由德高望重的老人下达开犁的号令。抛出的青稞种子在阳光下划出一道道弧线，刚刚解冻的油黑土壤在犁头哗哗翻涌，老人们肃立地头，手摇经轮祈求天道平安。而在大片大片的青稞地金浪翻滚的时节，人们又在地边搭建帐篷，烹牛宰羊，欢庆祝福。包着头巾的女人们背着厚重的《金刚经》，成群结队穿行于地块之间，她们高唱祈祷的歌谣，飘逸的裙裾在青稞穗间唰唰作响。如果天上、地下和水里真有神灵，人与庄稼性命攸关的依存会使诸神大为感动，从而倍加护佑，让所有的不幸远离人间。

在长冬无夏、春秋相连的高原，青稞种子在零至一摄氏度的低温下萌发，嫩绿的幼苗几乎是从冰碴中冒出来的。它在纷纷扬扬的"布谷雪"中噌噌噌拔节，而雨雪交加的五月，柔韧的旗叶已迎风招展。当幼穗在叶鞘里鼓胀起来的时候，它全力进行光合作用的叶片会出现触目惊心的"妊娠纹"，仿佛被毫无遮拦的阳光所灼伤。没有任何一种作物会如此"玩命"，为了颗粒饱满不惜自我戕害。它还要跟高出一头的黑燕麦争夺阳光雨露，跟昼夜悬殊的温差抗衡角力。季节无情的鞭子抽打着它，需要在一百多天的生命期限里，完成母子相续的整个轮回。

耐寒，耐旱，耐碱，耐瘠薄，早熟。这就是青稞的特性。为了跟短暂的无霜期赛跑，青稞甚至演化出一个生育期大大缩短的特异品种，被人们命名为"肚里黄"。它的植株来不及充分长高，穗子就在叶鞘中发育并抢先成熟，即便遭受突如其来的冰雹，包裹在柔韧叶鞘中的颗粒也不会散失。

藏族人家都供奉着一个象征吉祥的粮食斗，里面盛着一半生、一半炒熟的青稞粒，并插满了涂成彩色的青稞穗。在他们眼里，青稞不只是果腹的粮食。它是神圣的。而它神性的获得，源于对世界屋脊之上人类族群的眷顾与悲悯。

人们为此也更懂得分享，将这份悲悯惠及其他生灵。在秋天的田野，人们唱着欢快的歌谣开镰收割。他们将青稞束举过头顶甩上几圈，不少穗子甩了出去，散落在秸秆纵横的茬地里。外人看到如此情景，误以为他们的劳作过于粗放，糟蹋了不少艰辛得来的粮食。实际上他们知道自己在做什么。他们特意留下一部分青稞穗，作为鸟雀越冬的粮食。

四

提到青稞，我清楚该述说什么：土地，农家肥，犁铧，糖耙，锄头，镰刀，梿枷，碌碡，簸箕，毛褐口袋，石磨，甚至阳光和雨水……几乎会涉及所有古老的农耕传统。

它与耕牛有关。

在我的家乡，"二牛抬杠"是延续了至少三千年的耕作方式，因而每年除夕之夜，人们要给劳苦功高的耕牛拜年。一家之主五更起来煨桑点灯，然后用簸箕端着油馃儿拜见他们忠实的伙伴。他会拍拍耕牛的头，抚摸那弯弓似的大角，耕牛也会用带刺的舌头舔舔主人的手，或是用头蹭一下主人的身体。百衲衣般的青稞地遍布群山，无论运送农家肥，还是播种、搬运都离不开耕牛，它们有时累倒在松软的犁沟，缓一会儿还是爬起来继续干。它们的食物只是青稞草——好在经过碌碡碾压或梿枷拍打的青稞草变得绵软，不会影响咀嚼和反刍。为了感激，主人将年馍馍一一喂到它们的口中。五更拜父母，初一拜舅舅，初二拜丈人，是不少地方约定俗成的次序。给牛拜年，而且排在父母之前，可见耕牛与耕作者难以言表的深情。

在牛吃草料的当儿，还要在牛头上摸取粮食——摸到哪种粮食，确信来年这种作物就获丰收。人们希望摸到的是因不易成熟而格外稀缺的小麦，实际上摸到的只是青稞。牛拉碌碡碾场时，青稞粒更有机会落在它们的脑门。摸出一颗是青稞，再摸，再摸，还是青稞。但是满心喜欢。

青稞，耕牛，种植青稞的人，在青藏高原，这是另一种秉性相近、情感相契的组合。

五

青稞也跟亲情有关，与岁月有关。

我是农民的儿子。大约六百年前的明代洪武年间，我的祖先响应朝廷号令从南京应天府迁往青藏高原，从此与青稞为伴，也接受雪域严酷环境对人的"驯化"。在我年纪尚小的时候，身为农民的父亲已显龙钟之态，他扶惯犁把的胳膊弯成镰刀的形状，从此再不能伸直。有一年初春他架着两头犏牛去山湾耕地，下午我去接他——他总会体贴耕牛而将它们早早放归山野，自己扛着沉重的木犁和牛轭回家。我知道他如何佝偻着腰身，脚下磕磕绊绊行走在陡峭的山道上。那天，当我在山下平坦处遇见他时，他已将木犁和牛轭放置一边，倒在草色泛青的路边睡着了。我帮他磕掉布鞋里堆积瓷实的土块，然后拉他起身的时候，他弯曲的胳膊发出嘎嘎的声响。

我是吃着青稞面贴锅巴长大的。将青稞面发酵，加干面和碱搅拌糅合，然后稀稀软软团在手上，贴在锅底烧开了一圈水的大铁锅里，压成一个个满月般的饼子。口径二尺四的大锅一次可贴十二个。将锅盖用毛褐单子围好，大火烧开，文火焖蒸，水干开锅，底黄面软的青稞面锅巴就可以铲出来了。虽然口感粗粝，却给人以铮铮筋骨。

春耕为稼，秋收为穑。后来我上学跳出了农门，但农业国度的稼穑二字铭刻在心，不时写满纸张，以笔耕耘。秋收大忙季节我也会回到村里，行走在田间地块，让青稞的叶片沙沙沙拂过裤脚。我会顺手折一根野燕麦，用那中空的秸秆做成笛子，吹奏出无名伤感的小曲。割青稞是最累的农活，但我偏好那种劳累：用镰刀揽过一大片枝秆杏黄的青稞，左手接住，右手的镰刀一旋，嚓，地面就空出一大片，而扑腾着醇香气息的青稞穗已拥入怀中。我磨的镰刀飞快，揪一根头发在刃口噗地一吹，半截头发就不见了。因而当我的指尖磨破流血，或累得直不起腰的时候就帮大家磨镰刀。坐在茬地上吃午饭的时候，茶碗里漂浮着许多飞虫，我会跟大家一样顾不得吹吹就一饮而尽。真是酣畅淋漓。干活累，吃饭香，睡觉也香，劳累并快乐着，那是庄稼汉及其后代的本分。

眼前总有一个面容清癯的老头蹲在地边，跟沙沙作响的青稞对话。那是我保留在记忆深处的父亲。他经历过动荡和饥馑，懂得节俭，珍视每一粒粮食。他谨小慎微，维护着自身并不重要的名誉，就如他每天擦拭那些没多大用处的祖传瓷器。后来，一个同样容貌的人也会蹲在地头，侧耳倾听青稞的絮语，那是偶尔回到村子的我。青稞粒在某些宗教仪式里被用作法器，用来击打恣意张扬的邪灵，也用来祝福心境平和的虔敬者。蹲在地头的时候，我仿佛也是个被青稞粒击中的人，不知不觉间完成洗礼与净化，变得跟父辈一样谦卑而随和。

我们已经跟青稞达成这样的默契：世世代代相互轮回。青稞变成我们身上的血肉、筋骨，以及情感；而青稞的根须和叶片，也会从泥土和风中摄取我们即将飘散的磷和钙。

六

金秋时节，各个村寨会出现一排排青稞架，那是耕作者粗糙之手弹奏的"竖琴"。人们将青稞束一层层码上高耸入云的架杆，金黄的青稞穗羽毛般披垂着。秋日的晴空下，丰厚的青稞架林立起来，几乎将房舍淹没了。

然后是假以时日的打碾。两头牛拉着砂岩凿成的碌碡，在摊开了青稞束的场地里慢悠悠转圈儿，赶牛人喊着号子，碌碡的木架吱吱呀呀响着。没有足够场地的人家，会在屋顶或院子里用梿枷拍打青稞。人们面对面站成两排，梿枷此起彼落，草屑和青稞粒飞溅着，鸡和麻雀、鸽子都围在四周，唧唧咕咕，分享着丰收的喜悦。踏实，温暖，祥和，这是青稞带给众生的福报。

在与青稞为伴的漫长时光里，炊烟弥漫，鸡鸣犬吠，造就了无数米拉日巴一样目光沉静的行吟诗人，我的藏族兄弟扎西才让就是其一。

> 甘南一带的青稞熟了，有人从远方揣着怀念回来，有人在道路截住九月，卸下骨灰和泪水。
>
> 甘南一带的青稞熟了，我的亲人散布田野，听到简单的生活落籽的声音。
>
> 听到秋天的咳嗽被霜覆盖，秋天的孩子，从葬过祖父的水里，捞出被苦难浸泡的种子。
>
> 甘南一带的青稞熟了。谁一进门就溘然而逝，谁将一个婴儿，托生在青稞的梦里。
>
> ——扎西才让《甘南一带的青稞熟了》

七

青稞在跑马。

这是描绘青稞生长的一种状态：六月的田野，青稞齐刷刷抽穗，微风过处，黄绿色的青稞穗波涛般涌动起来，以深绿的田野为背景，仿佛一群接一群毛色闪亮的骏马奔驰而过。

在人们的俗语里，青稞还代表一些不可变易的法度。

青稞的价格定好后，麦子和豌豆自会有价。

青稞价格作为其他粮食的基础和参照，这在青藏高原是由来已久的传统。听懂言外之意的人会知道，他们讨论的其实不仅仅是粮价——比如人，也可以分出青稞及小麦和豌豆的类型。

阿舅是阿舅，青稞还是三斤半。

这是另一句俗语，并且常常挂在人们嘴边。卖给别人的青稞是一块钱三斤半，即便是娘舅也不可能多加一两——在原则问题上，不会因亲属或长辈而徇私情。这句话听上去有点生硬，因而往往会以玩笑的方式说出来，同时可能还会附加一句："人情一匹马，买卖争分毫，可别见怪哦。"

几粒青稞，有时也会救人性命。相传中国工农红军长征进入川北草地，人困马乏行军艰难，尤其缺衣少食，人人面如菜色。在一个叫党坝的地方，几名红军战士留宿在村民的马厩里，一夜饿得东刨西找，发现马粪里夹带着青稞粒（直肠子的马边吃边排，尤其青稞是不易消化的），他们如获至宝，淘洗马粪捡出里面的青稞粒，比捧着金子还要激动。

青稞被载入中国革命史册，并非马粪里刨出来的那几粒，而是一个储存了数百石粮食的仓库，是为红军队伍雪中送炭的救命粮。1935 年 9 月，大批红军北上抗日进入甘南藏区，统领着洮河、白龙江流域的土司杨积庆出于对红军的同情和敬意，下令打开了他的迭部沟崔古仓，使红军战士衣袋里装满了炒青稞，才翻过天险腊子口，顺利抵达陕北延安。周恩来总理后来亲自写信给杨土司，对他的义举深表感谢。

人情一匹马，买卖争分毫。这句话常常也会倒过来说：

买卖争分毫，人情一匹马。

杨土司向红军开仓济粮，其实已超越了"人情"的范畴。国难当头，地方藏族首领体现的是民族大义。

大道无言，青稞有情。

八

你是谁？你从何而来，又往何处去？不少人为此苦思冥想，而在青稞种植者那里，答案却是现成的。他们一代代口耳相传：人最初是来自天界的。当初他们头上罩着光圈，鸟儿一般轻盈飞翔，用意念交流，以喜悦为食，不知烦恼为何物。降落地面后，有人误食了一种叫麻麦的草籽，身子就突然粗重起来，生出种种烦恼欲望，头顶的光环也熄灭了。而一旦清除了世俗的熏染，使自己清净如初，就可能再度轻盈飞翔，重返天界。

天人误食的麻麦，就是最初的青稞。

"人皆天子"，这是青稞赋予人们的自信。青稞降低了姿态，面朝黄土的人们就抬起头来，甚至可以凌空高蹈了。

实际的情形就是这样。为了寻求那种奇妙的感觉，人们将青稞酿成了酒浆。这是青稞的另一个特性：它的胚芽萌发之时会产生淀粉酶，迅速将淀粉分解成糖；糖遇酵母，旋即转化为酒精。青稞由此成为最适于酿酒的原料，其他谷物酿酒往往也需要青稞做引。人们啜饮着从发酵青稞中沥出的精髓，恍惚间忘却了劳累和烦恼，感受天人的愉悦和超脱。

在青藏雪域，见面敬三碗青稞酒被视为不可或缺的礼仪。右手无名指蘸一蘸酒，屈指向空中弹洒三下，祝词里说是在敬这敬那，瞬间被陶醉的，其实还是捧着酒碗的人。

补记

为保护和修复生态，青藏高原与其他农区一样，二十五度以上坡耕地已陆续退耕，由国家无偿供给粮食和现金补助。曾经的青稞地重新长出了茂盛的牧草，散落其间的青稞再次退化为山羊草和其他无名的禾本植物。河川地带的青稞地得以保留，却也迎来了高效的农业机械，伴之以不计后果的化肥和农药。这就是青稞的宿命。此刻，我只能双手合十为之祈祷，希望它朴素纯真的品质保持得略微长久。

源头的水依然清澈 ①

一

如果一条河愿意回首，它将看到自己的源头，并为曾经的孱弱难以为情。实际上河流是不会回首的。只有人可以找到它的源头，而且相反，会向那孩童般纯净快乐的溪流致以敬意。

郎木寺是一条江的发源地。最初，溪水从镇子西北和西南的峡谷间潺潺流出，汇聚成一条清亮的小河，唱着歌儿蹦蹦跳跳穿过镇子。那条小河迅速壮大，一跃成为惊涛拍岸的白龙江，在甘肃南部的高山深壑间左冲右突向东穿行。在陕甘交界它突然调头向南，一路腾云驾雾飞泻而下，在四川广元与嘉陵江汇合，接着又穿越四川盆地，于重庆投入长江的怀抱。三千多米的巨大落差，如何让一条激情澎湃的大江回首自顾？

作为万物之灵的人，总会懂得饮水思源。在郎木寺临河一家旅馆，我看到一位四川老诗人的题诗："白龙江注嘉陵江，远济渝城情倍长；饮水思源源不断，云山千里意难忘。"

———————————
① 发表于《散文百家》2014 年第 1 期。

那张落款题名梁上泉的四尺宣未经装裱，就那样皱巴巴贴在墙上，看得出来，旅馆主人并不在意那是一幅值得收藏的书法作品。我没写过旧体诗，也不敢肯定它是否合乎格律，但可以肯定的是，老诗人沿着嘉陵江、白龙江一路行来，终于找到了隐藏在深山峡谷间的源头。他显然不是探险家和寻宝者，千里迢迢跋涉而来，为的只是表达对一条江的感恩。

长江和黄河发源于更为遥远的西部群山之间。它们孕育了悠久的中华文明，也惠及了中国大部分土地和人口。作为生命之水的受益者，如此的回顾是多么必要。

今天我们注意到一条河流的存在，也许明天，我们接着会对空气和阳光投去深情的一瞥。

二

郎木寺距离我所在的合作市不到两百千米。从前搭过路的长途客车在三道桥下车，进西边河谷步行五千米即到，如今有班车可以直达。

那是个岩峰与针叶林环绕的小镇。石头和木头垒砌的房屋坚实而古朴，由于向阳，即便在冬季也不会觉得过于寒冷。甘、青、川三省接壤处堆积起来的群山拱卫着它，外围则是一望无际的草地，因而对外来者来说，总有遥不可及的距离感。

郎木寺是个以仙女命名的镇子，它曾经的地名是达仓郎木。那藏语名字的意思是"虎穴里的仙女"——达仓乃虎穴，郎木即仙女。相传那里最初是一片野兽出没的幽深森林，峡谷虎穴里一只猛虎常常伤害人畜，不但当地无人居住，过路商客也屡遭劫难。有一日清晨，随着自然而鸣的海螺声呜呜响起，一位霓裳羽衣的仙女自天而降，降服了称霸一方的猛虎。那仙女不仅可爱也有几分顽皮，她驯服猛虎作为自己的坐骑，常常骑着它巡游山林，警告其他猛兽不得为害地方。

镇子西边峡谷的一个巨大洞穴里，如今还供奉着吉祥仙女的天然塑像。其实那不过是一尊被白色哈达层层包裹起来的人形钟乳石，但人们总是摸黑进入洞中点燃柏香，供上一盏盏酥油灯，双手加额默默祝祷。据说镇上的寺院里保存着那只预示仙女降临的神奇海螺，寺院因此而声名远播，镇子的名字也就渐渐称为郎木寺了。

峡谷深处的溪水边，常有四脚小鲵伏卧于岩石，气定神闲犹如小小的恐龙。到了冬季，顺着溪流总是蒸腾着一道雾气，灌木枝条上挂满了洁白的雾凇。伸手试试水是温的，摸一块水底的石头出来也是热的，仿佛即将孵化的恐龙蛋。

郎木寺处于甘、青、川三省边缘，实际上也处在东部和西部的边缘。那里没有令人感到沉重的积淀，也没有供人凭吊怀古的废墟，它只是徜徉在神奇的传说中。自然而鸣的海螺，降服猛虎的仙女，开启了万山丛中一方祥和之地。居民们传诵着如此的故事，甚至将其作为一种荣耀。没有人求证传说的真伪，也没有人会断然否定。也许有人会说，只有孩子们才喜欢那样的传说故事。是的，郎木寺人是不介意说他们单纯得就像孩子的。有次我与一位牧马的老人坐在草地上闲聊，一只拇指大的黑色甲虫直奔他的领口而去。我急忙提醒他，他却笑着说，让它去吧，它只是好奇而已。那虫子钻进他的袍子，在他的胸口和胳肢窝仔细巡察，他始终坚持不动，只是像孩子一样被瘙痒得呵呵大笑。

后来镇子上有了两座藏传佛教寺院，分属甘肃和四川两省。由于经商的回族民众陆续增多，两座寺院之间也出现了一座清真寺，尖顶上的星月在太阳下闪光。

喧闹声总是停留在遥远的草地之外，时尚的涟漪也因崇山峻岭的阻隔，终至于消减殆尽。郎木寺的天空总是一碧如洗，实际上并非一无所有。它被传说的油彩涂抹得斑斓绚丽，让人突然领悟到"空无妙有"的寓意。

三

在外人眼里，郎木寺仍是一方净土。

表皮干燥脱落的柏树高大而宁静，在河边草地上投下它们墨绿色的影子。河谷及山坡上都是居民的沓板房，屋顶不覆瓦片，只用石头压着一层层劈木板，看上去如雪鸡的羽毛一样自然美丽。屋梁与檐板之间甚至不用榫卯，而是用原木的天然根杈作为搭钩。久经日晒雨淋，屋顶铺设的木板与青白的石头融为一色，看上去柔和而温暖。室内生火时屋顶板缝间便有炊烟冒出，牛乳一样四处弥漫开去，空气里总是飘散着柏枝和糌粑的清香。一些朽坏的栅栏几乎被茂盛的高原囊乌和唐古特莨菪淹没，街道两旁的波斯菊也开得热烈，似乎永不凋谢。镇子对面山头横亘着暗红色的丹霞裸岩，如同燃烧着的巨大煤块，即使第一场雪染白山峰，目光所及也会给人灼热感。

据说二十世纪四十年代，有位名叫詹姆斯的美国传教士来到此地。他醉心于奇异的传说和风光，很快就忘记了自己的神圣职责。他穿上皮袍戴上皮帽，每天跟当地人一起喝酒聊天，或者跟他们去骑马狩猎。十多年后他离开时已写成了一本英文著作，带回美国出版发行。他的书让许多西方人知道，中国西部的群山之中还有这样一个隐秘的所在。

在如今的郎木寺，见到最多的仍是西方背包客的陌生面孔。他们端着相机穿行于寺院与板屋之间，旁若无人地在活页本子上写写画画，偶尔俯下身去逗那些鼻涕流过嘴唇、目光纯净如水的当地孩子。而来自内地城市的年轻人，那些身体单薄却自命不凡的诗人或画家，总会孤独地坐在旅馆的窗口，一边品尝劣质咖啡一边不停地抽烟。他们额前长发遮住了一只眼睛，却不妨碍用另一只忧郁的眼睛发现令他们惊讶的东西。

街边木桩上拴着马匹，嘴上套着毛线编织的饲料袋，咯嘣咯嘣嚼着豌豆。泉水在街头水槽里哗哗流淌，远道而来者卸下满是风尘的行囊，弯下腰双手接住水柱，清亮的水花在手心里飞溅起来。幽暗的车马店里隔夜的火塘总是余温尚存，镇子外的草地上也可看见行脚者们打尖烧茶的黑石头。

镇子上的藏族人以畜牧为业，牧场却在很远的山后，因而他们除了镇子上有个固定的家，还有几顶随季节不断游走于原野的黑牛毛帐篷。汉族人和回族人多是二十世纪上半叶为躲避战乱或经营畜产品生意而来，也跟当地居民无异了。镇子主街两旁有许多店铺，以藏、汉、英三种文字书写着招牌，门楣上往往挂着巨大的牦牛头骨。店铺里除了堆积着酥油、糌粑和青稞，还可以看到尼泊尔铜佛、印度檀香、内地的景泰蓝花瓶，以及红铜茶壶、折把漏勺、圆木雕成的酥油盒、毛褐子褡裢和碗套。

　　所谓净土不过是相对而言。当许多地方遭受污染的时候，能够幸免的土地便是净土。因此，机警的鸟儿便会飞往深山，感知冷暖的鱼儿总在游向源头。郎木寺是个阳光充裕、山头上白云缭绕的镇子，镇子里也算不得干净整洁，远道而来的人们总是双脚粘满黑色的泥浆，石头垒砌的墙壁上甚至密密麻麻贴着牛粪饼。但空气和水都是纯净的，就像郎木寺的居民一样淳朴厚道，值得信赖。

　　郎木寺似乎被时光所遗忘，但我想说的是，盲目而焦虑的脚步最好不要打扰到它。值得珍藏的东西，应该小心存放在时光宝盒里。

　　四

　　走过寺院活佛府邸下侧的斜坡，向西北翻过一道山口，便可望见远处山脚下经幡林立的天葬场。那是西北藏区最有名的天葬场。

　　当一个人踽踽行走于通往天葬场的小路时，巨大的空寂几乎将人吞噬，就像海绵即将吸干一滴水。接近天葬场，草丛里到处是死者的遗物，毡毯、褥垫，还有一些袍子、内衣挂在灌丛上，旗帜般在山风中招展。也有精致的木碗、手杖之类，或许是死者生前的钟爱之物，还可能由于别人动了它们而生过气斗过嘴，最后都慨然舍弃了。再执着于自己的人，在那里也可能学会放下，在人生旅途上变得步态从容。

　　石块铺筑的天葬台上横陈着凹陷的解尸墩，摆放着各式各样锈迹斑斑的刀具。伫立于天葬台中央，仿佛站在通往另一空间的门槛，似乎看得见死者与众神一起凌空高蹈，欢庆生命的圆满归宿。

　　鹰鹫吃剩的骨渣会被家人捡起，烧成灰掺和到红胶泥当中，拓成一个个庄严的佛像。那融合了骨灰的佛像被放置于山坡上专门的房间，或是人畜不易侵扰的山岩之下，至此，再平凡普通的人生也完成了与佛的最终合一。

　　那里流传着一个说法，活着的人只要割破手指在天葬场洒一滴血，即可放下所有的牵挂。早年我也曾那样做过。因而我一直在努力放下，哪怕做不到完全彻底。

五

每次去郎木寺，我都喜欢住在沓板房改造的简陋客栈里，听房东复述达仓郎木的故事。黄昏降临，镇子趋于安静，峡谷间的松涛声渐次高扬，激越的河流声也成为它的伴奏。那壮阔雄浑的天籁，仿佛迎接吉祥仙女踩着天界金闼再次莅临的乐章。在那样的氛围里，再离奇的故事也显得平常自然，如同屋后生生不息的荨麻和莨菪。他们会说，看见西边峡口石壁上那个巨大的掌印了吗？那儿原是海眼，连接着东海呢。有一年突然大水喷出，淹没了房屋牛羊，恰好来了一位圣者上前猛击一掌，就将那海眼封住了。于是晚上躺在板屋的地板上，总觉置身于一叶轻漂的舢板，在波涛汹涌的大海上一夜颠簸。

板屋里的光线是迷人的。阳光穿过屋顶的缝隙斜射下来，看得见微尘的颗粒在纯净的空气里闪闪发亮。女主人在火塘里生起火，那些边缘整齐的光带里便有浓稠的乳色流动；熬着松潘茶的铜壶热气蒸腾的时候，光带里又闪烁着绚丽的彩虹。有次我在街头遇见一伙装备精良的摄影师，他们将长长短短的镜头对准寺院的红墙金顶疯狂地按着快门，我建议道：带上你们的三脚架去板屋拍摄吧，那里有世界上最干净最奇妙的光线。他们只是耸耸肩，继续在正午的强光下追逐那些裹着袈裟的僧人。

郎木寺人敬重神灵却不会受制于它，他们懂得神性就在自身而不假外求。据说，居住在板屋里的老居民可以将衣服搭在光线上，如同搭在一根斜拉的毛绳上，而且具备如此能力的人其本身也是发光的。按他们的说法，最初人人都是罩着一轮光环的，后来误食了一种名叫麻麦的谷物，渐渐变得气浊体重，与神灵拉开了距离。这种说法似与进化论相悖，但不可否认的是，当外在的东西变得庄严神圣乃至金碧辉煌的时候，人自身的光便会黯然熄灭。

西部诗人昌耀曾经写道："他在这里脱去垢辱的黑衣，留在埠头让时光漂洗。"这句话似乎也是为我而写。有次我坐在板屋里的时候意外发现了另一个自己。当我偶尔回首之际，无意间看到了自己的身影，那是一个脸上没有皱纹也未生出胡须，面目生动犹具活力的自我。也许那只是一个幻觉，但无疑是件令人欣喜的事。虽然我的生活平淡无奇甚至多有不堪，但我仍保留着另一个自己，他未曾被现实的尘埃完全遮蔽。由此我将变得自信而踏实，将一度虚言应酬的事务抛置脑后，甚至不惜对那个由物质主宰的世界"决然背过脸去"。

六

据说郎木寺曾经被中央电视台评为中国二十个魅力名镇之一，在西北省区是唯一的。魅力是什么？如果要我说只有两个字，那就是喜欢。

我喜欢郎木寺。在感到疲倦或无聊的时候，总会放下手头事务，头也不回地直奔长途车站。我会坐在镇子对面的山坡上，嘴里咬一截草棍儿，像个年老的牧人那样惬意地享受阳光。我眯缝着眼睛，看不够那树木和山岩。有着坚实的山岩，有着茂盛的树木，也有着清澈河流的地方，便是能养人的地方——人需要摄取的养分不仅仅是食物。那是自然的力量，也是自然的慷慨馈赠。

如今的郎木寺是有变化，女人们将背水的木筲换成了肩挑的两只铁桶，但她们仍坚持不用塑料壶。红红绿绿而又轻薄的塑料器具，肯定不适于盛装纯净的源头之水。

张存学 ^① 的散文

① 张存学，男，汉族，1960 年 11 月 28 日出生于甘南藏族自治州合作市，中国作家协会会员，中国文艺评论家协会会员。作品见于《收获》《十月》《中国作家》等刊。出版中篇小说集《蓝丽》，出版和发表长篇小说有《轻柔之手》《坚硬时光》《我不放过你》《白色庄窠》。中篇小说《迷醉》获第四届敦煌文艺奖。短篇小说《拿枪的桑林》获甘肃省第五届敦煌文艺奖。长篇小说《轻柔之手》获甘肃省第六届敦煌文艺奖。长篇小说《白色庄窠》获甘肃省第八届敦煌文艺奖。原工作单位为甘肃省文学艺术界联合会，现已退休。

走向巴丹吉林 ①

　　向北，是无尽的旷茫之野。经过金昌后，村庄渐渐远在身后，绿色也渐渐远在身后了。北野的沙生植物连同戈壁伸向远方。远方，旷茫中是火热太阳下的白霭，那是迷蒙的白霭，是天地共造的一种横亘在天际的屏障，屏障的那头是凶险还是一片喜人之地无法预料。这就是大漠，是人的书写中不断被提及的北方大漠。乘车在这样的大漠中行走永远是被荒凉感浸入的，放眼望去，没有人的踪影，即使眼前突然出现一片绿色、一处简单的房舍，也会替如此的绿色和如此的房舍感到孤独。这样的绿色和这样的房舍一晃而过，大漠依然是大漠。

　　九棵树是一个地方，是戈壁中通向雅布赖镇路上的一个有树的地方。九棵树意为这里曾经有过九棵树，这在大漠上应该是奇迹，因为这样的奇迹这个地方被传说，被远在城镇的人们到达。十多年前我曾到达九棵树这个地方。在周围都是沙山的一片低地处长着九棵树，那时，九棵树中的几棵已经枯死了，剩下的几棵却依然生机盎然，在一片黄沙中，在一片死寂般的旷野中它们的绿色让人惊心动魄。现在，车过九棵树，路边立着写有九棵树的牌子，它的旁边是枯死的两棵树。放眼望去，当年生机盎然的几棵树已经不见了踪影。大漠、荒野及吹了千百万年的风将奇迹般的绿色吞没了。

　　在九棵树这样的地方，我当年走上沙丘向北远远望去，一片蓝色的湖水梦幻般显现，那种蓝色让人惊异。有人对我说，那是盐湖，是雅布赖盐湖。盐湖的蓝色和戈壁的黄色相映成一种辽远而神秘的景象，那种景象印入我的脑海中，多少年来，它幻化成了我不曾到达的远景，幻化成了一种神秘的召唤。现在，我走过九棵树，走在砂碛遍野的荒漠。此时，早已进入阿拉善右旗的地界——在九棵树以前就已进入阿拉善右旗的地界了。前

---

① 原载《醉美巴丹吉林》，甘肃人民出版社 2017 年版。

方，一片绿色隐隐而现，人们说，那是著名的雅布赖镇了。

雅布赖镇因盐湖而有名。雅布赖镇就在盐湖边上。走过雅布赖镇眼前是一片又一片的盐湖，它们就是当年我在九棵树的沙山上远远望到的盐湖。此刻，盐湖近在眼前。盐湖边上有几处白色的盐山，它们在六月的阳光下就像雪山般耸立。此刻，近旁的盐湖水光粼粼，飞鸟盘桓。在盐湖以外的地方，依然是旷茫的北方大野，荒漠向东伸向远方，远方依然是白霭茫茫的天际，而向西是隐约而现的一抹苍茫的灰色山脊。雅布赖的人对我说，那抹苍茫的灰色山脊是雅布赖山，它东西走向，全长一百多千米，它是著名的巴丹吉林沙漠的最东边，也就是说，雅布赖山成为一道屏障，雄浑的巴丹吉林沙漠被雅布赖山挡住了狂野的步伐。而向东延伸的荒漠连接碰上腾格里大沙漠。我站在这荒漠中，向东望去，茫茫荒野的远处就是腾格里沙漠。在这里，巴丹吉林沙漠与腾格里沙漠在大地上遥相呼应。

雅布赖镇是一个有名的镇，它因盐而有名。在古老的年代里，雅布赖盐湖就被开采，盐工们聚集在这里，盐商们聚集在这里。驼队绵延踏出一条雅布赖与外界相接的道路，这道路通向河西走廊的重镇武威，雅布赖的盐通过武威又向四处发散。当年，骆驼是大漠上的行驶之舟，如今，它们被现代性的运输工具所代替，但在眼前的大漠中，在沙生植物遍野的荒原上仍能看到奔走的驼群，而它们敲响大漠空寂的驼铃我在雅布赖的大漠驿站的博物馆里才能看到，它被挂在墙上，硕大而令人惊讶。如今的雅布赖镇掩映在绿树中，一排又一排的高大白杨树被风吹响。笔直道路的十字路口红灯闪烁。雅布赖人说，在整个阿拉善右旗，有许多人的先辈是来自甘肃民勤县的，二十世纪两次大的饥荒中，大量的甘肃民勤人逃到这片土地上，广袤的大漠接纳了他们，蒙古民族接纳了他们，他们由此生存了下来。多少年过去，他们的口音中仍保留着浓重的民勤口音。

在雅布赖之外的旷野里，落日的余晖使大漠显得更加苍凉，往北，再往北或者是更加广袤的荒野，或者是水草丰茂的另一种世界。人在这样的旷野里行走或者站立都显得不重要。旷野不主宰什么，它亘古以来与高天相伴，与长风相语，人在此中只有于静默中与天地一体才能倾听到自己的声音——如此也是大地的声音。几百年前，和硕特蒙古人从遥远的西部迤逦而来，他们几经周旋其中的一支留在了这片广袤之地上，他们栖落在巴丹吉林沙漠中，栖落在辽阔的荒漠草原上。骆驼、牛羊和马与他们相伴，还有风的长鸣。

落日余晖中，我们朝着雅布赖山下前行。雅布赖灰色的山脊与它之下的旷野构成了一片寂静的世界，这个世界中没有人烟，没有水草，没有牛羊，寂静之中只有风在吹，还有落日余晖中远处渐渐模糊了的地平线。几十分钟后，我们进入雅布赖山的一处豁口处，顺着豁口向里走依然是荒凉的石山和砂砾。这样行进就像行进在雅布赖山荒凉的心脏中，但随即赫然出现了一处绿色，一处绿树掩映的绿色，绿色中有房舍，有蒙古包。这样的绿色，这样的房舍，这样的蒙古包就像是幻觉中出现的，它显得不真实，但又是真实的。栖落在这大地山野中的蒙古人就这样生活着，他们或居住在山皱里，或居住在沙漠的海子边的绿洲中。而我们此刻到达的是牧人奥特的家，他站在蒙古包前迎接我们。

迎接我们的还有奥特和他家人的歌声。

夜深了，月光下的山野里空旷而寂静。蒙古包里，奥特在唱蒙古歌。奥特唱歌时微闭着眼睛，如此，他似乎在进入他古老祖先的咏唱中，进入蒙古人对天、神的诉说中。月光照耀的夜色里，奥特的歌是无形的精灵向旷野中弥散，它们在向大地感恩，向旷野呢喃。在奥特的歌声中，我再次感觉到，在这亘古已有的旷野里，人只是大地之声的通过者，大地通过人，通过人的歌声将它永恒的力量传达了出来，人永远都不是大地的主宰者，大地收留了人，给予人恩赐，给予人不能逾越的限度。如此，人不管生活在富庶之地，还是生活在碛砾之地都只是天地之气的通过者，除此以外，人什么都不是。

奥特的歌是大地之歌，也是一个普通的蒙古人的歌。

在这雅布赖一带，出生过一个著名摔跤手，他的名字被人们传诵了几百年，这个摔跤手就是夏力宾。夏力宾是阿拉善地区著名的摔跤手。乾隆三十一年（1766）在罗布桑多尔济亲王举办的阿拉善旗"乌日斯"那达慕盛会上，额尔克哈什哈巴格的摔跤手夏力宾力克群雄，夺得全旗摔跤冠军，被誉为"搏克夏力宾"。他技艺超群，曾游走于内外蒙古，名扬蒙古草原，后因摔败皇帝的摔跤手而潜逃流浪，最后客死他乡。如今，在阿拉善右旗所在地的巴丹吉林镇广场上耸立着夏力宾的高大塑像，塑像夏力宾背着他的母亲和蒙古毡房。传说，夏力宾无论走到哪里都要背负他的母亲和他们家的蒙古毡房。

第二天，我们进入巴丹吉林沙漠。

多少年前，我写过一篇巴丹吉林的文章，那时我还没有真正进入巴丹吉林沙漠中，只是在九棵树那个地方产生过对巴丹吉林的想象，那篇文章写的就是那种想象。现在，我来到这著名的沙漠中。此刻，我无法说什么，甚至不能想象，一脉又一脉的金黄色沙山横在眼前，它们以曲线的形式上升或者降落，而这种上升和降落是没有尽头的，一脉沙山连着另一脉沙山，层层叠叠的金黄色的沙山构成了波涛汹涌的沙的大海，这是望不到边际的大海。巴丹吉林，方圆五万多平方千米，它的广袤无际由雄浑的金色推延，蓝天是它的背景，在这样的沙漠中，只有风才能给予它造型的力量，它的每一脉山脊，每一脉曲线都回响着风的声音，风在大漠上吹过时，沙浪奔腾，气象万千。

我独自走在沙梁上。此刻，阳光明媚，风静沙止。满眼的金黄色铺成纯洁的世界，在这样的世界中，远方的喧闹、扰攘都如风而去。此刻，我站在沙梁上只有静默。

多少年来，人类以征服高山大漠为自豪，也以自身生存条件的优劣来为自然划界。1990年，由日本人主导的登山队登上卡瓦博格雪山。卡瓦博格雪山是当地人的神山，它是纯洁之山，这神灵栖居之山。登山队登到四千米高的时候，乌云飞卷，狂雪骤降，登山队全部人员死于暴雪之中。在这之前，当地人曾阻止登山队登山，但征服欲没有使登山队停止登山。到了第二年，雪融化之际，死难的登山队全部的尸体被山水冲了下来——神圣的卡瓦博格拒绝玷污者，圣洁的山上不愿留下他们的尸体。

金黄色是巴丹吉林真实的面目，是它圣洁的表象，它的雄浑与广袤拒绝人类的是非判断，它自成一体的世界有着自己的尊严，而人类对它的敬畏远远不够。或许，只有生活在这巴丹吉林沙漠中的人才能体会到它自在的力量，对于人来说，它是给予者，千百年来，只有它才能让人明白人的限度。人如果僭越了这个限度，被惩罚的灾难就会接踵而来。

在金黄色的沙山下，随处可见到一片又一片的海子。它们碧蓝的水色与金黄色的沙山相映成一种令人惊异的景象，而这样的海子在整个巴丹吉林有一百多个。绵延的沙山与珍珠般的海子使巴丹吉林成为这个星球上最奇异的沙漠。

夕阳西下时，我和陪我们行走的孟和巴图漫步在巴丹吉林镇的广场上。在高大的夏力宾塑像前孟和巴图给我说夏力宾的故事，而在这之前，他和艺人巴音别力格及他们的团队给我们弹唱《江格尔》片段。《江格尔》是蒙古人的英雄史诗。

黄河汹涌 ①

秋日，客轮从兰州的什川镇渡口顺流而下，不久便进入一段二十多千米的奇异峡谷中。说是奇异，是因为两岸石山相逼，黄河至此被纳入与世隔绝的境地，在此境地中，只有狭窄的蓝天和倏然光顾的鸟，喧嚣的城市似乎一下子被抛向了遥远的地方，世界被眼前的空寂漫漶成一片静无。在这静无中，逼人而兀立的是两岸的石山，石山险峻处险峻，壁立处壁立，而柔和处又以石头的造型呈现着飘逸的线条感。

黄河汹涌而流。峡谷中，黄河收束腰身，耸起头颅迎向前方一座座如金刚般的石山，险急是不用说的。看似平静的水面下肯定是水石相激的搏斗，也肯定是势不可当的决绝气概。

站在客轮上，迎着风浸润在被黄河造就的版图中。而黄河的版图上，万水归一。

---

① 发表于《黄河报》2020 年 7 月，获《兰州晚报》征文一等奖。

在陇中众壑纵横的山塬上，一条不大的河冲出一道平川，这条河叫祖厉河。祖厉河边的人很少有知道这条河怎么被命名的，它的名字太古老了，两千年前它就这么叫，只是写法跟现在不一样。站在这样一条河边绝对没有心旷神怡的感觉，也没有神清气爽的感觉。一只孤独的鸟飞来，它似乎从遥远而干枯的山脊飞来，它飞到祖厉河边只为喝一口水。为了这口水它冒着脱离鸟群的危险，也冒着被阴鸷的鹰半路劫杀的危险。这只鸟的到达增添了这条河的荒凉与空寂的感觉。是的，这条在古老的时期就流淌的河是荒凉的、空寂的，因为它的水是苦咸的，它水中含的芒硝和碱让它的两岸泛着可怖的白色，这样的白色让远处的植物望而却步，让它的河谷变得空旷而死寂。在这样的河谷中，即使叫喊的回声也显得非同一般，声音投掷出去，它传回来时是被放大的空洞，空洞声嗡嗡交错，它暗含的阴郁、危险和荒凉在这种交错的嗡嗡声中张牙舞爪。

因为水是苦咸的，只有鸟和牲畜饮用。人只有过河到对面放羊或耕田时才会亲临它，因此，在这样的河谷中很少有人的气息。但由这条河冲刷而成的平川里每隔七八里就会有一个村子，这些村子无一例外地都在离河谷稍远的地方。每年的七月和八月，祖厉河会在某一天突然如暴怒的巨龙，它咆哮的声音震天动地，此时的祖厉河如浩浩荡荡的大河汹涌奔腾，它呈现着席卷一切的气势，连同它振响整个川的声音都是王者气概——它要卷走地上的声音，也要卷走天上的声音。这样的祖厉河与它平时的样子大相径庭。平时的它在孤寂中流淌，它是千万年流淌的一条小河，是将荒凉和空寂放大到整个河谷的孤独之河，但是，它在夏日的七八月里，上川的一场暴雨会让千山万壑的水奔流到这条河里，这条河会在十几分钟内骤然变成一条大河，一条震耳欲聋的河。这是突然的情形，一些正在吃草的羊，一些觅食的野兔或者狼来不及躲开如此的洪水而被冲到河道里。汹涌的河中，一些巨石被掀动着向前滚，这些巨石有的跟房屋一般大，它们滚动着，如笨拙的巨兽不得不迈开步子跟跄前行，与此同时，它们发出绝望的吼叫声。

　　我父亲的家乡在祖厉河边，它叫张家崖湾。从九岁起，我曾在那里生活过几年。在离我父亲家乡有几十公里远的祖厉河上游地方，有一个村子叫沙家嘴。知道这个村子时我已经十几岁了。在这之前，亲人不时地提起这个村子，但我从来没有想过它与我有什么关系。十几岁时，我离开父亲的故乡重回到青藏高原东部我出生的地方时，才知道沙家嘴是我祖母的家乡。但沙家嘴是怎样一个村子我只能想象，而想象永远都是虚幻的，不真实的。多少年后的一天，我乘车从会宁县出发顺着祖厉河往北走。在车上我问沙家嘴在哪里时，被问的人对我说，车已经过了沙家嘴。如此，我错失了沙家嘴。又是多少年过去，我再一次到会宁，我跟朋友约好让他带我到沙家嘴去。一切准备就绪，但到走的时候又走不了了。我再一次错失。至今，我仍没有到过沙家嘴。

　　我的祖母来自沙家嘴，我的伯母也来自沙家嘴。我的伯母是我祖母的侄女，我们这一辈身上的血脉与那个我至今都没有到过的村子有着联系。我不时地念叨沙家嘴是因为我从来都没有见过我的祖母，她很早就去世了，在我父亲幼年时就去世了。对于一个没有见过的祖母的牵念是漫长的，由这种牵念就一直在想沙家嘴那个村子。那个村子是祖母娘家的村子，也是祖母的村子。

　　祖厉河也叫苦水河。在这苦水河流淌的川里，南风和北风一年四季交替刮着。在老人们的述说中，这个川里似乎永远都是令人胆寒的灾难。同治年间的匪乱在老人的描述中能想象出浩浩荡荡的土匪们举着亮晃晃的大刀从北杀到南，又从南往更南的地方杀到别处。土匪所之处生灵涂炭。那时我父亲的家族有七十多口人，一夜之间，七十多口人被杀得只剩下我祖太爷一个人了，这一个人当时只有十五岁。十五岁的少年藏起来，但最后还是被土匪发现并被带走当了马夫。之后，这个十五岁的少年趁着天黑逃了出来。他在原野上狂奔，身后隐隐传来马蹄声。那是土匪寻找他的马蹄声。他钻到了一个灌洞里用蓬草遮盖着头逃过了土匪们的追寻。之后，这个十五岁的少年重整家业。匪乱后，土匪的踪迹其实一直没有消失，一直到民国时期，这道川里仍有土匪不时地出没。有那么一个晚上，我在父亲的家乡梦见一队挥舞着长刀的土匪骑马从村子对面的长坡上滚滚而来。那个情境一直在我的脑子里，到现在依然清晰。

匪灾不断，又有旱灾和疫灾。旱灾到来的一年会颗粒无收，一年的劳作算是付诸东流了。白喉病夺走了一些人的生命，这其中有一些是我的先辈们。我的祖母也是因为疫灾而去世的。她去世十几年后，我父亲离开了村庄，他离开村庄时只有十五岁。他是跟着征粮草的解放军离开的。当时正是解放大军解放西北的时期，征粮征草的解放军需要一个记账的，我父亲因为读过书便做了帮手，解放军离开时他便跟着离开了。他离开时正是吃晌午饭的时候，我伯母找他时没有找见。之后，我伯父又到处找，知情的人说，我父亲跟着当兵的走了。我伯父急了。在我伯父看来，跟着当兵的没有好结果，只有挨枪子。我伯父顺着当兵的离去的路线找到县城里。到县城里一打听说当兵的已经朝着定西方向走了。我伯父回到村子里做了去定西的准备后便向定西方向步行而去。定西离我父亲的村庄有二百多里路，我伯父走了三天后走到了定西。他见到了我父亲，我父亲那时已经穿上了公家的衣服，他将他从老家穿来的衣服交给我伯父后说他不再回去了。我伯父看那情形只好背着我父亲穿过的旧衣服回到了老家。

2017 年的一天早晨，我赶往兰州安宁区的西北师范大学，要与一批学者汇合出发到外地去，因为时间还早我便顺着师大的外墙溜达，在一幅被放大的旧照前我站住，旧照中间坐着的是师大第一任党委书记，再看说明中的文字，正是当年将我父亲从老家带走的那个人。我父亲在世时曾说过，他当年跟着走的那个人在中华人民共和国成立后当过定西市的领导，后来当过师大的书记，再后来去了陕西。站在这样的旧照前，六十多年前的情景恍然而来，而那情景中的我父亲在 2017 年已经离世六年了。

西北师大在黄河之滨。那个早晨，我被置于时间的交错之中。同时，我也被置于两条河的交错之中。祖厉河不管平静如涓涓细流还是狂暴如猛兽最后终归于黄河。在离我父亲家乡张家崖湾十几里远的地方，祖厉河流进了黄河，它的苦涩，它的灾难，它的混浊最后都被黄河收纳。

二十世纪初的光绪年间，一个成年人带着他十五岁的儿子从陕西大荔县的朝邑一路向西走到了黄河边的靖远县。这是漫长的旅程，也是不得不走的逃离之路。他们是为逃黄河的水灾而离开陕西朝邑的，他们从黄河边逃向了另一处黄河边，这中间是千里的路程。到达靖远后，他们父子挑起货担走街串巷。然后，他们以他们的勤劳和智慧在黄河边的县城里扎牢了脚。货担变成了字号为"德盛成"商铺，商铺由一处变成了几处。又由靖远发展到了包头、天津和武汉。民国十八年大旱之年，饥民遍野，当年被父亲带着到靖远的儿子此时已是"德盛成"商号的掌柜，他放四万斤粮救济灾民，并捐席收殓饿毙者。多少年后，这个当年放四万斤粮救济过灾民的人因另一场灾荒而饿死。想到这个人的死，我有些惊悚，这个人为了躲避黄河造成的灾难而逃到了千里之外的黄河的另一湾，经过由穷变富的辉煌后仍没有逃出他最初要逃离的那种灾难，他的逃离和生死没有超出黄河的版图。在这之前，他的妻子早他几年扔下几个未成年的孩子撒手人寰。这个妻子来自黄河边另一处的村子里，那里梨树成荫，是黄河造就的一处富庶之地。这个来自黄河边的妻子也许想到在她离世后丈夫会遭遇不虞之灾，她未成年的儿女们会呼号四野，因此，在她弥留之际，她睁大眼睛张望，而黄河在离她不远处涛声依旧。

这个在弥留之际睁大眼睛的妻子是我的外祖母，她被饿死的丈夫是我的外祖父。我没有见过他们。同样，我也没有见过我前面说过的我的祖母，也没有见过我的祖父。他们都在黄河的版图上活过，又在黄河的版图上死去。对于他们来说，黄河成为一种命运性的隐喻，他们的生与死被黄河给定，他们的逃离与奔走都在黄河的限定内。

秋天的黄河水与秋天万木斑斓之色，与天空清净之色辉映成一种景致，一种让人沉思和遐想的景致。多少年前的一个早晨，我独自走在玛曲的旷野里，天空的云，那种将要被太阳光照亮的云散淡地飘在远处的地平线上。但太阳光首先照亮的不是散淡飘荡的云，而是从天而降的黄河。在这之前，黄河似乎沉睡在高原上，它与大地一色。然后，太阳将它唤醒，它金黄色的、扭动的身躯卓然于大野上，那是辉煌的金色，是令人惊讶的金色，顺着那金色望去，它在远处与天空相接，与霞光相融。站在草地上，我与大地似乎已经没有了区分，在这样的时刻，人融入大地就像大地上的一根草，一只飞过的百灵鸟。然后，我想到我在玛曲阿万仓草原上的情景，阿万仓草原上的水流曲曲折折就像飘带一样遍布各处，草原由此变得绚丽多姿。在晴朗的时刻，遍布草原的流水金光闪闪，这样的草原仿佛神赐般金贵，它丰富的水流滋养着黄河，而黄河就在它的近旁。

我不止一次地到达玛曲。每一次都从合作城出发。合作城是我出生的地方。我的父亲逃离他的家乡后辗转到了青藏高原东部的甘南，随后，失去了父母的我的母亲也到了青藏高原东部的甘南。在甘南的合作城他们成家生子。合作，成了我真正意义上的故乡。在合作的东南部和西南部分别有两条河向北流淌，它们在合作的草地上汇合成一条河，这条河叫格河。格河伴我成长。它弯弯曲曲在马莲花遍地的草地上流淌时，在它的河中游弋着银色小鱼的时候，我在草地上奔跑，将草地当成万古不变的天堂之地。到我在父亲的家乡生活几年后再回到合作时，格河已经面目全非了，它被堤坝规笼起来，而与它成为一片的草地变成了工地，变成了混凝土的墙或者房子，草地消失了。被堤坝规笼起来的格河不再清澈，河中的鱼消失了。但这样的河依然昼夜不舍地向北流去。北方，是阿尼念青山，是青藏高原东部最大的神山，它护佑着青藏东部的万千生灵。格河向着这样的神山流去，然后，它汇入其他河中，最后流入黄河。格河也是黄河版图上的一条河。多少年来，我从这条河所在合作出发不断到达玛曲，到达青藏高原其他地方。

与我生命有关的大河是黄河，与我生命有关的小河是黄河的支流。在黄河的版图上，我只是万千生灵中的一个。这个生灵与其他的生灵息息相通，与生死相通，与灾难与幸福相通，与过去和未来相通。

奇峡中的客轮顺流而下。从青藏高原漫长的流动后，黄河在这黄土高原的奇峡中决绝向前，然后，它流到中原地带，最后归入大海。流入大海这是它的命运。一个诗人曾说："我看见黄河只想流泪。"

完玛央金①的散文

① 完玛央金，又名丁玉萍，女，藏族，1962年9月2日出生，甘肃省卓尼县人。中国少数民族文学学会会员、甘肃省作家协会会员。1982年起发表诗歌、散文、小说作品，撰写电视专题片《写意洮河》解说词，先后入选《她们的抒情诗》《中国当代女诗人诗选》《西部的抒情》《藏族当代诗人诗选》等选集，著有诗集《日影·星星》《完玛央金诗选》，散文集《触摸紫色的草穗》，曾获甘肃省优秀作品奖、甘肃省少数民族文学创作"铜奔马"奖、甘肃省少数民族文学创作奖、天津第十八届"文化杯"孙犁散文奖等多种奖励。

昨天的太阳当头照[①]

墙

黄土的绕山梁的路，拓宽了许多。原先，路的侧旁，菜园、纵横小巷、一个挨着一个的院落，都被黄土的墙隔开。墙上，尺余宽木板印痕层层落落，那是筑墙的时候农人们在固定好的木板当中填上土，唱着号子，扯起夯，一下一下砸出来的。墙头茅草随风东摇西摆，落着些麻雀和百灵，常常一只对着一只鸣叫，并飞快地扇动翅膀，跳舞，献殷勤。放眼望去，即使不见一个人影，但有那敦厚的墙抚慰视线，便感觉格外踏实。那是些有故事、会讲话的土墙。

墙上方，常见一些树伸出枝来，春天，挑着白色、粉色和黄色的花朵；秋天，缀满金黄或鲜红的果实。那些树下，通常都拴着一只狗，没等路人靠近，警告的狂吠就会由墙的里面传出来。自由的是蝴蝶和蜜蜂们，它们起飞、降落在任何一堵墙的这边或是那边，采花粉，酿花蜜。特别是蜜蜂，频频举行阵容庞大的飞婚仪式，黑压压一片，嗡嗡飞过头顶，狗无奈地在树下望着它们。

巷道里的墙往往被顽皮的小孩用利器划出一道道深浅不一的沟槽。他们拿木棍或者碎瓷片对准墙面飞快地跑过，纷纷掉落的土粒让他们快活得咯咯大笑。这时，有年长的人呵斥一声，他们放慢脚步，贴立在墙根，低下头抬眼偷偷观察面前人的脸。看到他或她语气稍稍缓和下来，立马扭身一溜烟跑开。村里，几乎没有墙是完好的。一户外墙有些低矮，常见一些孩子骑在墙头一手拿块青稞面贴饼子，一手举棵葱，晃着腿大嚼大咽。

黄土的墙，熟视无睹了，关乎它，却隐藏着一些秘密。

北山山脚有一家盖新房，在崖上取土筑墙的时候挖出了一个青花瓷碗。女主人不识字，用它舀粮食。一次，家里来了个教书先生，她拿出碗给教书先生看。教书先生拿到碗先是一怔，转来转去一看，接着告诉她这只碗是个宝贝，是五百年前的古董。女主人嘴里哦哦着，拿围裙一遍又一遍擦碗。次日之后，巨大的粮食储柜里换了只缺了口的黑粗瓷碗，家里再没有谁见到过那青花瓷碗的影儿了。

养了五个儿女的贾老四家改建老房，邻人听到整夜传来嘭嘭的挖掘声。一夜，听到轰隆一声巨响，自己的房屋被震得抖了几抖，猜想大约是隔壁的后墙倒塌了，早上赶过来看热闹，却不见星点土坷垃，地面收拾得光光堂堂。不多时日，村子里疯传贾老四拆后墙的时候挖到了砌在墙里的一坛银圆，足足有七八百个。贾老四与大哥贾老大住隔壁院子，贾老大刚一听说就跑过院来探虚实。虽然贾老大认为是祖上遗产，贾家弟兄四人，贾老二早年病逝，贾老三远在三百千米外的省城，眼下无人知晓，他们两个偷偷分掉再合适不过。无奈贾老四矢口否认，说没挖到什么银圆，捶着胸口仰首赌誓：真是天大的冤枉，我连坛子的毛都没有见到！贾老大狠狠盯了盯已经消失了的后墙，冲那里空荡荡的一地阳光吐了口唾沫，反剪双臂走了。贾老大再也不搭理每到饭点不是借醋就是借盐的贾老四或他的老婆，摸准时辰，一家子早早吃过饭刷净锅碗，大开院门，与老婆子坐在炕上，老婆子纳鞋底，自己咕噜咕噜抽水烟，冷眼等待他们进来，再看他们灰溜溜地出去。

每家家里的墙都被长年累月的烟火熏得黑乎乎、油亮亮的。黄泥掺和麦草的朴素形象早已被改观，火盆里红红的火苗和油灯的光焰在墙面舞蹈，活脱脱是阿婆故事里的鬼怪精灵，小孩子是不敢多看一眼的。遗腹女戎弟和表姐躺在炕上，做各种手影，在墙面上让兔子摇动长耳朵，狼狗张合大嘴巴，老头颤巍巍走路，老鹰振翅飞翔。再往后，过了三十多年，家家的墙面装饰奢侈了一些，报纸糊满了整个房间，戎弟和表姐的孩子像他们当年一般大，躺在当年那盘大炕上，一个人念报纸上的一条标题，一个人来寻找，夜夜重复，百玩不厌。

小孩子们完全不知道身边时时有各种事情发生。村头东智妈这年秋天在外院靠近崖边的空场地簸粮食的时候，突然间左半边身子疼痛难忍，接着全身不能动弹，村里人都说着了风了。东智妈躺了两个月，终于能下炕到檐下晒晒太阳。一日，坐着的她慌慌站起来，急切地朝屋里的东智喊："快！墙倒了！墙倒了！"东智十八岁，高中毕业，趴在炕桌上看书，准备参加刚刚恢复的高考。东智三脚两步蹦出来，顺着母亲手指的卧房山墙看去，并没有什么动静，一切都是原来的模样。他对母亲说："没倒，墙好好的啊！"母亲说："是我不成了！我不成了！"说着，东智妈倒在了地上。东智妈再也没能站起来，躺了一个多月，去世了。墙竟还有这般严峻冷酷的神性，兆演未来，实在不敢怠慢，老人小孩每每走过，感到一种无形的恐惧，不由得加快脚步避开。

房　子

黄土碾就的平坦屋顶，看得见木梯的顶端由房檐边伸上来。屋顶摊开晾晒着刚刚收割的麦子，浓郁的香味里面，头顶白手帕的妇人拿木叉子翻搅麦草。有些人家已开始脱粒，挥舞梿枷拍打粮食。这边房顶和那边房顶上啪啪的响声交相呼应，组成美妙的和声奏唱。浮上每个人心壁的歌词都是不一样的。木梯常靠在厨房一边，下了木梯见一溜上房，上房两边坐着厢房。

殷实人家盖着小楼，底层圈牲口，上层居人。房间隔墙均使用木板，装有壁柜，铜制锁扣。铜锁的钥匙常常挂在一家之长的爷爷或是奶奶的腰间，孙子们眼巴巴望着他们能跪上炕沿，两只脚交叉蹭掉鞋上炕，然后撩起衣襟摸钥匙。那多半是要分发给他们糖果或是葡萄干、核桃之类的稀罕物了。楼房楼梯逼仄，仅一人可通过，楼道无灯，早晚间光线昏暗时上上下下，必以一手扶着旁边的墙壁，一手按腿保持平衡。有极淘气的年少男子，往往在全家熄了油灯准备睡觉时躲在楼梯上等待晚归的人。听见大门声响，他立即站起来，口衔燃烧的木炭，双手撑住两边的墙，一呼一吸。一呼一吸间木炭一明一灭，明时红光耀在裂开的大嘴里，脸上高高低低阴影毕见，进来的人见此情状大叫一声急忙转身，往往提防不住，从楼梯上翻滚下来。随后，就听见家长破口大骂了。

二楼有一块二十多平方米的黄土平台，太阳红火的时候老人搬个小木凳，坐在那里晒太阳。脸被晒得赤红赤红。农历八月十五，新麦打碾出来，新麦面磨好了，小二楼女主人联络几家邻居或亲戚，烧好鏊子，烙饼子。那些饼子不是通常的饼子，它们被梳子和小铁夹压上或夹出各种图案，沿边被主妇们的巧手捏出各种造型，焦黄的皮里包裹着翠绿的葱花或艳红的玫瑰，它们是八月十五专有的美食。平台上烟火缭绕，小孩子们跑来跑去，断不肯离开锅边，为的是第一时间得到饼子，咬一口讨到满口的香脆。而他们得到的多半不是最好的，那些火候把握不准，烤焦了的被大人们放进手中，还被叮嘱："走路往地下看，吃了能捡到钱！"真真有一天捡到钱，是每个孩子执着牵念的美好梦想。

平常百姓家盖不起楼，一院房还是要立起的。三间或五间、七间上房，宽宽的房檐下种几棵李子、苹果树，牡丹和芍药花，左右各有厢房，一边住人，一边是牛羊圈、猪圈。住人的几乎间间盘一铺大炕，睡觉时老老小小一字排开。母亲或奶奶睡在靠窗台的地方，为晚上起夜的人一遍遍划火柴点油灯。

灶间连接灶台也是一盘大炕，中间用木板隔开，叫作洒栏子。人人抢着挨洒栏子睡，那里刚刚熄了做饭的火，躺在竹席上还是热乎乎的。孩子们躺在炕上不能马上入睡，你捅我，我捅你，有哭的，有叫的，烦劳了一天的母亲得不到清静，拿起烧火的竹条挨个抽打过去。

房屋的窗户都是纸糊的，分上下两扇，以木条隔成大小方格，中间的大方格镶玻璃，其余地方用白纸或是红纸、绿纸糊上。纸每年换一次，那是腊月里的事情。巧手的村里乡亲被请过来，好茶好烟招待，他或她盘腿坐在炕上，喝一口茶，拿起剪刀在各色纸上剪出花草果实、牛羊猪狗、鱼虫鸟兽，一夜之隔，它们就活生生地欢腾在洁白的窗户上了。

阳光初照，早饭的炊烟在家家屋顶升起，柴草的香气弥漫整个村落，狗也叫起来了，使劲刨地，它们听见了锅碗瓢盆的碰撞声，认定到了吃饭时间，冲厨房里的人撒娇、乞求，还带些小心翼翼的威吓，讨食。

吃过早饭，老弱的妇女收拾碗筷，年壮的劳力们扛起锄头走出院子，下地。三三两两在狭长弯曲的土巷道里遇上，相互问："喝啦？"对方说："喝了。"而后笑笑，各自向自家的庄稼地走去。只有这里的人听得明白，那"喝"就是"吃"的意思。汤面条是这里祖祖辈辈餐桌上的主打，吃饭时必然连吃带喝，喝的意义还要大于吃，久而久之，"吃"便等同于"喝"了。

腊月一过开始忙碌，话题自然也就多了起来。

一天早饭后某家的婆婆扛着锄头上到了半山上，老半会儿不见儿媳妇跟来，回望山下村庄里的家，见厨房上空炊烟重又冒起，料定是媳妇背着家人多放油，多放面，偷做好吃的了。回去抓现行又怕来不及，气得一屁股坐在塄坎上。晚饭过后，婆婆破天荒要给全家人讲古今（故事），看着身旁围坐的老少三代，她讲了个偷嘴媳妇的古今。儿媳妇红着脸低头不语，最后一把抱起婆婆怀里的儿子回自己屋了。偷嘴媳妇的古今流传开了，而且成了每家婆婆伺机要讲给新进门的儿媳妇听的一个古今。

巷　道

晚上进巷道，不由得人头皮一紧一麻。巷道弯曲再弯曲，向里边伸延，好像没有尽头。家家大门紧闭，门洞黑乎乎的，每走一步，都感到有人跟随。那人默不作声，忽而出现在身后，忽而好像又出现在眼前，甩不掉。其实，是风在掀动那些伸出墙外的树枝。树枝上叶子密密匝匝，落在地上的影子就是黑乎乎的一个滚动的球团。冬天，特别是冬至一过，巷道里祭过家祖神佛的烧纸，被流窜的风裹挟，绕脚边走，更是冷汗冒出脊背，心也咚咚直跳。

巷道口堆一草堆，每家门口也堆一草堆，旁边站着人。不多时，从里面一家院子传出哭声，随即，听见一声瓦盆摔碎的声响，哭声更大了，哭声中还加有号子，一人呼："起灵！"就见七八个人抬一棺木从那家院子里出来，后面跟随着披麻戴孝的孝子们。棺木路过的人家，大门上堆起的草堆早被点燃，青烟阵阵，袅袅娜娜缠绕每个路过人的裤脚。

巷子中间是水路，家家院子和房顶上雨水雪水滴落下来，流过自己挖出的小渠，在院外汇集一起，便成了涓涓细流，路人须得贴墙而行。阳光灿烂的时候，常见老年男人披件外衣，嘴里衔着羊腿骨做的烟锅，蹲在墙根晒太阳。头发斑白的女人们已经老眼昏花，做不得针线，只得坐在小木凳上，任凭小孙子在膝边绕来绕去，把自己拉扯得东倒西歪。老奶奶们头顶白手帕，手里拿一块看不出颜色的布，擦那笑出来的泪滴。她们满口没有几颗完整的牙齿，凹陷的嘴角口水不时淌下来。狗也来凑热闹，热了躺在老人们腿下，伸出红红的舌头喘气。狗没有忘记自己的职责，眼睛四处巡视，见有陌生人进巷口，立时箭一般射出，汪汪狂叫。它是有十足底气的，它的老少主人都在身后。

小孩子用木棍掏出墙洞里的蜗牛，摆在石板上比大小。他们不理会身后走过去的邻家那个长辫子姐姐，她有意挺着胸脯，站直腰身，让乌油油的一对麻花辫在脊背上甩来甩去，还扭一下圆圆的屁股。巷道里的人停止说笑，都把眼光投向她，待她走过去，一句憋不住的骂声先蹦出来："妖精！"那是紧挨着住在姑娘家南面的闹哥曼她妈。闹哥曼二十七岁了，个矮相貌丑陋，往媒婆那里送过三回鞋了，还没能被说定一家，把她娶过去。接下来老汉们中间有一个人发言："要给她阿大说一下，管管！像啥话！"大辫子姑娘不理会，屁股又多扭了两下，走出巷道。

夕阳一抹金色涂上墙头，老人们起身拍拍屁股腿上的土，拉上孙子各回各的家了。

菜　园

太阳直射，黄土地热气腾腾，最先是青葱的味道窜出来，仔细嗅，可以分辨出韭菜、芫荽、蒜苗，还有白菜、菠菜、芹菜的清香。那是每家房前或是房后欣欣向荣的菜园。向日葵守在地，它不加入这一番热闹的场景，慢慢地发芽，慢慢地抽干，慢慢地开花，最后在秋天萧杀的冷霜中美美地鼓起一腔饱满的子实，幸福地摇晃。

孩童的顽劣中，多次遭殃的是青葱，它们刚刚探出水嫩的叶子便被他们揪下来，填塞馋透的嘴巴。常见一名妇女追在后面，手指其背大声斥骂："再揪我的葱，把手指剁下来！"吃葱的孩子跑得远远的，挤眉弄眼。

雨下了一天又一天，菜园里的菜叶舒展开身体，绿得没法说清。已经十多天没见水分了，泥土干得裂开了口，这时候只听见甜蜜又贪婪的吞咽声。雨中夹杂着菜蔬们哗哗的欢笑。

一日，叫康珠妈的女人在菜园间菜，听到一墙之隔邻家菜园有人说话，仔细听听是刘老汉儿媳妇在跟自己的妹妹说话，她吩咐道："酥油在韭菜底下，韭菜我拔得多，盖得严，看不见。一路把背篼背好。"邻家刘老汉早年丧妻，患严重的哮喘病，有两个儿子，大儿子在百里外的牧区做事，常带来酥油、牛羊肉，让四邻羡慕。小儿子才十一二岁，不去上学，在家当羊倌。大儿子三个月前由老汉托媒成亲，新媳妇矮小伶俐，口甜如蜜，很讨公公喜欢。公公不管事，每天有吃有喝就行，家道交儿媳妇掌管。康珠妈故意咳嗽一声，墙那边顿时静悄悄的了。后来传说那媳妇的妹妹回家，途中，在一座山坡上休息，她解下背篼往地上放时没放稳，背篼翻倒了，里面的菜一下泼出来，一坨酥油也顺坡翻滚而下。一同还有伴，事情很快就传到村子里人人皆晓，可能只有那媳妇的公公不知道，他常年出不了门，盘腿坐在炕上，靠着被垛喝浓酽的砖茶。康珠妈倚在院门上，看着邻家大门叹口气说："男人是耙耙，女人是匣匣，匣匣漏了，耙得再多也要漏掉。"

菜园子不仅仅种菜，各种果树、鲜花也置身其中。李子、杏子、苹果，春季便性急地开出了繁盛的花朵，菜苗还在安静地等待身体一分一分长高，地边上牡丹、芍药到了春末夏初才不慌不忙地一朵接一朵绽开，豆角，不知何时起，一条条挂在了它们的上方。

果子熟了，摘下来，按大小、成熟度分等次堆放。有疤痕、青涩小一点的自然是自家人首先要吃掉的，好的送亲邻或是摆上街卖掉，一同上街卖的还有时令蔬菜。卖水果蔬菜的活通常由妇女干，她们一大早起来摘果子、拔菜，在园子边精心"打扮"那些李子、杏子、苹果和萝卜青菜，一个个擦得干净透亮，梳理得整齐有序，像打扮自己的儿孙那样，不留一丝缺憾，然后放进背篼、提在竹笼里，拿到街上去卖。果树多几棵的一户人家，老两口，果子堆放了半间房，外地工作的孙子刚娶了媳妇带回老家认亲，奶奶端出半盆子长把梨招待他们。新媳妇看到梨子几乎个个腐烂掉半边，很感动，她心里说奶奶爷爷真是可怜，梨子烂成这样了还舍不得扔掉，她忍着喉头涌上的酸涩，仔细削好梨子，认真地吃了两个。下午，她拉着丈夫要上街给爷爷奶奶买新鲜的水果，丈夫支支吾吾说不用买，说他们吃不了。新媳妇说不动丈夫，独自走出屋子到院子里转悠，她转到屋后，看到有个柴草房，好奇地进去一看，发现一大堆摘下来的果子，苹果、梨都有，一个个全是鲜亮完好无损的。她又气又恼，觉得奶奶心里没自己，回去便闹着丈夫要走。丈夫无奈地笑着对她说："你看看，都是果子惹的祸！"丈夫解释不清在老家，老人们习惯于存放任何一种食物，哪怕那种食物再多再好，常常是腐了好的吃霉的。他们在对各种物品的存放中满足并快乐着。

快到冬天的时候，最后一茬菠菜一寸来高，被挨地皮铲下，在有些凉意的阳光里抓紧晒干，放到硕大的簸箕和笸箩里保存下来。进入冬季，抓几把放在三餐汤面里，绿茵茵的，享受在四季中轮转的踏实。

院　落

爬上山坡看，一个个院子组成了一方小小的棋盘。好多人家分里院外院两个，外院由半截土墙，半截木栅栏围起，有厕所、粪堆什么的，里院住人。手腕粗的树干扎成外院简易大门，门的旁边拴一条狗，狗汪汪大叫的时候，里院就出来人了。家家大门柱子跟前有两块大石头，上面常坐些老人和小孩。

漫长的冬季，堂屋高深的大躺柜里麦粒丰足得就要顶起盖子，满满一菜窖的洋芋、胡萝卜，还有白菜，压实了男男女女、老老少少的心，男人们没日没夜喝酒、摇骰子赌钱，女人们做针线，为一家老小赶制过年的新衣。

那年，城里风行蜂窝围巾，一个十三四岁的小女孩围着粉红的蜂窝围巾跟哥哥回老家探亲戚。兄妹俩手拉手走进凸凹不平的村道，哥哥把沉沉的旅行包扛在肩上，腾出一只手拉着妹妹。先是有一两个闲人看见了两兄妹，很快，有不少人出来了，他们站在自家大门口，还有更多的人爬上房顶，一些腿快的甚至登到了更高处的崖边上，静无声息地观看。小女孩也看着他们，两只眼睛先是好奇，后来显得慌乱不自在，最终有些气恼了，低头不看他们，快步跟哥哥往前赶。小女孩也感觉到了哥哥心情的紧张，哥哥握着自己的手，越来越紧，拉扯自己越来越用力了，脚步也快得自己几乎要小跑步才能跟得上。过一家大门小女孩听见站在柱子旁的一个大妈说："这个新媳妇这么尕的！长得心疼得很！"小女孩抬头看了看哥哥，哥哥正好也在看自己，他们相视一笑，心坦然了。兄妹俩到了亲戚家，舅妈才急匆匆从外面小跑进来，嘴里嚷道："说是外面来了一对新人，戴红头巾的新媳妇尕得很，我跑出去看了，人家说进你家了，我又赶上回来了，原来是你们俩啊！"

舅妈性急了些，村子里第二天果然是有婚事。

一户人家迎娶在县上坐办公室的儿媳妇。凌晨三四点，巷子里就有咚咚咚的脚步声和妇女的说笑声。哥哥还睡着，小姑娘起了床，舅妈不在家，灶头上用碗扣着四只荷包蛋。小姑娘吃了两只，留给哥哥两只，扎好小辫出了门。

村子东头一扇院门里人出人进好不热闹，抬眼望进去，院子里摆上了方圆不一、高矮不同的十几个木桌，厨房门里腾腾白色蒸汽一团团涌出，只闻女人银铃般笑声不见其人。一伙男人围着其中一张桌子猜拳喝酒。日头照满整个院子的时候，有人喊叫："新媳妇来了！"屋里屋外的男男女女往外奔，几个被算着是属相犯冲的人躲进厨房一角。新媳妇被人搀扶着进院门了，小脚碎步，一方大红绸巾遮盖住面庞，新郎对襟黑袄，身披交叉大红绸带，脸露疲惫又幸福的笑容。婚宴席是流水席，现来现吃，直到黄昏。

这一天，家家院门大开，空无一人，老半天有女人进来烫一盆豆衣和舀一碗剩饭端给猪和狗，又忙着出去，老人小孩都在办喜事的那家院里。有陌生人进村也不贸然走进谁家院子，站在大门口喊上两嗓子，引来狗叫，才会有这家主人匆匆赶来看究竟。静悄悄的院子静悄悄的房间，流浪的狗和猫窜出窜进，大肆偷情。

　　那个办了喜事的院子几十年后由一堵土墙从当中隔开。家里两位老人先后离世，两个儿子分家单过。小儿子两口子虽在县上，男的经营茶馆，女的拿公家薪水，却是毫不退让，生生把老家分了一半出去。分出去的那一半院子没有人照管，几年后房屋倒塌，院子里荒草齐膝高，积水成潭，成了地鼠、青蛙们的乐园。

　　荒掉的院落相继多了起来，黄土将村子涂抹得一片混沌，菜园及耸立的树，褪尽了颜色。仅留存的几个院子，散发着畜粪合着柴草烟火的味道，偶尔听得见老人唱"什巴"（当地节庆或婚丧嫁娶时的歌舞）的苍哑的声音，孩子的欢笑声也飘出来，四巷空无一人。

　　伸向村外的土路多年后被柏油覆盖，一个个院落也消失在森林般竖起的高楼之下，你来我往的人少了，防盗门隔离了烟火的味道，封锁住了村里乡亲一日三餐客套却是从不曾缺少的问候。单元房要装载许多新的内容了，脚踏水泥地仰头看天，还是昨天的太阳，昨天的云彩。

知否① 的散文

① 知否，本名张斌，甘肃舟曲人，汉族，出生于 1964 年 8 月 18 日。2008 年 4 月主持创建舟曲楹联诗词学会，2014 年编著《古今楹联——中国对联集成甘肃舟曲卷》，出版《城里乡间》《江城街事》《戏剧人生》《楹联读写十五讲》等散文、小说、戏剧、文学理论等作品集。中国楹联学会会员，甘肃省作家协会会员，文艺评论家协会会员。

白龙江边有人家 ①

河

这条河从甘南的郎木寺开始，涉草原，过森林，穿峡谷，到这儿，已很壮观了。古人谓之曰白龙江，其实这是条河，一条陇南的母亲河，一条长江的子孙河。

这儿，它已经很成熟，很娴静了。清清润润的，从从容容的，滋育得两岸花椒飘香，柿叶绯红，田畴一片一片的。

夏天，沿着河岸漫步，到处是波光水影的图画。

城的下游的河滩上，是娃娃们的世界。一个个孩童脱得赤条条、滑溜溜的，晒得黑油油的，在水里逐浪戏水，潜底探险，在沙滩上尽情雀跃，似一群鸟儿，在水畔、在水的天空中叽叽喳喳。

顺着路边的石阶一步一步地走下去，会见一汪汪泉水、一群一群的妇女们。她们个个有细细的腰、强健的臂膀，棒槌砸在石头上脆响。这里，你会看到什么是农家的女人，知道什么是乡村人的健美。

黄昏，这儿是绝好的天然公园。河边的兀石、垂柳，静静流淌的水面，构成一幅绝美的风景。坐在这儿，你就会融化进这种意境里，心透透亮亮、圆圆润润的，因宁静而致远。

眼前，两岸已被修补得整齐了。两边筑起了大堤，大道也铺成了水泥的，河南成片成片地立起了新居，河北也繁华了。沿河堤一溜吊脚小亭、望江楼，是一片琳琅耀眼的商品世界，人流不断，五光十色。夜幕降临，两岸的灯火映在水中，闪闪烁烁，斑驳摇曳，似繁星点点、银河下凡。

夜晚，伫立在铁索桥上，望着汹涌奔腾的河水，心绪是不能平静的。

虽说这是条北方的河，但绝无浊浪滔天、浑黄苍凉，无皮筏子过客，却有些南方的风韵：清澈透明，柳枝拂波，春暖花开，四季分明，一副温

---

① 原载《城里乡间》，中国电影出版社 2014 年版。

柔恬静的性格，滋润得两岸女子好水色。古人曾题诗："宝峰阁下白龙江，沿岸绿杨覆青房，秋夜不烦渔火照，一轮明月映篷窗。"都说小城是甘南的小江南，在这儿，是最真切不过的了。

依傍着这条河成长的舟曲城，因其县境像条船，被称为"船城"。从远古开始，这儿散尽了姜维和邓艾厮杀的火烟，送走了李自成这个"盗马贼"，也结束了土司占地为王、绿林好汉为寇的时代。现在，这方土地上，已有了田园的和谐、安宁，有了流行服装和迪斯科，有了亭台楼阁，很有些现代色彩了。

小城的人是喝这条河的水长大的，小城的历史是从这条河的源头一步步走出来的。

时常，我的心中有一支短笛在轻轻地悠扬，音色那么清脆，那么明亮。或许，这就是唯独属于你的音乐了？

小　街

也是一条平凡的小街，狭小而幽深。

两旁极少亮色，都是清一色的泥墙的土屋。一层的、两层的错落有致，鳞次栉比。间或临街开出一方小窗，格子也细小而规整，古色古香，透出一股久远的气息。

据记载，公元1150年的时候，这儿曾是白龙江边这个小城的中心，繁华盛区。可现在，已经成了一个现代小城普普通通、幽幽静静的偏僻小巷了。

住在这里的，大都是些朴朴实实的人们。

在小街上，随便走进一个大门，都会看到一种陈年老酒式的、醇厚老辣的生活。一个大门管着深深浅浅、曲曲折折的好几个小院，一个院里也住着不止一家。若是农人，屋檐下挂几串红辣椒、几串干柿子、几串蒜瓣。厅堂中，坛桌上是灯壁子，供奉着一个古老的祖人、一种虔诚的信念。若是给公家干事的，正厅房则挂一幅宽宽的门帘儿，屋里的墙上或许有两三个镜框，上面祖孙三代、亲朋好友的旧旧新新的照片贴得满满的。门窗虽旧，桌凳虽旧，但干净、明亮，洋溢着一种整齐、殷实的生活氛围。

老街坊上的人们，自有老街坊的兴趣，有老街坊的风气。街上有个老汉过世了，或有个从小看着长大的年轻人娶媳妇，一条街上的人都会三三五五地来送情。一对手巾，两瓶酒，几斤米，都是人情。一家来了游落他乡一二十年的闺女，就有左邻右舍来探望，有三代四代的亲戚请她吃饭，请她过去到家里坐坐。几十年来，老街坊上的人是和睦的，是彼此照应的，一代又一代的人不会彼此红脸，不会吵吵嚷嚷。

如果说这儿也有红火的时候，那该数年关左右了。临近腊月底，不管是贫寒人家，还是富裕的人家，都会渐渐忙乎起来，杀猪，蒸馍，炸馓子，开始有了过年的迹象。除夕那天，家家的大门上、厅房门上就齐刷刷地贴起了对联，那红纸鲜红明亮，黑字或潇洒飞跃，或端庄文雅，什么"勤劳人家春来早，恩爱夫妻幸福长""天增岁月人增寿，春满乾坤福满门"等，煞是有滋有味的。晚上，绝大多数人家的大门前都挂起了纸灯，莲花的，鱼的，瓜的，照得一方净土红彤彤、亮晃晃的。正月的十几天里，娃娃们穿得崭崭新新、花枝招展，大人们走亲串友、拜年问好，一片喜气洋洋的气象。一年里，就这些日子热闹、快活、鲜亮。

近些年，这儿也有了一些新的色彩、新的声息。那些闯荡江湖的浙江、四川人，瞧着这儿民风古朴、人缘厚道，租了几个门面开起了裁缝铺、沙发店什么的，老街坊的后辈们，也学着这个样，开起了代销店，学起了手艺，赶起了新时代的生活。

不过，这儿仍然还是小街，还是小巷。这儿仍然很狭小、很平淡，极少吊人胃口的故事。

幽幽深深的，清清淡淡的，养在深闺人未识。

小城正月

小城虽然小，也有乐趣。

在正月里，在元宵节前后，整个街坊上的热心人要聚在一起，美美地忙一忙、闹一闹，让整个小城乐一乐。

这个时候，小城的人盼着、忙着一个希望，就是要把自己住的这条街、这条巷打扮得繁华点、亮堂点。为这，刚过了三天清静年，街坊上就骚动了起来。这样忙，是为了办好灯会。

这时，念过旧书的先生们，在家翻开了古书，作起了对联。这些夫子们都知道过去的历史和民间传说，编出的对子古腔古韵、古色古香的，极有嚼头，极有味道。木匠和艺人，则开始收拾用过的各种灯架子，钉一钉，糊一糊，扎些时新的鸟兽花鱼类彩灯。在这些事儿上，街坊上的人是很卖力的，心是很齐的。

十一、十二、十三，大户、大院的人家就摆上了桌子，摊开了笔墨纸张。字写得好的，挥毫泼墨，书写对联，隶、楷、行、草各种字体都有。会画的，花鸟鱼虫、山川河流、历史人物尽情想象，只要大体上像，有点色彩就行了。当然，这些大都是民间艺人，水平不那么高，只要能亮出本事，显出街坊上人才辈出、后继有人就行。大家图的是要赶上其他街上的水平，不能落后，不能让人笑话。

每年的灯会，都是正月十四晚上点灯，到十九才歇。当然现在用的是电灯。这些天里，夜晚来临，街道和小巷里，顶上的松棚是绿油油的，两边的灯对红亮红亮，一对对灯柱向街的深处延伸，颜色极辉煌，场面极壮观。在红光的映照下，满街的人流如潮涌，如浪翻。当然，这是晚上的情景。白天，人们则三人一群、五人一堆地到四周的山上逛寺庙，逛新建的北山公园，看看飞檐斗角，看看山城风貌，在长廊、小亭中坐一坐。这是一年中难得的休闲时刻。

小城也有社火。北街村以踩高跷出名。这高跷一般在大院里演，十几个演员踩着四尺高的高跷，个个浓施粉黛，穿着古装，有时扮穆桂英挂帅的阵势，有时扮《三国演义》中蜀国的将相，有时扮《西游记》中四师徒西天取经的情形。在秧歌和音乐的伴唱、伴奏下，演员们一边唱、一边变化队形，踩得好的，手握重锤、重枪，能跑、能钻，能玩花样，煞是惊险好看。

小城人闹社火，主要是闹个喜庆、闹个欢乐，给各村、各街露一露自己村子艺人的能耐和名声。

龙灯这时候也要出来。这儿的龙灯和电视电影上见过的大体一样，也是一人手擎夜明珠，八九个小伙儿举着龙身，腾挪追逐，上下翻转，尽情撒欢。龙灯每到一个院子、一个单位，接待的都要放几挂鞭炮，敬一圈酒，散几包糖、几盒烟，图个吉利。

就这样，小城人在正月里要折腾半个多月；半个多月里，小城都是红红火火、热热闹闹、沸沸扬扬的。直到正月十九古人规定的最后一天已过，要撤松篷架子、收衣封箱了，人们还有些兴犹未尽，依依不舍的。小城人这样一闹，一阵红火，一年的劳累都好像抖掉了，身心极舒畅、极喜气。

汉家娶亲

小城依着一条河，滋润得城里姑娘好肤色。小城背靠着几座山，养得一群壮壮实实的好后生。

小城很老，很土。小城街坊上的人只有在儿儿女女婚嫁娶亲时才能听到一阵噼噼啪啪的响声，见到一阵热热闹闹的红火。小城人对这种场面最亲切，最爱唠叨。

小城的姑娘有志气，长大了，要学个理发，学个裁缝。小城的小伙子成人了，要考个学，要学个泥瓦匠手艺。李家的儿子与王家的闺女好了，得择个吉日，提上烟、酒、糖、茶四色礼物去定亲。

街坊上的人，讲究个礼数。迎新娘时，新郎得早早地到丈人家，给中堂上的祖先们点上三炷香，上三盅酒，行三个跪地大礼，才可将这家闺女领走。城里人待客快，将贺喜的人十人一桌、一桌十菜地安顿在馆子里，美美地吃上一顿，说些感谢的话语就行了。乡里人则待客实诚。客人们请来后，安顿到桌席上，人人一碗臊子面，才一个一个地上菜；一道菜，划一圈酒；打一轮关，上一个菜。期间，村上的体面人也要和客人们见面划拳，敬大家。乡亲们实在、诚心，不想办法让大家吃好、喝好，觉得对不起大家。

恭喜的风气，这几年有了变化。以前乡亲们手里缺钱，送情时提几个馍、包几斤米，或签名送上幅中堂字画就成了。现在则时兴凑钱买风景框子，买钟表，鞭炮开道，上门响动一番。礼物上写上朋友、亲戚的姓名，挂在厅房正中，颇让新人感到体面。

新婚之夜，年轻人则要闹一阵。朋友们齐聚洞房，新郎新娘给大家点上烟，敬过酒，就要出节目。大家点一个，新人们就要做一个，什么二龙戏珠、过独木桥、翻脸盆、捉特务，全要两人或亲嘴，或贴身才能完成，弄得他们哭笑不得，欲罢不能。客人们则各显诡诘，各显聪明，嘻嘻哈哈、快快活活地陪新人度过单身汉的最后一个夜晚。

小城人自知生存于天地之间渺小，对于自然，对于命运，有一种泛神的敬畏。结婚的日子，要到阴阳先生处去问，去讨个于女方最好的月份和日期。接姑娘时，要有属相相投的一对夫妻去陪，去请；新娘进新郎庭院时，属相相克的都要背过脸，不能把新人冲了。新娘的婶婶、大妈婚礼结束回去时，要送些手巾、衣料之类的，以求娘家有进有出，家境平衡。规矩多则多矣，也有迷信色彩，但却反映了弱小的人类对一生平安的追求和对生活的殷切希望。

小城人就这样，一茬一茬地成家，一阵一阵地快活。古古旧旧、清清淡淡的日子因此也就有了一次又一次的亮色。

千百年承袭下来，这种热闹和红火，就有了许多话题，有了怡人的趣味，成了小城居民的一种文化生活。

淡泊小城人

这是一个常见的北方小城，小街小巷缠缠绕绕，滋生着一代又一代的街坊上的人。这些人，有的曾光宗耀祖，留下了一个又一个让人嚼过来、嚼过去的话题；有的平平常常地活着，给小城演绎着一个又一个真实而又平凡的故事。如果你有幸到了这里，逛完大街，逛完热闹，到小巷和胡同里瞧一瞧，你或许会品出一些关于这个小城和小城人的一点什么。

这个老人或许你会经常见到，银须，清癯，衣衫旧而整洁。每天他都起得很早很早，都要拿着扫帚把门前这方小地收拾得干干净净。待儿子、媳妇出去上班后，他就拉上五岁的孙子，浴着晨光，在大街上遛一遛，看看现在的人，看看现在的事。午后，他会到老人们常坐的地方坐一坐，谈一谈昨天的事，谈一谈昨天的人，会说一些发了黄的旧事，好好地聊一聊。这堆人里，有的拿着针线，一边纳鞋，一边绾袜子，有的悠悠地转着健身球，还有的则扎在一起打牌，体验智慧的较量，体验一点激烈的氛围。直到孙子叫了几声"爷爷，饭熟了"，他才"噢"一声，拄着拐仗，晃晃悠悠地往回走。傍晚老汉们绝少外出，多的是待在家里，给家人说说过去，吩咐一下明天的事，盘算一个什么事情，或者干脆坐在电视机前，瞧瞧里边有没有古戏，如《铡美案》《杨家将》什么的。就这小小的爱好，还要常常遭到儿子、孙子们的批评和奚落。对小城人来说，老人是充满温情和平静的一面。

走进另外一个胡同，你就会看到另外一番人生。

这是一个裁缝铺，别看门面不那么起眼，可这是小城的老字号了。师傅五六十年代牌子很亮，现在手艺虽然旧了点，常做的是中山服和老式裤子，但瞧那做工，那线扎的，就知是位极诚恳、极有耐心的好人。你甭看有一些人炫耀一时，生意红火，这儿这么冷僻，土著的庄稼人还是个个寻着来了，往这儿交活儿。他们心里清楚，这些老字号的手艺人诚实，做的东西耐用。

再往前走一家，这又是一个经销店。柜台前置一条凳，坐着几个街坊邻居，聊着。店主不像外地商人那样太多的吆喝，不满脸媚笑，只一副淡淡的微笑，一副慈善相，让人极可亲、极可依赖。要知道，正宗的小城人讲究童叟无欺，靠厚道、靠德性做生意。

转了一些地方，再看看小城的娃儿们，看看小城的学校，你会看到一些亮点、一些绿色。

不管是山区，还是城里，到处都有学校。城关一小那栋四层的教学大楼，形状挺怪的，听说用的是北京景山学校的图纸。这儿的孩子上学都很用功，山上的学生，背上面粉、背上柴，熬夜点灯，也要把小学、初中和高中一级一级地念完。当然，那些用功的孩子多是老实的、腼腆的，但就是这些老实娃儿有出息，他们考到大地方后，学习勤奋刻苦，多的又成了班上、学校的好学生，有的还考上了兰州、西安的研究生，为这儿露了脸。姑娘们学校毕业后，常会到兰州、北京、合作去打工，回来时一身洋装，一脸的洋气，好像外地人一样了。但见了娘，尽管撒娇，还是土语土腔的。从娃儿们看，小城在变了，变得新了，也变得让人措手不及，让人疑惑了。

小城人的今天，与过去一样，又不一样。

小城和小城人就是这样，平平常常，生在山里，自然就有一身纯朴朴的气质。

小城人脚踏的是一片千年万年不变的土地，厚实而有生命力；小城人头顶的是一轮每天都要东升西降的太阳，一汪永恒却又异常湛蓝的天空。

小城人的世界平凡而淡泊。

敏彦文①的散文

① 敏彦文，男，回族，1967年2月生，甘肃省临潭县人。中国作家协会会员，甘肃省文艺评论家协会第一届理事会理事，鲁迅文学院第十七届民族文学创作班学员。作品见《飞天》《民族文学》《诗刊》《星星诗刊》等报刊，著有诗集《相知的鸟》、散文集《生命的夜露》《在信仰的草尖》、文学评论集《甘南文学夜谭》等。获首届甘肃省黄河文学奖，第五、第六届甘肃省少数民族文学奖等。现供职于甘南州文化广电和旅游局。

宝贝与阿斗 ①

《现代家庭报》5 月 27 日第六版刊登了一则报道，说的是一位母亲四体着地跪着为只有几个月大的孩子支撑起生命保护伞的感人故事，救援人员发现时，这位母亲已经死了，身上被塌下来的房子压着，可她仍然保持着四体着地跪伏以遮挡外物侵害的姿势，而她的身下，毫发无损的孩子安静地睡着，"他熟睡的脸让所有在场的人感到很温暖"（《现代家庭报》）。随行医生解开孩子的被子做检查时，发现里面有一部手机，手机屏幕上显示一条已经写好的短信："亲爱的宝贝，如果你能活着，一定要记住我爱你！"而在这则报道的上面，是一位武警战士抱着这个孩子逗他的照片，孩子仰头专注地看着战士，小嘴微张着，似乎在向战士说："我要吃奶！"一副天真童稚的可爱样。

看了这个感人的故事，尤其是这位母亲写的短信，我突然想起《三国演义》中刘备败走襄阳奔逃江陵途中，与妻子糜夫人和儿子阿斗离散，糜夫人受伤投井以保阿斗的故事。为了不给赵子龙增加负担，使其赶快带阿斗脱离曹军的重重包围圈，糜夫人毅然决然地投井而死，把生的希望留给了孩子，在她的心中，肯定也对阿斗寄托着莫大的希望。糜夫人投井后，赵子龙推残墙入井掩盖之，以防曹军盗尸，那情景与这位母亲有点相似，同样是惨烈和令人悲伤落泪的。在母亲的以死相托之下，赵子龙怀揣阿斗，勇战曹军，关键时刻得张飞的援手，终于把毫发无损的阿斗交到了刘备的手上，而此时，阿斗熟睡正香。可是谁能料到，这个阿斗在诸葛亮和姜维的辅佐下，不但不上进图强，反而自甘堕落，不是喝酒玩女人，就是斗鸡游乐，全不思父辈创业的艰辛，竟然成了一位游戏人生和庙堂社稷的窝囊废人物，而且是古今无偶的窝囊废人物。当邓艾带领奇兵来到成都城下时，他只好抬着棺材，投降司马昭，留下"此间乐，不思蜀"的笑话而贻笑千

---

① 原载《生命的夜露》，甘肃文化出版社 2008 年版。

秋。如果赵子龙当时在世的话，他最后悔的事情大概就是冒着生命危险救了这个阿斗。

当然，也有为阿斗喊冤的，认为阿斗这样做完全是为了蜀国老百姓的福利和自己的平安，是智慧的表现，是大智若愚的杰出代表。例如，陈涌泉先生就在他的《闲话成都人的文化性格》一文中这样为阿斗刘禅辩护："其实，刘禅的逢场作戏、装疯卖傻，是他忍辱负重、保护家园、保全百姓而采取的一种退让的办法。刘禅是在诸葛亮去世后独立领导国家的。在他的统治下，他没有穷兵黩武、四面出击。他不想侵略别人，只想自己安安稳稳地过日子。所以他很少练兵打仗。蜀国百姓因此过了二十九年安居乐业的好日子。然而，当魏国大兵压境的时候，他知道，凭自己有限的兵力，如果抵抗，无疑是自取灭亡。他明白'神仙打仗，百姓遭殃'。为了避免生灵涂炭，他选取了退让，'不为玉碎，宁为瓦全'。……他把千年的耻辱留给自己，把长久的安全留给百姓。老子'委曲求全'的思想已经深入他的骨髓。"

陈涌泉先生的观点确实令人大开眼界，自有其匠心独运处。但从中国人的观念和民族精神讲，阿斗刘禅终究是个不好的典型，不符合中国人的思想意识和道德传统，终究是个笑柄，是个反面教材，大家不会拿他来鼓励孩子，不会把他当孩子学习的楷模，不会对孩子说："好好学习，天天向上，长大当阿斗。"大家崇尚的还是卫青、霍去病、曹操、诸葛亮、关羽、李世民、颜真卿、岳飞、文天祥、郑和、郑成功、林则徐式的人物，对阿斗刘禅式的人物总是嗤之以鼻的。比如在这次大地震中，就涌现出了千千万万这样的英雄人物，这个孩子的母亲就是其中的一个。她舍生取义，用自己的生命保护了孩子的生命，并留下了这样满怀期望的短信，她绝对不会希望自己的孩子长大了像阿斗那样怯懦、无能，她一定希望自己的孩子能够成为顶天立地的男子汉，成为国家的有用之才。否则，如果自己用生命保护下来的宝贝成为阿斗式的人物的话，那她一定会和糜夫人一样为之伤心的。因为阿斗同样也曾是他妈妈的宝贝啊！宝贝变成阿斗，相信是所有母亲不愿看到的事。但愿我们的这位幸运宝贝长大后有大出息，让他的妈妈在天堂放心和快乐！

临夏气度 ①

不知什么原因，小时候，临夏人在我的情感字眼里并不是一个褒义词，也不是一个中性词，它常常和一个贬义词——"贼搭鬼"联系在一起。说起临夏人，就感觉脑子猾、靠不住、不厚道，不好打交道，最好敬而远之。和临夏人一样被看黑的还有花儿。花儿我的老家临潭也有，新城、冶力关、古战、扁都、羊沙、龙元、总寨一带的群众十分钟爱，不但平时唱，农闲时更要聚在一起，唱个声浪滚滚、天动地翻。尤其是每年农历六月六的莲花山花儿会，更是人山人海、歌潮浩荡，声名远扬。但我从小时候起，就一直对唱花儿没有好感，觉得那是野人们唱的，没有家教和规矩，唱起来没大没小、没轻没重，不正经，与文明礼仪相抵牾。甚至临潭籍的花儿研究专家宁文焕先生将他的学术专著《洮州花儿散论》郑重地送给我，我认真拜读后，也没有改变对花儿的看法。直到一次在临夏街上看见一位回族少妇专心致志、如痴如醉地唱花儿的情景，我才对花儿的看法有了转变。

那是十年前春天的一个下午，阳光懒懒地照着刚发出绿叶的小草，风偶尔扑一下脸面，送来早开的迎春花的清香，感觉很惬意。我在临夏市大街上行走，左顾右盼，想着找一家小吃店吃点什么。突然一缕花儿歌声飘荡而来，充入我的耳廓，叩响我的耳鼓，是那样醇香和亲切，有他乡遇故知的感觉。循声望去，是一位回族少妇，正大踏步地沿街走来，边走边唱，谁也不看，十分投入和深情——自我陶醉的样子，仿佛大街上只有她一人。她身着短衫，脚蹬绣花布鞋，头戴纯绿色盖头，二十五六岁。穿戴虽然有点旧，但很整齐干净，淳朴的脸上除了忘我唱歌的醇真和深情，再没有一丝涂脂抹粉的痕迹，那素颜在午后的阳光下显得本原和古朴，似乎一株刚刚出穗的青稞，迅速映入我的眼帘。在我发怔的瞬间，她便从我眼前走了过去，没有看我一下，也没有停顿歌声和脚步，转过街角，便不见了身影，而歌声还在飘荡……

---

① 原载《飘过记忆的炊烟》，中国出版集团中译出版社 2016 年版。

十多年来，这身影和歌声，依然在我的脑海不时闪现，如戈壁荒漠上遇见的一眼海子、一片绿洲、一朵花儿，不想抹去，也无法抹去。

而对花儿更深层次的理解，则是缘于一次文学笔会。

2004 年 5 月，第二届甘肃诗会暨首届甘肃文学论坛在兰州西北宾馆举行，来自省内外的二百多位诗人、评论家和学者参会。会间，赴临夏等地采风。在临夏参观了和政古生物博物馆，并去松鸣岩采风。

五月的松鸣岩，草木蓬勃、花朵灼灼、石桥窈窕、溪水清洌、苍松青翠、空气清新、白云悠悠、鸟鸣啾啾、山峰耸然、石岩峭然、寺庙俨然、亭台丽然，一派世外桃源景象。如果不是旅游点洋气的帐篷里传出的花儿歌声提醒，还以为进入神仙境界。循着歌声，踏着茂草，我们来到一座白色的"帐篷"前（远看似帐篷，近看才发现是帐篷形状的石材房舍），在主人的热情迎接下，进入饭厅兼歌厅，只见一位青年汉子正右手握麦克风，左手搭在耳背上唱花儿呢。

> 上山的老虎下山来，下山着吃一趟水来。
> 你把我想来着我把你爱，夜夜的晚夕里看来！
>
> 高楼大厦多哈了，城市的模样变了。
> 花儿少年唱美了，网络里遇见你了。
>
> 皇上是真龙丞相是虎，百姓是县官的父母。
> 黄连自有黄连的苦，人没有朋友着孤独。
>
> 三国时候的人才多，五代时候的王多。
> 尕妹子心里主意多，阿哥们上哈的当多。

十来个男女或坐或站，专注地听着，不时报以笑声和掌声，也有打口哨的。

"有唱松鸣岩的啦？"

不知是谁喊了一声，话音未落，青年汉子张口就唱了一曲：

> 山清（吧）秀的松鸣（呀）岩，松柏树遮住了蓝天。
> 生下的清俊（者）长下的端，真好像四月的牡丹。

没等歌声落，又是一片掌声。

"再来个吧！"我身边来自宁夏的文学评论家魏兰教授用她女性的柔韧喊了声，青年汉子就又是张口一曲：

> 太子山怀抱的松鸣（老）岩，西方顶连的是蓝天。
> 五彩的祥云们绕山（呀）转，南无台落下了神仙。
> ……

听了这些曲调高亢、优美，又有几分幽默的花儿，再细细玩味这些唱词，觉得每一首都是通俗而雅致的诗歌，许多还是经典的情歌呢，仿佛《诗经·风》的现代版本。相比之下，似乎《诗经·风》里的情歌更直白——

> 关关雎鸠，在河之洲。窈窕淑女，君子好逑。
> 参差荇菜，左右流之。窈窕淑女，寤寐求之。
> 求之不得，寤寐思服。优哉游哉，辗转反侧。
> 参差荇菜，左右采之。窈窕淑女，琴瑟友之。
> 参差荇菜，左右芼之。窈窕淑女，钟鼓乐之。

而花儿似乎有着更多赋比兴的手法和乡土生活的况味。《诗经》岂不是古代中国的花儿？花儿岂不是当代中国的《诗经》？

突然，小时候被邻里乡间灌输的花儿是淫词歪曲、叫人学坏的说法一下子从心底里连根拔起，觉得自己习写诗歌多年，竟不知道花儿是人民心声的反映，是人性向往真、善、美、爱的艺术表达，是人民追求美好生活的心灵绝唱，更是诗人汲取创作营养的一个绝佳源泉。

随着对花儿看法的改变，我也改变了对临夏人的看法。觉得不能从纯粹传统儒家的伦理道德观和封闭而自给自足的农耕文化价值观去看临夏人，这对临夏人是不公的。而应该从商品市场的价值观和临夏特有的地理情态及文化内涵上去认识看待临夏人。

大气良恒。自古以来，临夏人以农耕为主，过着靠天吃饭的日子。虽说临夏是"河湟重镇"，"汉藏贸易枢纽"，古丝绸之路南道要冲，沟通中原与安多藏区政治、经济、文化的纽带。但临夏的农业生态环境差，大部分地区不是干旱，就是高寒阴湿，加之耕地少且贫瘠，人多文盲也多，一方水土养活不好一方人，更何谈发展繁荣？要使生活富裕滋润，必须在土地之外另想出路。于是，临夏人选择了商业，利用地理位置上北进南出、东吐西纳的要冲优势，南下北上、入川进藏，大打经贸货物流通集散牌，以自身的聪明和勤劳能干，赚取着改善家庭生活和地方面貌的财富，活络着地方经济，推动着地方发展，生是将一片生硬的土地打造成中国西部鼎鼎有名的旱码头，甘肃西南重要的商品集散地。

这之中有着怎样的气度呢？

我想，这气度就是唱花儿的气度——

花儿本是心上的话，不唱是由不得个家。
钢刀拿来了头割下，不死还是这个唱法。

就是脑子活、点子多、有担当、讲信誉的气度，就是坚韧、执着、敢干事、肯干事、干成事的气度，就是为人处世讲求原则、硬气而又因势利导、最大限度将事情（生意）经营周圆的气度，就是敬业、诚信、创新、卓越的气度。正是这种气度持续而多领域多层面地开花结果，使得我常常将临夏想象成《诗经·关雎》中那个情意缠绵的绿色之洲和精神高地。

的确，临夏也是中华大地上的一块高地，不仅是一块地理的历史的高地，也是一块人文的精神的高地。早在被中国学界称为黄金世纪的尧舜禹时代，它就为伟大贤君大禹提供了建立万世不朽功勋的机会，使得大禹因劈开临夏积石山县的积石雄关，"导河……入于沧海"而治水成功，不但免遭了其父鲧因治水失败而被诛杀的命运，还因此得到了帝位的禅让、千古的英名。

大禹治水期间，曾三过家门而不入，他的妻子想念他、盼他回家，就经常为他唱情歌，其中一首叫《候人歌》，据考证是我国最早的情歌，也可以说是我国最早的花儿吧？相信大禹在治水困惑时、想念妻儿时，也唱过花儿吧？

大禹继位为帝后，建立了中国历史上的第一个朝代夏朝。有学者认为夏朝与大夏河流经的临夏有祖源关系。认为先有"大夏"，后有夏朝。因为"临夏回族自治州境内的广河县，在汉以前称为'大夏'，汉代时设立了大夏县，并一直沿袭到唐朝"。而广义上说，大禹的原始故乡就在"大夏"，大禹治水成功的关键环节在"大夏"以西溯大夏河而上的积石关，即在临夏这块火热的土地上。某种意义上说，是临夏成就了大禹。当然，大禹也成就了临夏，成就了临夏人的精神和气度。

大禹治水成功在于他的执着与活泛，在于他的有担当、讲信誉、能敬业、有创新，在于他的敢干事、肯干事、干成事，更在于他的硬气、坚韧和因势利导。他用疏导即因势利导而不是他父亲堵塞之法降服了水患，造福黎民百姓，安定天下。这一方法后来成为中国历代王朝兴衰成败的一个法则——顺之者昌，逆之者亡。

大禹的执着、活泛和因势利导正符合临夏人的精神和气度。或者说临夏人继承了大禹的精神和气度。

大气良恒。临夏民间流传一则故事，最能体现临夏人活泛、有担当、有创新、善于因势利导的传统。

河州城有一远近闻名的"仁义巷"，这个巷名源于明代著名政治家王竑。王竑是临夏人，曾官居兵部尚书。"据说当年王竑的家人因为邻居多占巷道一土墙，双方争执不下，家人十分气愤，便给在京的尚书写信，要帮其诉讼。"临夏本土作家王维胜先生在他的文章《笏板除奸的明朝名臣王竑》中如是说。王竑接到家书后回信道："千里捎书为一墙，让他五尺有何妨。万里长城今犹在，不见当年秦始皇。"王维胜先生说这是一首富有哲理的打油诗。我感觉它更像一首手法高超的花儿。不是用训斥或火上浇油的方式，而是通过历史典故惊醒和因势利导的方式，很好地解决了邻里间的矛盾纠纷，还造就了一段佳话，光彩了一种美德。因势利导之功可谓善莫大焉。

也有资料说这个故事的主人公是清康熙年间文华殿大学士、军机大臣张英。我想这样一语道破天机和千古兴亡真相的诗歌，这位一家拥有"父子两宰相""六代十进士"羡誉的清廷军机大臣是写不出的。出生于安徽桐城的夫子式朝臣张英在为人处事上也未必赏识因势利导这四个字。

因势利导是一种仁义、一种慈悲。是仁义是慈悲，就会结善果。自古至今，临夏人就是靠善于运用大禹因势利导的精神和气度，一步步从历史的长河中走来，一次次凤凰涅槃，走出今天这样一片亮堂堂、红火火、绿油油的天地来的。

今天，临夏人又用一个升华了传统的发展战略刷新了自己的精神和气度："依托藏区大市场，融入兰州都市圈。"这是临夏人对大禹精神和气度的发扬，它将引领临夏人吃着手抓、唱着花儿同全国一道实现小康——

> 九曲黄河十八道湾，湾套湾，大夏河畔有我的家。
> 想唱的花儿有千万，随口漫，端唱个秀秀的春天。

严英秀① 的散文

① 严英秀，女，藏族，生于1970年11月，甘肃省舟曲县人。中国作家协会会员，甘肃省作家协会副主席。出版长篇小说《狂流》，中短篇小说集《纸飞机》《严英秀的小说》《芳菲歇》《一直很安静》等，散文集《就连河流都不能带她回家》《走出巴颜喀拉》，以及文学评论集《照亮你的灵魂》。获国内多种小说、评论奖项。现为兰州文理学院文学院教授。

怀念故乡的人，要栖水而居 [①]

再见到他时，他的脸确乎比上次更黑了一些。咧开嘴一笑，那双镜片下的眼睛满满都是高原阳光的味道。

他是我读鲁迅文学院作家班时的班主任，严谨而诚挚，但更多的交往是在毕业后。我从来都叫他陈老师，其实在我心里，他越来越像一个好朋友。后来，他去了我的家乡甘南。从此后，便对他有了一种特别的情感。只要想起甘南，自然会想起他，好像他已是我那片故园母土的一部分，好像他是我遗留在过去岁月里的一个亲兄弟——我多么怯于表达这种心情，因为，事实上，他只是那里的一个匆匆过客。2015 年 7 月，他受中国作家协会的派遣，挂职甘肃省甘南藏族自治州临潭县冶力关镇池沟村第一书记，任期两年。

2016 年 7 月，在他挂职一年后，我的同学们从全国各地汇聚我的城市。我是多么高兴啊，燥热的季节突然有了那么多清凉的慰藉。大家迫不及待要见到他，而我已比他们更多地见到他了。大家浩浩荡荡开往他的方向，而他的方向，就是我家乡的方向。这是怎样的机缘，回乡路上，我欢呼在欢呼雀跃的同伴中。仿若，从此不再孑然一身。

来到了熟悉的冶力关镇。去了陌生的池沟村。看到了他所做的一切，正在努力做的一切。冶力关镇，石门乡，羊沙乡，八角乡，池沟村，高庄村，莲花乡村，牙布山村，当他如数家珍地说起这些生僻的地名，当那些受惠于他的助学活动的孩子们的笑靥如向日葵一般明艳地绽放，我的同学们是感动的、崇敬的，而我，除了感动和崇敬，还有深深的感激。

到冶力关，天池冶海是必去的。那一天，天空蓝得就像在给我们过节。冶海位于冶力关镇北 7 千米处，山路逶迤，当我们越来越强烈地感受

[①] 发表于《中国作家》2018 年第 11 期，后收入随笔散文集《祖国，我想对你说》，作家出版社 2020 年版。

到高原阳光的炽烈时，那一面湖水终于如期而至。巍峨的石山环抱着她，阔达的峡谷荡漾着她，一碧如洗的天空下，她 1.2 平方千米的湖面熠熠闪耀着同样的蓝宝石色。同学们欢呼起来。在海拔 2610 米的崇山峻岭之间，陆地出现一处天然的淡水湖泊，这么一面美轮美奂的湖，也算是奢侈的遭遇吧。

我不是第一次来了，但我还是像第一次、第二次那样，听到了自己心跳的声音。它先是急促的撞击声，然后是万千思绪奔腾的涌流，然后是湖山之上的吉祥氤氲莲花般降落，轻轻沐浴了周身，胸口莫名的疼痛随之消释，心随着湖水荡起涟漪，一圈儿又一圈儿，远了又近了。

太阳永远浓烈，但风始终都在，蓝天碧水间，众山护佑中，经幡猎猎，龙丹如雪。当我深深地躬下身去，那首熟悉的歌词变成了纷纷飘坠的音符，缭绕不绝："那一刻，我升起风马，不为祈福，只为守候你的到来；那一日，垒起玛尼堆，不为修德，只为投下心湖的石子；那一月，我摇动所有的经筒，不为超度，只为触摸你的指尖；那一年，磕长头在山路，不为觐见，只为贴着你的温暖……"

我的同学们，他们不知道，这个美丽的高原海子是甘肃境内"四大神湖"之一，在藏人的心里，她另有一个神圣的名字：阿玛周措。

草原正是一年里最美丽的时光，虽然同学们一遍遍地跟着陈老师唱："酒喝干，再斟满，今夜不醉不还……"但相聚像盛夏的太阳雨，噼里啪啦落下来，转眼就不见了。

时隔四个月后，我再次回到甘南。

漫漫回乡路。

山路逶迤，几近九曲回肠，但这并不使我讶异，或惊惧，多少次离乡—回乡—离乡，我对这条路的熟悉程度到了完全可以忽略不计它事实上每天都在发生的重大变化。但当窗外的物候呈现出更熟悉的风貌，当向往中的家乡风越来越真切地扑面而来时，我感觉到了与以往不一样的近乡情怯。是的，这一次，我是携着中国作家协会定点深入生活的任务，回到我的家乡——甘肃省甘南藏族自治州舟曲县深入生活。

　　我曾经以为，我是不需要到那里体验生活的。我一直浸淫于那一方热气腾腾的水土气息中，与它的生活水乳交融。那是一个群山环绕的小小的城，贫穷、落后、封闭、单调，勤劳朴拙的人群恪守着周而复始的农耕节气，和比寒暑交替更坚硬不移的习俗礼规。用功读书的少年，从小就立志远走高飞。事实上，那是一个美丽雅正的小城，北方古城的典型形貌因暖温带气候平添了几分水灵和旖旎。它多树，花香果香氤氲在润泽的空气中，弥散不绝。它多水，有"泉城"美谓，九十九眼泉流经城里大小角落，看门护院的大白鹅在水面上游来荡去，隔老远就对着抄近路上学的孩子嘎嘎地叫。一条激荡的大河，从西南方向穿城而来，呼啸而去。因为它，我的儿时波光激滟。

　　多年后，我成为一个写小说的人。我写了不少故事了，但我还没有写到舟曲。甚至，我都没想到要写它。从一开始，我就不是那种善于挖掘、利用题材便利的作家。我总在写一些现时态的生活，而舟曲，毕竟于我已是一个需要回望的方向。还不到怀旧的年龄吧，将来总有大把的时间可供面对故乡，我这样想。我以为那个童年之城永远在我的身后，就像我愚蠢地以为我那个花开鸟鸣的娘家始终属于我——直到 2010 年，一场宿命般的夜雨，一场倾城之殇，把承载着我太多成长记忆的物事埋到了泥沙的深处。

　　就是这样，突然间，再也回不去了。

　　在灾难的两周年祭日，我完成了献给舟曲的第一部小说《雨一直下》。那是我自己的一个仪式。它虽未能有效解决劫难留给我的巨大的空和惑，但由此开始，我慢慢明白自己和那座城之间的许多。我还不清楚这一切预示着什么，但一个故事之后接着是许多个故事，"往事不会逝去，往事甚至不会成为过去"，它必将在文字的镌刻中留下见证。

　　离开故乡的人，能栖水而居是幸福的。在我生活的城市，有一条更大的河自西向东，日夜奔流着。失眠的夜里，它的波涛声常常使我恍若身在故乡。事实上，我离开那最初的河流已经很久了。事实上，我之所以走上文学之路，就是因为有那样一条河，横亘在我寂寞的年少。记得人生第一首诗突然涌现的那个午后，风卷着枇杷花的芬芳，吹皱了少不更事的沙滩。

命定的出发，就那样开始了。那时候，年事太轻，更多的隔绝和封闭，空无和荒凉，还没来得及展开，我不知道，那些珍重存留的，那些不忍作别的，最后，都要像细沙从时间的指缝中散落。

如今，所有的失去落地生根，那条河流却在梦里梦外萦回不已。我分明听到它两岸的蒹葭呼呼地掠过我的耳边。隔着二十年浩荡的时光，我依然辨得清那无与伦比的风声。文字的指引使我看清，这么久的踉跄前行中我在抵近着什么。我终于懂得，世间从没有徒劳的开放，兀然的飘零。原来，文学成为我疲惫生活中最后的英雄梦想，是为了以它稀薄的翅羽，为我构筑一角故乡的屋檐。是的，怎么能与一种来自血脉的庇护彻底错失？

然而，文字变得异乎寻常的困难，当我试图继续开掘已开始的故乡题材时。之前的写作经验里从未有过这样多的停顿，纠结和思虑。不知道从哪天起，乡愁遍地，越来越多的人说每个人的故乡都在沦陷，而我的故乡是那么势不可当、那么突如其来地完成了沦陷和重建。当我又一次站在故乡的大山下，寻觅曾经的足迹时，我看到了一座崭新美丽的舟曲新城。胸口堆积着种种感受，更多的是震惊、振奋和感动。那样的感动像极了一种疼痛和伤感：我那些逝去的亲友们，真的是永远地逝去了。而故乡，仿若是另一个全然陌生的城。

这才发现，其实一直以来，我的故乡想象停留在炊烟袅袅、鸡犬相闻的田园诗意中，它与那种庸常而肤浅的怀旧情调并无二致。但事实上，现在进行时态中的故乡早已被时代的车轮卷进了恩怨纠结的城市化进程；事实上，一次次的回乡之旅中，我看到的、听到的、感受到的，始终与最深入切肤的故乡真实，隔着温情脉脉的距离。尤其是经历了 2010 年 8 月 8 日，我的母土大地上，除了削铁为泥的灾难，还发生了什么？除了泰山压顶的废墟，还面对了什么？除了呕心沥血的记忆，还告别了什么？而除了一幢幢楼，一座座桥，一排排渠，一条条路，我的父老乡亲啊，他们重建的，还有什么？

关于这一件件一桩桩，我从来不曾深切地懂得。原来，我一直站在故事之外，站在故乡之外，打量着故乡。

　　时间已是深秋，那天，车到舟曲城时，天一点点黑下来了。我在夜色中徐徐前行。我看到了一种无边旖旎的夜色，它和我生活的城市不同，也和我脑海中那个根深蒂固的舟曲城的夜色不同。这夜色，氤氲着一种巨大的气息，那是安宁、祥和、沉静。现下的中国，从大城重镇到小乡边里，都太缺乏这样的一种气息了。而这座遭受灾害重创的山地小城，在经历了世间最惨烈、最黑暗的考验，见证了淬心沥骨的生离死别后，却产生了这样的气息，它就是夜晚最初的样子吧？它就是生命最本真的颜色吧？当我在重逢之夜流下猝不及防的泪水，我想，肯定不只是我，每一个踏上这片土地的人在扑面相遇的第一时间，都能强烈地感受到一种久违的抚慰，心灵经过最初的震颤和悸动，迅疾变得安静而满足。是的，还有什么不满足，当一个涅槃重生的新城以树荫下的婴儿车、夕阳中的老年广场舞和滨河路上牵手走过的对对情侣向你诠释幸福的含义？

　　后来几天里，我又在夜里走向街头。到处都是跳舞的人。我熟悉的旧广场，这次回来第一次看见的新广场上，都是健身广场舞、交谊舞，甚至还有街舞。我知道我为什么出神地盯着那些在乐曲中忘我地动作着的人们。没错，如今的中国，从城到乡，在哪个地方都能见到这样的情景，但这里是劫后余生的故乡，一切在我眼里便有了别样的意味。这样欢欣鼓舞的场面，更像是一种告慰和祈福，感恩和表达。那些面容沧桑的女人们是那么专注地做着简单划一的动作，仿若在举行庄严的仪式。

　　她们蹦跳着的新广场，曾是那个有美丽的景色和同样美丽的名字的城中村变成的大废墟：城关镇被整体冲毁了的月圆村。而今，月圆村不在，夜夜月圆依然。

　　我去了当年最初的事发现场，遭受重创的三眼峪村，罗家峪沟。虽然多少次在电视报道和新闻图片上见过那些地方，但一旦真的站到了那里，双目还是立即被刺痛，被灼伤。六年时间了，我清楚自己依旧无法面对。只有把视线急急投向罗家峪旁的受灾群众安置区，汹涌的泪水才能宽慰地流出来：那里，一幢幢楼宇依山而建，前后错落，浓淡有致，在高峻粗粝的群山映衬下，柔和得像是一幅水粉画铺到了川地里。

南街村的重灾户薛国新老人如今就生活在那个环境优雅舒适的住宅区。泥石流冲毁了他辛苦修建的前后两院，十几间房屋，一辈子的家业瞬间荡涤一空。事后，政府在安置区补偿了他家两套住房。去年他的儿媳又在镇政府的扶持下办起了养殖场。目前，一家人生活安定富足。老人坐在宽敞明亮的家里与我细述当年灾情，他再三感慨："没有党和政府眼下的这些好政策，老老小小三代人，遇到那么大的灾，家里连根草连片瓦都没剩下，到哪里落脚啊！一方有难八方支援，咱们舟曲人可是承受了全国各地多少恩人的帮扶，这些事你们孩子们要记着！"

我去了正值秋收的玉米地、菜园和果园，感受了农民劳作的辛苦和欣悦，也参观了城关镇设立的文化站和电子阅览室，农村文化建设让人备感振奋。正碰上各个乡镇都在忙精准扶贫工作，我便在城关镇女干部严燕和贡保草的陪同下走访了许多精准扶贫户。中年妇女杨成先，丈夫遇难，她自己的腰椎被砸伤，基本不能干体力活。目前，靠政府的扶助供养两个孩子上大学。我走访时给她买了牛奶和水果，她立即洗了苹果，硬塞给我们吃。面对她淳朴的笑脸，我一句话都说不出来。她反倒像是安慰我似的，一遍遍说："娃好就好，国家在供娃们上学，娃们的书念出来就好了。"

是的，孩子好就好。有孩子就好。有孩子，就有明天。

舟曲县位于甘肃南部，甘南藏族自治州东南部，总人口 13.69 万人，其中藏族 4.6 万余人，占 34%。这里历来是汉藏两个民族共同生活的地方，灾难中他们风雨同舟，如今也以不同的方式表达着同样的怀念。那天，我再一次去了在重灾村三眼峪旧址修建的特大山洪泥石流灾害追思园。没有雾霾的天空蓝得碧透，阳光很好，温煦地照在肃穆的纪念碑上，照在新修的山洪排导渠上。三三两两的人们坐在追思园的台阶上，花径旁，或轻声细语地交谈，或默声不语地沐浴着平和的阳光。那些撕心裂肺的哭叫声，肝肠寸断的呼唤声，那些在绝望的废墟上将手指刨出淋漓鲜血的场景，宛如从来没有发生过一样。

岁月静好。一切都化成了平静的缅怀。

我遇到了几个藏族妇女，她们鲜艳的装束引人注目。我一开口，她们惊喜地捂住了自己的口："你是藏民女子？"开朗直爽的她们，不一会儿便给我讲起了泥石流灾害中亲历的往事。"那些解放军，那些兵娃子，个个都是好样的！"她们说。她们叫他们"金珠玛米"。这来自我的母语的称谓，曾在社会主义初期，通过藏地电影和歌曲，被更多的外族人所熟知，而今，它一声声在耳边盘旋，令我回到了一种久违的感动中。

我被一个藏族阿妈的吟诵声所吸引。她，坐在追思园纪念碑背面的石阶下，手捻一串佛珠，口里反反复复地念着："嗡嘛呢呗咪吽，嗡嘛呢呗咪吽……"一件宽大的深色衣袍罩着她，低沉而悠扬的吟唱绕着她。她，是谁？有着怎样的故事？她是在祷告亡灵，还是在救赎生者？她是在倾诉往事之殇，还是在感恩眼前之景？我不由自主地走近她，却又悄悄地退开。而她一直坐在那里，不为周围所动，她的目光是伤痛的，又是安宁的，她沉静地注视着身边的花草，树木，就像旧日子抚慰着她自己。

我终于离开追思园时，阿妈还在那里念着。我觉得那声音一直跟着我，一直跟着，而且越来越大，变得无穷大，就像那是从草原的尽头，大地的深处，神山的高处，一齐吟诵的嘛呢声。我在那样的万众一声中，突然觉得自己再一次抵近了故乡。我已谛听到了母土的命脉之声。

就是这样。每一天都走在触动中，感怀中。我不知道，此行能在多大程度上完成自己深入生活的目标，我也不再去想，怎样的途径才能更好地排解我的故乡书写中遇到的重重障碍？沉重的思念和莫名的愧疚，使我只想投入地走一趟，真切地感受一回，聆听故乡最温热动情处的血脉之声。

老城区每一个角落都焕发了新颜，泥石流灾害中唯一未受灾的西街村，历来是举办元宵节松棚灯会的地方，现被政府打造成中国楹联文化长廊，越发地有了民间文化艺术的浓郁氛围。走在这条街上，舟曲民俗以独有的风情使人流连忘返。溯江而上，青山相对间的峰迭，舟曲新区拔地而起，明丽的特色民居、现代感十足的场馆、整齐的办公高楼鳞次栉比，交相辉映。楼间道旁，到处是葱葱郁郁的绿植。灾害之后，为缓解人口压力，县城被"三分天下"。如今，老城重建日新月异，新区又如此美丽的落成，舟曲规划治理的这种"双核"结构，将一个安居乐业、生态文明、安全和谐的新家园完美地呈现在人们眼前。作为边远贫困县，这一切绝非一己之力，舟曲县灾后省内外对口援建、代建与自建相结合的重建模式，可谓国内灾后重建的一种全新的科学的模式，为全国人民的关爱交上了一份满意的答卷。泉城舟曲，藏乡江南，无论新旧，都是感恩之城。

转眼又到了再一次作别的时候，当我站到老城区的十字街上，内心的感受比以往任何一次都更复杂，更难以言表。目力所及，到处是密密麻麻的高楼，漂亮的新楼。它们拔地而起，遮去了远山，遮去了星空和月色，只让夜幕下的一切沐浴在霓虹的招摇中。是的，夜色变了，人流变了，一切都变了，可这十字街，却还是二十年前那条街，是三十年前那条街。这是多么好的事啊。多年来，只有走在这条旧街，这条旧路上，我才觉得自己确实是回到了舟曲的土地上。而这次，我开始懂得，开始接受，所有的新和旧，都是我的故乡。而所有的重建，所有的崛起，所有的发展，比所有的逝去，所有的坍塌，所有的沦陷，更应该是我的故乡。那么，就让脚下这条旧路，连接过去，见证未来吧。

我在离开的最后一天，见到了泥石流灾害纪念馆的任润基馆长。讲起他的纪念馆，讲起他在纪念馆度过的这几年时光，那个朴素平和的小城干部，突然爆发出了出乎意料的激情。压抑的激情，伤痛的激情，比那些我司空见惯的诗意的、外在的激情更有力，更不容置疑，我几乎是在他张口说第一件事的时候，便感受到了他的执着，他的热爱。他说关于这场灾难，关于这期间发生的一切的好和坏，他的心里沉淀了太多，但他写不出来，他甚至无处言说，他能做的只是坚持让纪念馆成为真正的纪念馆，一个静穆、厚重、有文化、有灵魂的地方，而不是邀功乞怜的苦难表演，更不是地方旅游经济的商业牌码。

我得承认任馆长给我的震动。那些说出来的话，和没有说出来的，我都懂了。他说得对，这一切不仅应该永远珍存在人的心中，更应该留存在文字中。文学的观照将抚慰过去、现在和将来。可我只有惭愧。他极内行地说："你写小说的肯定不行，虚构文体不行，舟曲的故事，埋藏在我心里的故事，只能写报告文学，只有报告文学！"

　　暮色温柔，我久久踟蹰在河流边。我知道我无力诉说它带走的所有的岸。这是一个写作者永无止境的痛。谁能了解时光背后的东西？流逝与恒久，领受与馈赠，这些都是一辈子的事，而我还远未收获到与自己曾无数次感受过的那些漫漫长夜相称的广阔，我唯有在一次次的渐行渐远中，重新抵达岁月深处的故事：关于舟曲这座城，关于我广袤的甘南，关于蹒跚学步时就远离了的遥远的草原和村庄，古歌般的记忆里，我的母亲挥手作别的水草丰美的家园，那些混沌无名的时间，随日光流年渐次隐退的爱恨情仇，那些闲云成雨的人生，百转千回的溪流，在大地的皱褶里无声地流淌，像是遗忘般诉说着苍茫大地上亘古不息的欢乐与忧愁，消逝与生长——所有这一切，都还没有来到我的笔尖。

　　我又一次想起任馆长的话。没错，也许确实只有报告文学。可是，一个写小说的人走过的路上，怎么会有被浪费的经历？暖流在心底奔涌，像是喧腾的白龙江水，又像是清冽的老城山泉，那么甘美，那么澄净，那么切近，又那么无限，这是我终于在时光中等到的一个巨大的馈赠。我甚至闻到了它遗留在青春年少的气息，也听到了它在今天历久弥新的流淌声。

　　想起了远方的阿玛周措。在距离二百多千米的另一个县，另一个镇，陈老师，他好吗？这个季节，冶力关已飘起雪花了吧？七月里我们深深沉醉过的花开如海，此时该成了无垠的空旷和寥落。在甘南，太多的人要用一生的时间去慢慢懂得这片土地的凛冽、丰厚和深广，而陈老师，他还这么年轻，却已邂逅了如此不平凡的使命。当他前来，也许只是一种偶然的机遇，而当他离去，两年时光里跋涉的山和水，经历的人和事，遭遇的风和雨，已成就了他最富丽的一段生命。他的执着，他的明媚，他的热爱，他的付出，珍存在"千村美丽"示范村池沟的记忆中，珍存在那些老人和孩子的眼眸中。而这片土地赐予他的，也将长久地留存在他的心灵中。

　　而我，也该离去了。那么，让我再一次，郑重别过，我的舟曲，我的甘南。让我再一次，把画家达利说过的那句话说给自己：我什么都不放弃，我还在继续。如果对故土的审视，必得以候鸟的姿势才能完成，我只能继续前行。也许，前方尚未澄明，归途已相失于云水，但我相信，只要心底有一条回乡路，所有的断肠春色便都在。

我唱歌，因为我悲伤 ①

一

看齐秦 1991 年北京"狂飙"演唱会。只一开场，齐秦在万众欢呼中走出来，站定在舞台上，我便悄然湿了眼睛。没错，这才是齐秦。所有的光都在他身上，他轻捻指尖便引爆全场。但当镜头定格在他的眉目间，恍惚中，我的心里倏地叠印出今天的齐秦来。对比太过鲜明，仿若在某种光滑之物上刺啦撕开了一个大口子。今天的齐秦，他实在是老得太快，老得太不可挽回了啊！这些年，这一路，他到底经历了多少，是什么让他从一个狂野的精灵般的歌神，变成了今天的模样？

可是，齐秦，他又怎能不老呢？ 1991 年，那是多么遥远的年代啊。分明恍若昨日，却已是弹指一挥三十年了。三十年，我自己又成了怎样的面目？三十前的我，如果逢着今天的我，她能甘心相认吗？她又将如何地面对时光之手如此的揉弄？那双手雕刻每一个人的尘世光阴，在一些人的脸颊上它轻柔如母亲之手，而对另一些人它狂暴又粗粝，是大风挟卷着沙尘的坏天气。

1991 年，与互联网时代还隔着遥远的距离，那时候，生活在一座江边小城里的我，且不说不可能去听演唱会，甚至就连齐秦正在北京工人体育馆举办四面台演唱会，并且一唱就是三场的消息，我也不能同步得知。那场演唱会创造了一座不可逾越的巅峰现场，至今被誉为华语乐坛最经典的演唱会之一。无论是对于歌迷，还是齐秦个人，"狂飙"都是一场意义非凡的演唱会。齐秦是台湾歌手在大陆开巡回演唱会的第一人，狂潮掀起，自此后经久不息，成为代表着一个时代的"永远的歌神"。而单就演唱和表演来讲，"狂飙"亦是一场极其精彩的现场演出。据说当时很多歌的演

---

① 发表于《民族文学》2020 年第 10 期。

唱甚至都超越了录音室的版本，是齐秦歌唱的实力巅峰。人都说，未听过这场演唱会，便不能了解齐秦的全部。

而我已是永远地绝缘于那样的盛典了。时光不能倒流，我只能隔着荧屏，隔着三十年浩荡的悲喜，重温齐秦当年的风采。当年，他是那样潇洒俊朗，那样超拔脱俗。他的声音，嘹亮处直冲云霄，低徊时如情话呢喃。那是一种冰火两重天的魔力嗓音，李宗盛说那是镶着金边的嗓子。他带着分分钟炸裂舞台的气场，他的个人气质和歌曲精神是那么吻合。那些永远只属于他的歌曲。我一曲一曲听下来，那些三十年间从未生疏过的旋律，又开始一次次激荡我的心房。我的眼里是流光溢彩的齐秦，我的脑海里却是三十年前长裙飞舞黑发飘扬的自己：我整夜整夜地听歌。我满坑满谷地翻腾磁带。我曾经为了买到齐秦的新专辑，坐一天汽车再坐一夜硬座火车到省城。我身边围着一大群爱听歌的朋友，如果谁突然买到了齐秦的专辑或有他的合辑，总会兴高采烈先跑来给我听，但一般情况下我都是那个收集最快、最全的人。

那些永不复返的美丽的年华啊，那些滴水成冰的纯粹的成长啊！

其实，中国内地早期引进的齐秦专辑，我最早到手的那些《狼》《狼Ⅱ》《狼Ⅲ》等，应该都是把几张中国台湾版齐秦专辑的歌混在一起拼凑出来的。我早前便是听这些拼盘专辑，我甚至买到好几盘磁带封面上是齐秦但里面是屠洪刚、刘欢翻唱的，后来我凑齐了所有原版的专辑，再后来便是 CD、MP3 了，再后来有了电脑，再后来，便是猝不及防地走进了数字智能化时代。磁带，越来越成了现在的孩子们几乎听不懂的一个词。而我，从 1990 年开始，数十年几度移迁，从一个地方到另一个地方，从一个居所到另一个居所。我那些磁带，起初随着我一次次上路，后来便慢慢被搁置在旧地方，慢慢被尘封在旧日子的记忆里了。

就是这样，"太多太多的话我还没有说，太多太多牵挂值得你留下"，但青春，终究是无法随身携带一辈子的东西啊。

我只能用"沦陷"这个词来形容最初听到齐秦的感受。那时候，漫山遍野刮着"西北风"，大街小巷燃烧着"冬天里的一把火"。走在任何一条繁华大街上都好像是在走西口的路上，随便走进一家音像店，扑面而来的都是费翔蓝色眼眸的电波。齐秦就是在那时候，在那样的风和火的夹缝中翩然降临的。但只要你听他。只一听，便是全身心沦陷。从此一发不可收拾。从此心无旁骛。我喜欢他所有的歌，但相比更多人喜欢、更多人传唱的《北方的狼》《大约在冬季》《外面的世界》《往事随风》《思念是一种病》这些歌，我沉迷不已的是《空白》《冬雨》《狂流》《花祭》《一面湖水》《垭口》。"你太长的忧郁，静静洒在我胸口，从我清晨走过，是你不知名的爱怜。你太多的泪水，轻轻掩去我天空，从我回忆走过，是你洁白的温柔……"这是《空白》。这歌，这人，这词，这曲，初遇便是终身。从此，耳里，心里，一路相伴。

　　另一支，"有人说，高山上的湖水是躺在地球表面上的一滴眼泪。那么说，我枕畔的眼泪就是挂在你心尖的一面湖水……"难道这不是一首诗？我并无丝毫羞惭地承认，作为一名二十世纪九十年代的文学青年，我从港台流行歌曲，从心爱的齐秦这里得到的文学启益，并不比从当时风靡一时的一些高大上纯文学书籍得到的少多少。齐秦的忧郁、迷惘、孤傲、哲思，无一不是典型的文学情绪。听上去似乎都是伤心的情歌，但句句叩问，声声呐喊，都掘进生而为人的生存本质。齐秦的词曲旋律，起落繁复，高亢低徊，表达着爱情、人生、岁月、生命的无穷意味，他唱尽了人间的无限美好和永恒哀伤。他完成了从"小我"到"大我"的升跃。齐秦，与同时代同样唱情歌的王杰那些人是不同的。这不是嗓音或歌曲风格的不同，而是源自内里的质地与境界的根本不同。

　　从 1988 年第一次听到齐秦算起，我成为齐迷已经整整三十二年了。三十二年的时间，曾经的花季少女已霜染两鬓，悄悄走到了一条斜阳小径上。不再整日听歌，唱歌，胸中依然块垒，旋律皆在心底。相比今天的孩子们，我们是多么执着又多么安静的一代粉丝啊，我们不吵架不骂人，没有能力给自己的偶像炒热度，但也绝不惹麻烦。我们害羞，怯于表达，做梦都不会称偶像为"老公"，就连大家都习惯的昵称"小哥"，我也从未曾出口叫过一次。在我心中，他是一个真实的拥有，也是遥远的星辰。无论身处何地，只要齐秦的歌声响起，夜空中便升起了最亮的那颗星。"为什么大地变得如此苍白，为什么天空变得如此忧郁，难道是冬雨即将来临，即将来临……"在这样的歌声中，我能做的，唯有三十年如一日的深深的沦陷。

告别了尽人皆知的王祖贤时代，齐秦开启了一个男人正常的人生模式，娶妻生子，现世安稳。同时，他开始频频出入电视综艺，什么《梦想星搭档》《歌手》《中国好声音》《大歌神》之类的。其实，我也是看这些节目的，唱歌的地方，我总免不了要去瞅一瞅。其实，我也不是受不了齐秦面容沧桑、身形走样。一个人，怎么可能把眉目如画、长发飘飘坚持到最后，怎么可能将玉树临风、落拓出尘进行到底呢？甚至，我也能接受他的嗓音变沙，变暗，因为他唱歌的韵味历久弥新，愈加醇厚。甚至，我也能接受他以参赛歌手的身份，在舞台上与吉克隽逸、平安、袁娅维这些选秀歌手们同台 PK，甚至被淘汰。他虽然还是齐秦，但当他从一个多才多艺的音乐人，一个风格奇峻的唱作人，蜕变为一个纯然的歌手，一个遵从商业规则的娱乐大叔，那么，他又能挣什么辈分讲什么资格呢？他需要的只是舞台，而舞台已被后浪翻江倒海。在一个原创力严重匮乏的时代，人们只能假装满足于花样迭出的改编和翻唱。只能把一些杂烩的技法元素大言不惭地吹嘘为"音乐精神"。年轻人们唱着缀满花边的齐秦的歌，赢了齐秦。这一点都不讽刺，这是不可违逆的自然法则，正如他的歌词所说，没有人能挽回时间的狂流。

尽管如此。那天晚上，看《中国之星》，在某个时刻，我还是被深深地刺疼。我比以往更痛切地感受到：江湖上到处都是他的传说，但这个浮华江湖已不属于他。他开拓了一个时代，而那个纯金时代，毋庸置疑已经落幕了。

事实上，今天的齐秦，他是勇敢的、祥和的、云淡风轻的。他曾经在"世界之巅"西藏拉萨开演唱会，他是一个从高处下来的人。关于他，人们还能说什么呢？那些坐在评委席上的人，那些聒噪的众声喧哗，又能怎样地评议他呢？齐秦，他早在他的华颜盛世就用歌声表达了一切："不要对我说生命中辉煌的事，不要对我说失败是命运的事，对于我经过的事，你又了解多少？在自己的沙场，胜利总不属于我，我只有低头前进……"

没有人能挽回时间的狂流，但齐秦，依旧是无可替代的神话，永远的传奇。只是我从此不再看他参与的任何音乐秀。这不是他的错，是我的错。我低下头，深深地蜷缩到旧时光的阴影中。1991 年的惊涛拍岸，溅到我破损的羽翼上，我是一只悲伤的鸵鸟。

二

说起来，我绝非追星族，除了视极个别的人为偶像，我更沉迷于广泛的热爱中，我只是要听好歌。我长久地听过罗大佑、姜育恒、张雨生、赵传、童安格、庾澄庆、伍思凯、张信哲、张国荣、陈百强、Beyond、谭咏麟、钟镇涛、黄凯芹、李克勤、陈奕迅，以及巫启贤、阿杜等。张学友那完美无缺的歌声，我却听得少些。不知道为什么，他的歌于静夜痴思的我好像总是隔了一层，少有触动。他似乎更属于人声鼎沸的都市大街，属于唱歌比赛，华丽精致的哀伤里是掩藏不住的热闹。但那首《她来听我的演唱会》，我却是极喜欢的，常常在 KTV 唱，有唇齿生香的感觉。女歌手里，自经典的二十世纪八十年代开始，我喜欢过叶瑷菱、甄妮、黄莺莺、叶丽仪、李翊君、孟庭苇、潘美辰、辛晓琪、陈慧娴、叶倩文、梅艳芳、林忆莲、彭羚、陈洁仪、张惠妹、郑秀文、戴佩妮、杨千嬅、杨丞琳。忘不了那几对情歌对唱的黄金搭档，高明骏和陈艾湄、熊天平和许茹芸、张智霖和许秋怡。如今，也是风流云散了。

难以尽述这些美妙的名字。无需赘言，好多年来，我们这一代人对流行音乐的理解主要来自大陆之外的华语地区。当然，后来大陆也开始渐渐有了好歌。中央电视台亚宁主持的"同一首歌"，其辉煌程度，至今无一台综艺唱歌节目可望其项背。如果恰巧遇到陈汝佳唱《故园之恋》，罗中旭唱《星光灿烂》，零点唱《爱不爱我》，韩磊唱《走了这么久，你变了没有》，满文军唱《懂你》，羽泉唱《最美》，解晓东唱《姐妹弟兄》，毛阿敏唱《天之大》，我便也常常沉醉在电视荧屏前。以及那首群星高歌的《公元一九九七》，那里面的谢津、林萍、李娜，都是那么好的歌手，后来不在了，不唱了。我听得最多的大陆女歌手是朱哲琴、那英、田震。

话剧《恋爱的犀牛》里，有一名恋爱培训师讲"如何与你不爱了的人分手"，方法若干，其中之一是"给他唱他讨厌的歌"。众演员听完便整齐列队，划着手跺着脚齐唱"夏天夏天悄悄过去，留下小秘密，压心底压心底，不能告诉你……"

是个逗乐的场景，却挖掘了人情常理，爱屋自然及乌，但反过来厌乌也会弃屋。说极端一点，喜欢这首歌或者不喜欢，喜欢这类歌或者不喜欢，其本质反映的是一种人和另一种人的区别。如果在1996年，一个男孩讨厌《睡在我上铺的兄弟》，却偏偏要给我唱那首满大街狂轰滥炸的《九妹》，那么，就算是他长着一张齐秦的脸，我也不会在他身边逗留一分钟。可是，他既如此，又怎么会有齐秦的脸！

怎么能拒绝校园民谣的诱惑啊，尤其老狼！当然，李晓东的《冬季校园》也是极好的，漂亮的女生、白发的先生、爱情诗人、流浪歌手，校门口的酒馆、有人哭泣的树林、宿舍里的录音机，这些人和事构成校园民谣的典型意境，风吹过落叶萧瑟的冬季校园，也吹拂多少人典型的怀旧情绪。还有沈庆，他创作演唱的《青春》，其风格正如歌词"轻轻的风轻轻的梦轻轻的晨晨昏昏，淡淡的云淡淡的泪淡淡的年年岁岁"，但这样的清淡、舒缓，却偏偏有一种莫名之力，任何时候都能把你从现时态一把拽出来，空投到曾经的校园里那懒洋洋的午后草坪上，与他一起沉醉在"每一片金黄的落霞我都想去紧紧依偎，每一颗透明的露珠洗去我沉淀的伤悲"的美好和纯粹中。

是的，莫名之力。在校园民谣这里，简单、平实是力量，干净，青涩都是力量，这是因为对于我们，"过去"本身是有力量的。曾经的拥有，曾经的失去，在长长一生中，总有着不可分说的穿透之力。说穿了，校园民谣是一代人的集体自恋，怀旧，没有前史的人，领略不到它的好。可那又是多么简单的前史啊，"白衣飘飘的年代"，穿着长裙的姑娘坐在那里，白衣少年弹着吉他哼着曲，不远处，白海棠正在簌簌地落下……这种简单到纯白的让人心疼的前史，走进诗句里落在琴弦上，其精髓只有一个字：

"美"。美的年华，美的人，美的伤感。"谁娶了多愁善感的你，谁把你的长发盘起，谁看了我给你写的信，谁把它丢在风里。"错失所爱，但忧伤只是淡淡的，怅然的凭吊里寄寓着善意的祝福。所以，一般情歌中撕心裂肺的呐喊，声泪俱下的诉告是不适合校园民谣的，太过激烈的表达会惊了歌中的人。

老狼就是天生适合讴歌这种纯粹之美的人。他形象清明，笑容温暖，长发披在他的肩上并不见桀骜不驯的派头，却只是文艺青年独有的俊逸，亲和。他的声音，是一种清亮的沧桑，深刻的单纯，仿若是为了唱尽校园的美好和青春的失落而定制的声音。他一开嗓，曾经某时某刻的味道、颜色、形状、触感便扑面而来，回忆的河流潺潺流淌，时间的隧道向我们开启无底的幽深。仔细想来，校园民谣歌咏的初恋回忆，有着多少蕴藉绵长的内涵和外延？千千阕歌似乎都唱着爱情，但事实上它们唱着的，只是时间。理想与现实，坚持与妥协，成长与蜕变，这才是校园民谣久久感怀的主题。今昔恍惚，你在哪里？你曾拥有过什么，你一路丢弃了什么？所有年轻的，美好的，珍爱的，遗憾的，都像奔驰而过的地铁，去而无返。在时间的虎口上，没有谁可以脱险。

老狼在中国民谣的开山地位是毋庸置疑的，他不是一个高产的歌者，至今也不过三四部专辑，但每部专辑里的每一首歌，几乎都成为经典，让人爱不释手。1995 年的《恋恋风尘》不少人翻唱过，程璧的版本极为好听，是可以单曲循环的那种，但最能唱出来这首歌迷惘、沧桑又纯净的质地的，还是老狼。"那天黄昏，开始飘起了白雪，忧伤开满山冈，等青春散场。午夜的电影，写满古老的恋情……"在雪花一般剔透的美好中，你会觉得在"相信爱的年纪"就算有一首"没能唱给她的歌曲"，但只要有这样一份追忆，人生便是多彩的。我们或许孤独，但青春从不曾末路。

老狼不是创作型歌手，但一经他唱，别人写的每一首词和曲便都印上了"老狼"的标记。其实，高晓松、小柯、郁冬、许巍这些创作者都是能唱的，也是唱得好听的。但他们自己也明白，老狼一唱，便会不同。一样的词和曲，不一样的嗓子，老狼，终究是这类民谣风最佳的阐释者。老狼的歌里合唱曲目并不多，但只凭《青春无悔》和《想把我唱给你听》，叶蓓便成了他无可替代的绝配。在我，这两支好听到每每不忍听下去的歌，是KTV里无人合唱的千古恨事。但《月光倾城》是适合一个人静静倾听，静静倾诉的："人群里的风，风里的歌，歌里的岁月声，谁不知不觉叹息，叹那不知不觉年纪，谁还倾听一叶知秋的美丽。早晨你来过留下过弥漫过樱花香，窗被打开过门开过，人问我怎么说？……"

2016年，老狼也参加了《歌手》。灯光华丽的舞台，他一上去，所有的喧嚣便潮水般退去了。他唱摇滚，他依旧唱校园民谣，无论他唱什么，他都在唱一个本真的自我。这个天命之年的老男人，他就像一个旧时代的遗孤，安静地甚至是羞赧地，面对着掌声欢呼声。他的黑发中夹杂着白丝，皱纹遮不住他的纯净，风尘掩不去他的温暖。"我们路过高山，我们路过湖泊，我们路过森林，路过沙漠，路过人们的城堡和花园。"是的，我们已走了太远，但老狼，依旧是那个二十岁的白衣少年，在耳边低吟浅唱着不变的情怀。

这才明白，民谣的意义并不在于伤感的怀旧，而是直面痛苦的释怀，笑对今天的自己，不是吗？风花雪月已是昨日事，浪卷云舒才是眼前景。眼睁睁看着老狼如此地唱老了自己，也把同时代的我们唱成了光阴的故事，但看到他，我们依旧感到快乐，满足。只要是他还在唱，我们还在听，就够了。最好的时光，我们跟着他唱"我要你打开你挂在夏日的窗，我要你牵我的手在午后徜徉，我要你注视我注视你的目光，默默地告诉我初恋的忧伤"，现在，我们听他"任凭这灯越来越昏，你在我眼中越来越真，看得清你满脸的风尘。任凭这天空越来越湛蓝，你在我身边越来越平凡……"

却原来，能一起慢慢变老，真的是一件"最浪漫的事"。

2017年，高晓松写了新歌《越过山丘》，说是致敬李宗盛的。无论致敬谁，他都应该把歌拿给老狼唱。却偏偏是杨宗纬唱了。杨宗纬当然是一个实力好歌手，这首歌后来也获了什么金曲奖。但只要有耳朵就可以听出来，如果是老狼，可以唱成怎样的情致。"越过山丘，遇见十九岁的我，戴着一双白手套，喝着我的喜酒。他问我幸福与否，是否永别了忧愁？为何婚礼上那么多人，没有一个当年的朋友？我说我曾经挽留，他们纷纷去人海漂流……就让我随你去，回到二十岁狂奔的路口，做个形单影只的歌手。"这个"越过山丘"的故事，老狼是最好的讲述者，没有之一。高晓松或许只是想创新求变，合作一个更有市场的歌手，但他却忘了我们为什么需要音乐，为什么如此长久地需要音乐。这时代太华丽了，到处都是好嗓子，到处飘着高音，竟至于连这样一个高人也失了判断，迷了来时路。如果说，高晓松曾为流行音乐留下了一个重要的精神向度，那也是老狼替他完成的。如果没有老狼，高晓松招摇不绝的"诗和远方"，根本无从谈起。

是的，就是看在老狼的面子上，高晓松那张被精致的庸俗摧毁了的油腻中年脸，我忍很久了。

我一向认为，老狼和郑钧、朴树，更年轻的赵雷、张磊、张玮玮他们，以及写出了"靡靡之音"《我要你》的樊冲，为《从前慢》谱曲的胡海轶，以及已经作古的《送你一朵小红花》的赵英俊，这些人，虽不是一类歌路，却是"一伙"的。他一路走来，从不孤单。尽管郑钧鲜少露面，但曾经的《灰姑娘》还在。尽管朴树在《那些花儿》之后，不再纠结纯真年代的美好和失落，而是着力"坠入黑暗中，坠入泥土中"的挣扎和重生。但无形中，仿若总有一根线始终把这些散发着相同气味的人，亲密地连接在一起。在歌迷的心中，他们是一支前赴后继的队伍。

尤其，老狼和朴树，为什么看见一个，总会想起另一个？明明他们是多么不像的两个人。老狼，他有着自家大哥一样温暖的声音，安静的笑容，他陪着我们走过日子中所有的好和坏。他让人安心，踏实。可是朴树，还有谁比他更尖锐又脆弱？又坚定又无助？我们看着他听着他，却时刻揪着心，怕一眨眼就会在哪个岔路口丢失了他，怕一睁眼就会戛然而止"惊鸿一般短暂，夏花一样绚烂"的美梦。我不明白为什么，演唱会上光芒万丈的朴树在我的眼里，却像是一个等着大人去牵手领回家的孩子。没错，他就是一个孩子，说着大话思虑着大问题却始终走不出"清白之年"的孩子。他属于某种易碎物质。去爱他吧，呵护他吧，他是我们自身柔软的疼痛的一部分。只要他还在老地方，乖乖地唱着，我们的心肠，这个世界的心肠，就不会变得太硬。

"你说青春无悔包括对我的爱恋，都还在纷纷说着相许终生的誓言，都说亲爱的亲爱永远，永远年轻的脸，永远永远也不变的眼……"所有亲爱的人啊，我又在窗前轻轻唱起这首歌。只是为过去秀发满头，我们今天才秃顶。这世间没有永远年轻的脸，你我再不会年少如花，可是，我还是想把我唱给你听，因为岁月是值得的。路途遥远，我们在一起，是无悔的。

三

多少年了，当我与时俱进地见识了太多的潮流更替，看到更炫目的新鲜面孔后，我依然自得于自己的音乐品味。我说过，在我漫长的听歌生涯中，只有极个别的人成了我永久的偶像。是的，只有，齐秦和苏芮。然而，齐秦也是爱苏芮的！齐秦说苏芮是他一生的偶像。他们经常在演唱会上互做嘉宾。当他们俩同声合唱，人间便成了天籁至境。

熟悉中国流行音乐史的人们知道，苏芮的出现犹如一道黑色闪电，猝不及防地终结了称霸十多年的邓丽君时代。其实，那只是一张唱片，却引爆了中国台湾乐坛的重大革命：从此，打破了长盛不衰的甜靡歌曲风，开启了真实、炽热的黑色摇滚世界。《〈搭错车〉电影原声大碟》，苏芮唱红了台湾流行乐史上这第一张电影原声乐唱片，从此成为当代歌坛的奠基人之一，和罗大佑、侯德健、李寿全、梁弘志等乐坛大师级人物一起带领台湾流行音乐走向了史无前例的省思、批判风潮，对整个华语乐坛造成里程碑式的影响。这样的出道姿态应该是后世多少歌手都难再复制的吧，朝夕之间就从小小的驻唱歌手成为时代的巅峰巨星。然而，成功从来不会发生在朝夕之间，它来自苏芮之前整整十五年的砥砺前行，坚持自我，不媚俗，不屈从，不追求"出名要趁早"。她是真正具备音乐理解，坚持音乐精神的人。

对苏芮，大家都习惯于用大的形容词，因为并不过分。大题材，大嗓子，大气质。近四十年过去了，华语乐坛至今尚未出现一个可以和她相提并论的女歌手。就拿一般人认为和苏芮有同类风格的"天后"们说吧,那英以翻唱苏芮出道,她有我极喜欢的苏芮般的飘逸气息和柔美风情,却无苏芮狂放的震撼力和沉稳的大气魄,张惠妹以苏芮曲子比赛出道,她有苏芮的真切、细腻和狂野,却无苏芮的梦幻和飞扬。一个太虚一个太实,她们俩相加应该才是苏芮吧,却还是少了点什么。少年成名的程琳后来也喜欢唱苏芮,但她的声音太单薄,生硬,缺乏层次和蕴涵。至于黄妈,以及近年来不断涌现的打着"铁肺"TAG的女歌手们,她们简直是嘶吼的笨重的低配版的"苏芮"。

所以,说起苏芮,我们只能想到惠特妮·休斯顿和玛丽亚·凯莉。是的,她们才是一个量级的"牛姐"。

作为第一代芮迷,我听苏芮是从《一样的月光》《酒干倘卖无》这些经典歌曲开始的。听齐秦是沦陷,是沉湎,而听苏芮是被一记暴力的猛棍击醒,石破天惊的感觉。至今记得那盘磁带上的苏芮,一袭黑衣,一头短发,眼神犀利,看不出通常的漂亮。那时比听齐秦更早,我年时尚小,自然不懂得这个黑衣女子如此横空出世的音乐史意义。我只是被她呐喊般的高亢嗓音深深震撼,不能自已。一个女歌手,原来也可以这样!可以不甜美,不柔弱,不风情,只凭着歌声征服所有人。这样的问题,当年的我是否模糊地思考过,不敢自诩。我只能在今天后知后觉说一句常识性的评价,苏芮凭一己之力,为女性歌手杀出了一条血路,颠覆性地改变了其乐坛地位:她们一样可以呐喊可以摇滚,可以广阔主题大题材,可以表现深厚的社会文化底蕴,可以以气势磅礴的气场演唱出无容辩驳的史诗性歌曲。

事实上,苏芮的另一面是风情万千的。走出那些标志性的摇滚歌曲的巨大撼动,我渐渐被她的《请跟我来》《未知》《不回首》《能输多少》《感动我》这一类风格所吸引。哀而不伤的歌词,深邃美丽的意境,丰富精致的旋律,苏芮高亢空灵的歌声唱出了一种意味深长的梦幻情怀,绕梁三日的旖旎情致。"我从来不知道,为什么爱你,那是我生命里最好的决定。你慢慢地走进我梦里栖息,那是我多年来最美的梦境。我不想再面对分离,我厌倦了四处追寻,让我的记忆里悲喜的交替由你写下完结篇,不再有续集。"这首百转千回的《爱的完结篇》一改流行歌曲十之八九是"苦情歌"的创作惯性，开启相爱相携的"正能量"之风。后来的《不变的心》《在转弯的地方等你》《慢慢地》《因为你，因为我》，以及好听到死的《除了你，我还有谁》，以及那首唱遍了大江南北、唱尽了生死白头的《牵手》，都属于这一类。是苏芮告诉我们，不唱分手、背叛、迷失的情歌，一样可以深刻、曲折，让人疼痛，感动落泪。

我不知道曾经有过多少苏芮的歌带，专辑、合辑、精选。从飞碟唱片到福茂再到丰华，从汉语、粤语到英语，就连那张唯一的闽南话专辑《花若离枝》，我也买了。如今回想，我无法准确地梳理出它们发行的先后次序，存留在心里的只是它们每一张带给我的喜悦和满足。乐评人普遍认为 1988 年的《台北·东京》是一张具有国际化水准的优秀专辑，也是蕴含着意韵深长的温情哲学和人文关怀的"温暖"的专辑。没错，正是从这里开始，苏芮告别了黑衣墨镜的摇滚年代，蜕变了"风就是我的朋友"的孤傲形象，她更多了女性的温润、柔魅，以及母性的从容、宽广。这张专辑里的十首歌都词臻曲美，沁人心脾，《阳光照不到的角落》《十年前的爱》，这些哀怨无限的情歌被苏芮唱得落寞沧桑又通透明亮，一种千帆过后的超脱感，而《我只要一点暖意》却是童音声线般的天籁清纯。压轴曲目《圣诞礼物》是一支极为耐听的歌，虽然我是自小没过过圣诞节的人，但当"Merry Christmas，我祝福你"的歌声响起，岁末节日的温馨画面便在苏芮美丽绝伦的声音中仿若电影镜头般徐徐浮现，漫天飞雪飘飘洒洒地落下，晚归的人驻足街角凝望着那一抹等待着他的灯火……

《奉献》和《跟着感觉走》是这张《台北·东京》里的经典名曲，其风头遮掩了专辑中其他歌曲的光芒。从此后，"跟着感觉走"成了人们的日常生活话语。"脚步越来越轻越来越快活，心情就像风一样自由"，从这样的词作可以看到，这张专辑不仅标志着苏芮的转型，它更预示了中国台湾乐坛开始从人文化的反思时期迈向企图商业与音乐双赢的阶段，罗大佑式的文人思想与历史积淀被一种更为民间、更为世俗化的人生态度所取代。世界正在于无声处发生着巨大的变革。

如果非要从这张专辑里选一首最喜欢的，那么，我选《砂之船》。距离最初的感动已过去了三十多年的时间，但每每听这首歌，还是一样的感动。每一次，音乐响起，苏芮的歌声响起，心便会无可抑制地怦动起来，战栗起来。这是多么哀伤多么美好的歌声啊，听歌的人已远隔千山万水，凋了容颜，而它还好好地柔波荡漾在老地方，好像那些相爱，那些分离，才刚刚开始。而我，如此地深爱着这最初的相爱和分离，如同我从未经历过它们。"像浮萍一样偶然相遇，随着潮汐无缘长相依。像日月一样两个世界，从开始注定了分离……"这梦也似缥缈的歌声，让人如何梦醒？这月光一般清冽的歌声中，你怎么舍得松开手？"Holdme，这砂一般的小船，不能到达彼岸，转眼就要消失，就要沉没。Loveme，请珍惜短短片刻，就让我幻想着，你会记得我，你会拥着我，到永久。"

KTV 里，好像找不到太多苏芮的歌，或许是版权原因，或许是因为她的音高声线不适合一般人。的确，像《尘缘》那样跌宕起伏、迂回叠进的大歌，又有几个人能驾驭呢？好在这些相对通俗的也都是让人停不下来的好歌。当我唱《酒干倘卖无》时，朋友们总会一起嗨，换成《奉献》《亲爱的小孩》时，他们开始轻轻地和声，再到《优柔的执着》时，就只好安静地"凝视我的眼眸"，寻找那"最深藏的温柔"了。《请跟我来》《我不该看你的眼神》是男女声对唱，多年来遇到和谐悦耳的搭档的概率，低到让人不再有期待。所以，更多的时候，我只是自己一个人在唱。"停在我心里的温柔，难道你要让它飞走……"这旋律，有哀怨的诉说，有犹豫的发问，盘旋往复中最终走向爆破式的倾泻，音调一阶阶升高，把声音和情绪一层层推向高潮。这时候，你会感觉到自己从逼仄的 K 歌房破檐而飞，歌声在蔚蓝的大海上一浪又一浪涌向天边，飞向比天边更远，比山峰更高的地方，与霞光云彩融为一体。

就是这样。苏芮的歌声，力敌千钧的声音，薄如蝉翼的声音。呼啦啦张开翅膀翱翔在群山之巅的声音。云端之上的声音。

"孤单的时光，城市化一片汪洋。流浪惯的我，渴望寻找一个自己可以栖息的地方。你落寞眼光，有我同样的迷惘……"这是《你是不是疲倦了》，它属于夜晚。多少年了，当夜来临，我还在听它。我曾在一个美丽的院落，一个夜接着一个夜地听着它。一边听它，一边听着不远处江水在夜色下的流淌声，听着细雨密密地落在我的窗玻璃上，听着苹果树石榴树哗啦哗啦摇着风的叶子。夜那么深，歌声深深地沉溺着我，我长久地静默。有时候，忽然就流下泪来。

那样的春花秋月，终于，被我辜负殆尽。那所有美好的声响，如今，已与我恩断义绝。是的，我疲倦了。但音乐还在，它常常裹着曾经的夜晚，全世界所有的夜晚，卷土再来，水一般漫过我。

今夜灯下，突然想，我有多久没见过苏芮了？她最后一次在台上唱歌是什么时候？就是从那一次，她离去后再也不曾出来。这个心爱的女人，如今，她在哪一片星空下，在怎样地老去？无论她在哪里，唱与不唱，都是在音乐的荫护下吧。愿她母慈子孝，岁月静好。这世界有她，就是完整的。这世界有过她，就是美丽的。

孤单的时光，城市化一片汪洋。听，又一首无与伦比的夜晚之歌："当夜来临，疲倦的你，请收拾白日残余的思绪。将灯亮起，浏览天际，什么样的爱仍在川流不息？也曾贪恋你一颦一笑的甜蜜，疲惫的灵魂在黑夜中苦苦地追。而我已原谅爱情曾犯下的罪，等有天繁花落尽，共尝这生命苦悲……"

原谅爱情。原谅每一个路口的风景，所有绚烂的盛开和错过。原谅在深深的热爱和悲伤中，终于蹉跎了的这一生。

卢七主曼^①的散文

① 卢七主曼，女，藏族，1968 年 12 月 23 日出生，甘肃省卓尼县人，中国少数民族作家学会会员，甘肃省作家协会会员，甘南藏族自治州作家协会理事。供职于卓尼县教育和科学技术局。2016 年 4 月获甘肃省优秀专家称号。

家住尕那山下 ①

尕那山，在我家的正左面，对我低矮的小家而言，尕那山，它的确是"势拔五岳掩赤城"了。我家有特别大的院子，但因尕那山的陡直奇高、遮天蔽日，缺少充足的阳光，就成了一个周边多树、中间多草的小草场。

春夏之际，山顶上一片葱茏，那万丈的石壁变得更加青黛也越发显得崔嵬了。当午后的太阳光金子般洒在大院里，院里鸟鸣蝶舞，生机盎然。每每这样的时刻，我的心情也不由得快乐着，我唱歌、跳舞、听音乐、读诗……一任快乐荡漾而来，漫过我无边的心堤，我像一只飞鸟惬意于这样的时光。若阴雨连绵时，站在屋檐下，看着满院子萋萋的绿色；看着被雨水一点一点浸渍透了的石壁上突出的干和湿的界线；看着一树密密匝匝的浓荫；听着穿行于山和大院之间鸟儿们的啁啾声；听着屋檐上雨滴争先恐后的"滴滴嗒嗒"的下落之声……偌大的院子，除却它们就是我。这个时候，莫名的落寞和孤独疯狂地在心头滋生蔓延着，我无法扼制，任凭它们肆无忌惮地虐待我的灵魂。我是从不轻言孤独的人，但那时我真想把尕那山唤醒，对它诉说那样的落雨天我刻骨铭心的孤独与惆怅。其实，唤醒一座山，那是多么的不可能！住在这里的八年，我经历了许多的悲与喜、成与败，这里我哭过、笑过、爱过、恨过。但尕那山我笑它不笑，我哭它不哭。我轻佻，它庄重；我肤浅，它深沉，我好于表达，它善于缄默。总之，它是以亘古不变来顺应着世间的瞬息万变。它正因为沉默，才获得了无限的永恒，而我们人类则在名利的驱使之下，斤斤计较、纷纷攘攘，因此只得到了有限的瞬间。这样想来，觉得它又是一本奇厚无比的大书 ——是老子的魂、庄子的魄呀！是我这个弱女人结结实实的精神靠山。

秋冬之交，尕那山的色彩涵盖了世间所有秋的色彩：深黄、浅黄、淡黄；深红、浅红、淡红；深褐、浅褐、淡褐；黄中带红、红中带褐、褐中

---

① 原载《中国散文大系·抒情卷》，中国文联出版社 2012 年版。

带黄……即使丹青妙笔也难以描摹出尕那山重重叠叠、深深浅浅、浓浓淡淡疏疏朗朗——如此斑驳纷呈、摇曳多姿的秋来。秋风一过，我的大院里，"无边落木萧萧下"，直至树木都成为光秃秃的枝丫。这样的时日，我深怀悲伤的心在秋天里用心地扫啊扫，落叶堆成了小山，然后将其焚烧，最后化作了来年的春泥。

　　家住尕那山下，面对春夏秋冬四季的周而复始，让我产生了许许多多或深或浅的感触。这儿不能说让我阅尽苍生，但也领悟了许多的事与理。"草木一秋，人生一世"，这是从一片叶子捡拾到的启示。由此我懂得了生命的短促易逝和规律的不可更改。因而我更加珍爱生活中的一切：春的生机，夏的旺盛，秋的丰盈，冬的强劲，我无一不喜欢；父亲的训斥、母亲的唠叨、爱人的啰唆、朋友的误会，我无一不理解。我成了一个博爱宽厚的人。"博爱的人，很少快乐着。"的确如此，譬如我，有时为朋友的烦恼而烦恼，有时为母亲的痛苦而痛苦，有时为自己的病痛而无奈。除了工作，我其余的时间和精力就这样给四分五裂了，但我无悔！

　　处在尕那山脚下的我家大院，早上十一点前依然是露重霜寒，不见一寸阳光。但这时的小城处处亦是阳光明媚了。为此，朋友们一到我家就说我家太阴湿了，抱怨尕那山太高，其实，如它般高的山在卓尼小城比比皆是，怪只怪我家住得太在山的下面了。因大院里上午的阳光太少，我的女儿突发奇想后说："不是有夸娥氏吗？让他背走这山不就行了吗？""如果你甘做老愚公，肯定会有人背走这座山的。"我对女儿说。其实要真有人背走这座山，我会伤心，而且会立马另择居处。

　　想想，没有了它，我诸多的思想会与谁求得共鸣呢？我宁静淡定的品性谁来滋养呢？我独立善思的人格谁来塑造呢？再想想，没有了我，谁会倾听一段石壁无声的表白呢？谁会用心解读一座山的精髓呢？谁会因它悄然的拨动在心里流淌叮叮咚咚的甘泉呢？尕那山它注定了是我生命里一个重要的存在，我是它漫漫岁月里一个含泪的瞬间，它是我今生来世都难以了却的一缕散发着哲理的山缘。

　　"是中国人，就有权利向上帝要一座山。"中国台湾的张晓风这样说。

那么，尕那山是上帝赐予我的。它的深邃博大，它的百丈峭壁，它的春雨冬雪，它的朝夕动作，它的明月清风，都曾给了我那么多心灵的律动，我很多的思想都来自这座山。无助的时候，我问诘于它，它指引着我。我们是一对共风雨同晴暖的亲密朋友——我知道它爱过我的爱，恨过我的恨；我知道它疼过我的忧痛过我的伤。我知道是它驱使我去做一个真正的寻梦者。

揞指甲①

小时候，一到秋天，我的故乡博峪村后面川地里翻卷着金浪的那片麦子，被村里的男女老少头顶着秋老虎般猛烈的秋阳，集体流汗集体挥镰，铿锵有力地一镰一镰地把一地的麦子收割殆尽，捆扎后变成了一攒攒的束子，虎虎生风地站在大地上，每一攒为四个束子，他们两两相对，很有组织感，很亲密地依偎着站在平展的大川，它们似乎是在等待，似乎是在准备，仿佛坚强的士兵，保卫着足下的土地，又仿佛在迎接新生，也仿佛在共同抵抗着无法避免的"草木一秋"的宿命——无奈地离开，离开秋天！

秋天的万千气象，最后都得归于消匿，归于潜藏。

故乡后川这些麦子收割了的时候，门前地里的银碧色的那片大豆也要收割了，一地的青青豆叶在秋阳的炙烤中，一半的青豆叶已经成了黄黑色的枯叶，一半的豆叶还青青如黛，一秆秆上都结满了繁硕的青青豆荚，虽然呈青绿色，但荚内已经结实、饱满了，从那一个个凹凸不平的豆荚上就可以看得到里面银白色的大豆滚圆喷香的景象。这样的时候，就是煮青豆子的最好时机了。

年轻的阿妈从田里劳动回来时，肩上背着一大捆青豆，放在大院里，我和阿保②就从秸秆上摘这一树一树的绿色的大豆荚。然后放在阿妈用柳枝编成的笋筐里，等到全部摘完了，笋筐也装满了，阿保便劈柴生火，阿哥担水烧水，两个弟弟在门里院外地玩耍，水快开的时候在锅里放进豆荚，

---

① 发表于《中国散文家》2021 年第 5 期。

② 阿保：藏语奶奶的意思。

豆荚在水里挨得紧紧的，它们同呼吸共命运，悲伤地睡在锅里……然后盖上木头做成的厚重的锅盖，我大把大把地往灶膛里填柴，把火生得旺旺的，不一会儿，锅开了，水汽里飘来了青青的豆荚味道，灶火噼噼啪啪响着，大约半个小时后，一锅子软嫩的豆荚就成我们的盘中餐了，我们兄妹在灶房里按捺不住激荡起来的口欲，取出一盘煮得半熟的青豆，先偷偷地尝了起来——清香、醇酥、鲜嫩、甜润的口感，让我们吃得很过瘾！

就在要吃青豆子的前两天，阿保来到她日日浇水、施肥、除草的自家后院的菜园子里。她的菜园子里不仅仅是种了菜的菜园，还种了大丽花、绸子花、菊花、金盏花。夏末秋初，菜园子成了姹紫嫣红的花园。

她在春天时种下了海娜籽，经过一个夏天的施肥、锄草、浇灌，才能培育出一株株水红、桃红、梅红、火红的海娜花，在深秋里映红整个家，甚至整个村庄。

那么多的花里，其他的都耐得住风霜，只有海娜花不耐风霜。因为这个缘故吧，在秋霜还未降临之前的某一日，阿保疼惜地把她一春一夏精心耕耘的菜园子里的花儿公主——玻璃样清脆透亮的海娜花从园子里挖出来了，她让我小心地捧在手里，我觉得那一瞬间，自己的使命是伟大而光荣的。弟弟们跑前跑后，都想得到拿一次海娜花的机会，可是阿保嫌他们手太生硬，走路不稳当，怕弄折了花，所以不让他们沾手。

我捧着一树开得艳丽繁稠的海娜花，海娜花的根部围着一圈厚厚的湿漉漉的泥巴，小心地捧到家里，然后将其暂时养在自家的水缸背后，这样放上两三天后，等它自然蔫下来，花与茎叶都柔软起来了，阿保再用清清的山泉水七八遍地洗去海娜花根部的泥土，然后将洗尽了的海娜花晾干水分，再把它盘着放进捣盐的石窝窝儿里，放上适量的明矾，用石杵捣细，弄成细浆，盛在青蓝色瓷碗里，用白布蓬起来，存放半日后，就要派上大用场了。

那就是煮了青豆子吃的时候，有一个奇妙的、伟大的任务在等待它。刚好是在吃了青豆荚的这晚，大家将吃豆子时泡软烫热的指甲，再仔细地清洗一遍，洗尽手和指甲后，在昏黄的油灯下等待神圣的时刻的到来——

捂指甲的时候。

这个晚上，如果不脱衣服，捂了指甲，就得和衣而睡，是很不舒服的。所以，我和哥哥、弟弟、表妹妹们早早就被阿保给安顿着脱去衣服，雀跃地睡在炕上，兴奋地等着阿妈、阿保来给我们捂指甲。

阿妈把白天在田边地旁揪来的绿茸茸的巴掌大的野葵叶从背篓里一沓一沓地拿出来，带着田野的芬芳，带着七叶花的味儿，带着浅淡的秋色，平展地铺开在炕头上，它的形状像是圆形的绿色小伞，田野里它用一片片的叶守护着杆上那高傲的艳丽的红色花朵，今晚它将用自己的身体为我们的指甲撑开保护海娜的小伞，让我们的小小指甲上开出美丽的红花。那一瞬间，觉得野葵是那么有使命，有担当，那么神奇！一想起第二天早上捂过后的指甲，还是很担心的。今晚在七叶草小伞般的保卫之下，明天我们的手指上还能开出像七叶花那样殷红的花吗？

野葵，它是辛苦的。它从不畏风雨，不畏酷暑，由一粒籽在春天长出了根茎，然后长出拇指大的叶片，再由那点叶片经过夏天、秋天漫长的成长，长到了巴掌大，然后等来秋天第一场霜，叶片就由原来的蓬勃水嫩变得绵软牢实，多了质感，少了脆嫩，摸上去像绸布一样柔软。具备了这样的特质的时候，它才能拿来捂指甲。

阿妈把捂指甲要用到的大大小小的布片、布条、阿保捻成的羊毛线团、剪刀、海娜浆碗、小汤匙、七叶草等用料放在小炕桌上，阿保让我们伸出小手，然后取来野葵叶在手掌上均匀地铺开，让我们把四指齐齐地卷上来，正压住手掌中的七叶草，四指的指甲排在一条直线上，把弄细的海娜浆放在每一个指甲上，这时候把手心里露着的半张野葵叶轻轻地卷上来，盖住每片指甲上的海娜浆，再取来几片大一点的叶子，把整个拳头都包起来，然后阿保把准备的那么多的布块和布条拿到我们面前，那些布片或是弟弟们穿小了的小背心，或是小衣裤，或是小围裙，阿保把它们拆洗后晒在南房檐下的铁丝上好几天了，吸收足了太阳的味道，这样包裹时候，太阳清新的气息扑鼻而来，我好喜欢闻那样的味道。

再从那一堆布里面选上与自己拳头大小相匹配的布块，把拳头里三层外三层地包上几层，最外面用稍微宽一点的布条再缠绕后扎紧，一个大大的、笨笨的布拳头就形成了，里面的海娜正在和明矾发生作用，野葵和海娜花发生作用，老祖宗留传下来的创造之风将在我们的指甲上得到实证。在我们小小指甲上形成化学变化，将海娜在春夏里汲取的太阳的光辉和自然的色泽全部涂在少男少女们的指甲上，让我们无色的指甲变成红色的美甲。

但这样把手整个捂住的时候，上色一般都不是太好，而单个的指头单个包上去捂的，一般的上色都比较好。这主要是单个的手指它上面的海娜浆留存的时间长，能捂一个晚上，所以上色是比较成功的。我的表妹们因为过去整个手捂指甲上色不好，这一回一定要阿保阿妈给我们一个手指一个手指地分开捂，捂起来程序多而复杂，这包、缠、绑是需要很长时间的，从黄昏时分就开始了，一直到天黑尽了，点上了油灯，捂指甲还是"进行时"，那不太明亮的灯光下，阿保很用心地给表妹把十个手指都一个个地包扎起来，然后再把整个手包起来，她的两个拳头就像现在拳击人的手一样，大大的，绵绵的，她举着两个拳头入睡了。

秋天的时候，因为年年都要进行这一项美甲活动，表姐、表妹、哥哥、弟弟都在捂，谁的上得好，谁的上得不好，他们严谨地分析着、对比着、总结着，这一年会吸取上一年的教训，在这样不断地总结与归纳中，会找出不上色或者上色不好的原因：操作流程上的原因，明矾与海娜的调适比例的原因，指甲的湿软度的原因，海娜粘贴在指甲上的时间长短等的原因，致使有些指甲上色不好，有的根本不上色，有的上得既红又匀。

捂了指甲的这一晚上，我的阿妈、阿保轮流着来给这一群无法用手了的孩子们盖被子，怕我们受凉。到了早上，天刚刚亮，我的阿保，早早站在炕头前来为每个捂了指甲的孩子松开包着的拳头，经过一晚上无限的憧憬与约束之后，天亮后大家揭开束缚，心急难忍地看到自己紧紧包扎了一晚上的手指，那一刻的心情是激动的、忐忑的，不亚于那个时候的新娘在新婚之夜掀起盖头看到眼前从未谋面的新郎一样，深红、火红、浅红、粉红、肉红，都分别呈现在每个捂了的指甲上面，一样的配料，每个人染上去的色泽就是不一样。

阿妈和阿保便摸着我们的头或者脸，说："娃娃们一晚上双手不能动，不能使劲，臭虫咬了也没法抠，受罪了！"阿保一个一个地进行评价：公布九的像是沙什山上的杨树刺叶，红得正；扎什的像是可西那河滩里的红心柳叶，红而不艳；道知草的像是仲尼尕山上的杨树刺果，红得圆润透亮；七主曼的像是巴路沟里的沙棘颗颗一样，有点偏黄像旧玛瑙；旦尼草的像是河边石头上的水锈色，靠白了点；旺秀的像是寺里阿古①的袈裟色彩，赭红显深……

总之，经阿保这么一说，我们捂的并不是简单的指甲，而是我们博峪村四山八沟的颜色都聚集在了我们兄弟姊妹小小的指甲上，她心底里是想着要把秋天所有美好的色彩都要经过这一晚上捂在她们家孙子孙女的手上。她是贪婪地爱着秋天的，亦爱着秋色斑斓。阿妈其实也是个特别喜爱秋天的人，初秋的时候，高原上还有一些菊花、金盏花开在房前屋后、道路旁，到了深秋好多花都开不了了。连草儿都枯了，这时候，阿妈就把那些花朵般美丽的黄枝红叶折来插在玻璃瓶里，映在刚刚装修好的白松木板上，看起来特别美——红白相间，闻起来特别香——松香与草味弥合……是一幅雅俗搭配人见人夸的乡间极品画。山上的秋色凋零了，我家房子里的秋色在阿保和阿妈勤劳能干的双手调弄之下，依旧激滟厚醇。这一对婆媳，她们至爱人生，至爱生活，更疼爱着我们兄妹四人，才让我们的童年生活温馨有趣，多姿多彩，刻骨铭心。

捂了指甲后，七八个孩子中，她染上的是火红色，可她偏又喜欢深红；喜欢浅红的，可偏又染了个大红色……总之，每个孩子对捂出来的指甲颜色都不是很满意的，他们一早上互相评头论足，后悔不迭，想着补救之法，浅色的还可以再捂一次；深色的，就再也没有办法了。只有等待着新指甲长出来，一次一次地剪去，一直到把全部色泽蜕变出来剪完为止。那得需要大半年的时间。想想，她们带着不喜欢的挑剔之情，得煎熬过漫长的大半年时间，也是够受的了！

---

① 阿古：藏语喇嘛。

　　大弟只捂了一只手，因为受不了一晚上的捆绑与严捂，另一只手偷偷地给捂了的那只手松绑，然后指甲上的海娜浆因为手指的活动，都掉落了，掉到手掌里了，所以他的指甲没有捂上颜色，但手心里一片胭红，很漂亮！像个火红的小太阳！好看当然是好看，只是藏在手心里，无法让别人一眼就看得到，大弟就把手掌翻到人群里走路，为了让别人欣赏到他捂的手心，他得意的小太阳或是小月亮，因为甩手姿势的不一样，他捂红了的手心，还真让村里很多人看到了，引来一片是非不一的评说。

　　只有大姑、妹妹是满意的，笑脸盈盈地在早晨的阳光中欣赏着自己的手指。看着她们幸福知足的脸，我也从中感受到了捂指甲的快乐、幸福，与创造的趣味及生活里的神奇与魔幻，也深记了乡村人朴素的审美观。

　　其实，捂指甲是很烦琐的。别的不说，就只说把拳头包扎好后，准备入睡，手难受，肿胀着，不能入睡；想拿掉包扎着的东西，又怕染不上颜色，整夜都在半睡半醒间，那时候月光特别明亮，就只有看着那一炕月光洒满又看着月光散去，屋子陷入彻底的黑夜，黑夜来了，也就有了睡意。沉沉一觉睡去，天就亮了。总之，那样的夜晚是很煎熬的，但也是充满了期盼的。

　　阿妈总是说，秋天是个好景天，只是太短了！秋天是值得挽留的。秋天之后便是严酷的冬天，没有谁想走近它，因为它太凌烈了！

　　秋天是多彩的，其实无非也是红色和黄色的无穷演绎与变幻罢了。秋天创作出了无数的时光之屏，每一天都是不同的，它们摇曳生彩。老祖宗们每逢秋天都很用心地要给孩子们捂指甲，想必也是想用此法来挽留住短暂的秋天吧！恋秋惜时的心情，从来都是一致的！

　　大自然里的秋天去了，可是洇在我们兄妹指甲上的那些深红、浅红的秋天的色泽，会长久地保留在阿保、阿妈的眼里和我们的指甲上，也更加长久地留在了我们一家人的心中！那是秋天的记忆，传承的记忆，也是村庄的记忆，更是童年的记忆；那是阿保阿妈爱美的兴致，也是我们孩子们对美好生活的期盼与亲身践行！

薛贞 ① 的散文

① 薛贞，女，藏族，生于 1970 年 9 月。甘肃省作家协会会员，四川省散文诗学会会员。作品散见《诗刊》《诗选刊》《诗潮》《扬子江诗刊》《绿风》《飞天》《散文诗》《散文诗世界》《中国诗人》《北方文学》等期刊。出版诗集《在甘南》（合著）。现供职于甘肃省卓尼县教育和科学技术局。

娘家在古战 ①

小时候和几个小姐妹去县城买作业本，半路上搭了一辆拖拉机。人家问："你们是哪个庄子的？"我们说："古战的。""大古战还是小古战？"我们异口同声地说："大古战的！"当时不知道哪里是小古战，只觉得我们的庄子那么大，理应是大古战。如今若有人问起我是哪里人，我也说："古战。"对方往往点头说："哦，古战，一个大庄子，出人才的地方！"我便沾沾自喜，顺便又将我们的村庄夸耀一番。有熟识的人就说我："你已是嫁出去的人了，古战是你的娘家。"

是的，我的娘家在古战。这个生我养我的村庄，有着六七百户人家，山清水秀、人杰地灵。古有李晟、李愬等名将，今有数以千计的上至省城及州府，下至基层单位的"公家人"，还有许多远近闻名的能工巧匠和精明能干的生意人。

村西的一段山坡上（我们叫古战庵），一前一后坐落着两座寺庙，飞檐金瓦，气势不凡。每逢初一、十五，就有人去古战庵烧香拜佛，许下美好心愿。而在腊月三十至大年初一凌晨及正月十五这些重大节日，古战庵上更是人流熙攘，桑烟缭绕，钟磬声声。稍后的山梁上，有一段年代久远的古城墙，那就是省级文物保护单位——牛头城。

我读小学时，家住村西的瓦窑泉边。瓦窑泉因山坡上有一座砖瓦窑而得名，泉水清冽甜润，附近许多户人家的人畜饮水全都依靠它。天蒙蒙亮，成群结队的姑娘媳妇们，挑着水桶从村子的四面八方赶来。媳妇们像一群热闹的喜鹊，叽叽喳喳说笑着。谁家媳妇生孩子了，谁家老人病了，谁家娃娃打架了，谁家要盖新房子了。姑娘们轻声细语的，有些爱害羞的，只顾蹲下身来舀水，舀满后头一低，身子一躬，担上水桶便走。太阳尚未从东边的山坡上探出头来，挑水的女人们早已散尽。傍晚时分，成群结队的

---

① 原载《临潭文学七十年——洮州温度》（散文卷），作家出版社2019年版。

牛羊骡马要归圈了。那些高大的牲畜，在泉水下游呼呼地饮上一气水，又扬起脖子，若有所思地望着远处，仿佛在品味泉水的清凉和甘甜。天气暖和的时候，我们在小河边安放好洗衣板，撩起清凉的泉水搓洗衣物。大人们边洗边拉着家常，我们几个小姑娘洗一会儿，玩一会儿，好不自在。洗干净的衣服晾晒在泉水周围的草地上，花花绿绿的，像盛开在夏日晴空下的各色花朵。

有一年"六一"节，学校组织全体师生去村子附近名唤东坡的山上春游。大家浩浩荡荡出发了，一路上彩旗飘飘，歌声嘹亮，引得路上的村人纷纷驻足观看。文艺节目演出开始了。蓝天白云下，我们在绿草地上跳啊、唱啊。至今还记得有一位高年级女同学唱的那首《美丽的草原我的家》："美丽的草原我的家，风吹绿草遍地花。草原就像绿色的海，牛羊好似珍珠撒……"虽然东坡不是草原，村庄里的牛羊也不似在草原上那样繁多，但此时此刻，眼前的一切是那么令人迷恋：坡上是成片绿油油的麦田，远处是悠闲吃草的牛羊们，山下是蜿蜒流淌的古战河。河边绿草如茵，大片的杨柳树林似一道绿色的屏障，保护着我们的村庄。

秋天到了，白杨树的叶子雪花般飘飘洒洒。一放学，我们几个小姐妹就背上背篓，拿上扫帚，去河滩树林子里扫落叶，以备冬天烧火炕用。大家各自占好一大片领地，就唰唰地扫起来，不一会儿，林子里就堆起一座座金黄的小山。我们各自装满瓷实的一背篓树叶，一路叽叽喳喳说笑着回家。

最有趣的是每年正月十五前后几天。姐妹们相约着去庄子中心的戏场上看戏。所谓戏场，就是在一大片空地上，建有一座简陋的戏台，每年正月十二左右，戏台便被装扮一新，枣红色的幕布挂上了，大红的对联贴上了。儿时的我问父亲："为什么正月里要唱戏？"父亲说："戏是给神灵唱的，为的是保佑村庄四季平安、风调雨顺。"从正月十三开始，由村里统一组织的秦腔演出就拉开了序幕。唱戏的全是庄子里土生土长的演员。那时候唱得最多的是《铡美案》《三滴血》《三娘教子》等传统剧目。台上每出现一个新角色，人们就指着说这是谁谁的父亲，那是谁谁家的儿子。生旦净丑全由男人们扮演。唱旦角时嗓音细一些、扮相俊美一些的，人们就说演得好。嗓音粗的、扮相不太靓的，人们就发出会心的笑声。当然这笑是善意的：大过年的，人家辛辛苦苦为咱唱戏，就已经很不错了。后来有年轻媳妇和姑娘们逐渐登台，这才填补了女演员的空白。

我有时跟着母亲去看戏，有时和几个堂妹们一起闲逛，这儿瞅瞅，那儿看看，和相熟的小伙伴说笑打闹，去杂货摊上买一些平时见不到的小玩意儿。喇叭里传来高亢嘹亮的秦腔唱段，小孩子们在看戏的人群中鱼一样来回穿梭。人们穿着平素舍不得穿的新衣服，一边看戏，一边说笑，一边前后左右地瞅着陌生或熟悉的人。

一晃二十几年过去了，古战戏台也早已翻修一新，高大气派，戏场里全都铺上了彩砖，四周还装了太阳能路灯。古战戏班也已解散，取而代之的是省城或天水等地的秦腔剧团，生旦净丑一应俱全，先进的舞台装备更是让乡亲们大开眼界。

站在瓦窑坡的最高处，你会看见，整个村庄坐落在一个小盆地里。周围青山连绵，山下绿树成荫。绿色的麦田和金黄的油菜花交相辉映，呈现出一派美丽的田园风光。一排排平顶房整齐排列，黄土的屋顶朴实无华，明亮的玻璃暖廊熠熠闪光。不断增加的一座座大瓦房，是村庄里一道亮丽的风景线。最漂亮的建筑当然是古战九年制学校了，一座座教学楼拔地而起，一处处功能区井然有序。整个学校和八九十年代相比，发生了天翻地覆的变化！你会听见，从庄子里传来一种巨大的、混合的声音：拖拉机的奔跑声、小汽车喇叭声、鸡鸣犬吠声、人们的说笑声、校园里的读书声、唱歌声、工地上的电焊声、电锯声等，像一首磅礴的交响乐，演奏着这世上最具人间烟火气息的壮美乐章。

娘家在古战。古战里有我最牵挂的父母双亲、叔父叔母和各位亲人，以及许许多多勤劳朴实、聪明能干的乡亲们。看着乡亲们舒心的笑容，走在娘家门前宽阔平展的水泥路上，我从心底里祝福亲人健康幸福，祝福古战越来越美！

王朝霞 [1] 的散文

---

[1] 王朝霞，女，汉族。1971 年 7 月 12 日出生。甘肃省临潭县人。甘肃省作家协会会员。作品见《散文》《安徽文学》等。著有散文集《因为风的缘故》等。现供职于甘南藏族自治州委网信办。

怀念临洮而居的君子 ①

夏末秋初，正值丰水期。雨水又广，使穿城而过的洮河丰腴得如同一位少妇。夕阳铺下来时，少妇的身姿、眉眼顿时生动起来，似乎在频频回首等待一个晚归的人。而一朵一朵的浪花也被夕阳裹了金边，看上去妖娆无比。

我长久地倚在岸边的水泥栏杆上，揣度着这座城市的心事。

一位老人牵了小孙子的手，披一身夕阳从我身边经过。孙子大约刚入学，手里攥着一本《新华字典》，迈着细碎的小跑步配合着腰身略显佝偻的爷爷。

多么熟悉的一幕！倘若时光能倒回从前，眼前的这一老一少必定是我和他。当年，他也是这样牵着我的手带我散步的。时至今日，每当我孤寂无助时，似乎还能感受到他掌心的温热……

而今天，我只能站在他出生、长大和生活过的这座小城，一遍一遍地打捞着他留给我的记忆。又辗转走完每一个街头，徒劳地期望能看到他的身影。

我出生后，他赐给我一个鲜活饱满而富有朝气的名字。这简单的两个字里，必定寄托了他的爱和期望。只是，我懂得太迟。

他是大夫，在镇上的医院上班。我不知道他当初是因什么原因离开那座名叫临洮的小城而来这个小山村定居，只知道他和村里那些人都不一样：他把所有的子女都送进了学校，他穿整洁的中山装，他身上总是散发着淡淡的中药味儿，他爱读发黄的线装书，他的指甲总是剪得很短、手指干净而修长，更重要的是，他看我时目光里总弥漫着浓郁的温情。

这些，村里和他年龄相仿的人都没有。

但是，他以精湛的医术和淳朴的医德赢得了全村人的敬重。记得那时，常有邻居在半夜里一脸无助地敲开家里的门。而他，总是有求必应，从不

---

① 原载《因为风的缘故》，西苑出版社 2019 年版。

计较和对方关系的亲疏，亦不计较回报，提起药箱和听诊器就出门了。村里人常说，只要看到王大夫挂着听诊器上门，再急的病也不愁了。

懵懂的我，对那个柔软得像蛇一样的听诊器产生了兴趣，偶尔趁他不在时拿出来挂在耳朵上玩，但我始终搞不懂可以从哪里得知病情。有次他拿着听诊器按在我肚子上听，说我消化不良，肚子里有蛔虫。我惊慌失措地问："蛔虫？会吃掉我的肠子吗？"他拍拍我的小脑袋："没那么严重，蛔虫不吃乖孩子。你嚼两片食母生虫虫就跑了，别怕。"我当时紧张到手心冒汗，可他的淡定自若却让我瞬间安静了下来。

是的，有他，我什么都不怕。

小时候体弱，因此得他几分偏爱。他包容我所有的毛病：走路爱摔跟头，爱哭鼻子、爱流鼻涕，胆小……那时父亲在外地学习，母亲每天都有干不完的农活，姑姑叔叔们似乎都不喜欢我，我能依靠的就只有他。只要他在家，我便觉得自己是安全的，无须担心谁的指头会随时戳向我的小脑袋。

院墙外有一棵大柳树，是真的大，枝繁叶茂，很茁壮的样子。一到夏天，便会像伞一样撑开半院的清凉。黄昏降临的时候，他喜欢坐在这片清凉里读书、沉思或者抽烟。这时，我就端个小方凳，坐在离他最近的地方玩。有时，他会搁下手中的书把我放在他的膝盖上，讲一些让我似懂非懂的故事，或者教我认字。他总是夸我乖，是个听话的好孩子。

在子女面前，他属于那种不怒自威的人。父亲兄妹七人，没有一个人不惧怕他。可面对我时，他却变得无比慈祥，像个真正的老人。

我知道，他宠着我。

被他宠爱的往事日渐模糊，可有些细节却被记忆定格成永恒。

那年家里买了一只公鸡，身形高大，毛色漂亮，整天踱着方步走来走去，高傲得要命。百思不得其解的是，那只公鸡每次只要一看见我就会扑上来啄，或者从后面偷袭我，就像结了前世的仇恨一样。每每看到它张牙舞爪扑上来的样子，我就觉得世界变得暗无天日。被它偷袭几次后，我似惊弓小鸟般整日躲在屋里不敢出门。只有等他下班回家后，我方能去院子里玩耍一会儿。后来，家里来了他的一位朋友，他说："杀了那只公鸡招待客人吧，免得孩子再遭罪。"自此，我终于从鸡的噩梦中摆脱出来。

记得快五岁时，我还不能正确地念出那个令我恼怒的"走"字。每次只要一出口，"走"便成了"dou"。村里的小孩甚至小叔他们都在嘲笑我，只有他一点也不恼，也不许任何人说我笨。只要有空，总是不厌其烦地一遍又一遍帮我纠正："小姑姑上学走了没有？""dou 了！"我答。他摸摸我的头："发音的时候不要伸出舌头。来，再试试。走。""dou。""走。"……在屋后那条混杂着野花和艾蒿香气的小路上，他和我就像练习对口相声一样，一人一句重复着单调的"走"字。长大后每忆起，泪水就会打湿我的眼角。

凡此种种。他总是用细节温暖着我幼小的心灵。

"花花婆儿花花婆上天，你不上天花花衣裳脱下来我上天……"野花烂漫的黄昏里，他牵着我的手在屋后的小路上散步，抓了艾叶上贪玩的七星瓢虫教我唱上面的歌谣，然后看着小虫子披着花衣裳轻盈地飞走。他还指给我哪种花儿可以摘了生吃、哪种草可以入药治病。他的脑子里，装着一个我未知的世界。

他离去时，我还未满七岁。七岁的心，还不足以完全理解自此以后隔世的悲伤，亦不懂得永不相见是什么概念。只是他走以后，我变得更爱哭、更胆小。潜意识里总以为，只要我一哭，他还会回来，会替我抹去眼泪和鼻涕，然后牵了我的手去散步。而他的掌心里，依旧会有淡淡的中药味儿……可是，我竟再也不能坐在他的膝盖上听故事，再也闻不到他身上那淡淡的中药味儿，不能藏在他的后面躲避生活中的风雨了！

长大工作后，每年春节或清明节我都会去看他。相框里的他还很年轻，有着温暖的眼神，梳着整齐的头发，穿一件蓝布大褂，很符合我心目中的医生形象。只是，他永远都不知道他给过我的温暖和快乐曾经多让我珍惜……

　　许是临河而居的缘故，他出生的这座西北小城如今以花卉而闻名，花卉尤以兰花居多。在街头随意转两个小店，发现店里都会摆上一两盆兰草，让人无端生出几分好感。而我，花草盆景中说不出缘由地钟情于兰花。在他的小城小住几日后才恍悟：原来一直以来对兰花的偏爱是缘于我身上流有他的骨血！

　　人们常以兰花喻为君子，儒雅而善良的他，不就是一位君子吗？

　　他是我的祖父。就是被我唤作爷爷的那个人。

乡间手记①

　　那个名叫藏巴哇的小小镇，并不是我想象中的样子。只地形吻合——完全就是一片藏于山沟深处的洼地。虽是乡政府所在地，却小得精致，整条街道用不了五分钟即可走完。单位也少，我只见到学校、卫生院、乡政府、银行。沿街有几家小旅馆，全以"源"字命名：新源、桃源……很好奇，为什么没有人起一个叫桃花源的。

　　抵达藏巴哇时正值中午，在街边的小饭馆用过午饭后，赶紧找到一家小旅馆。幸有电视台早到的同事预订，才不至让我们流落街头——"7·22"地震，让平日冷清的藏巴哇因灾后抢险变得人满为患，即使再简陋的小旅馆，也住满了人。

　　运气不错。男同事们只有三人间。而我的房间，除了有大花子的床单和碎花子的被套外，竟还有两只大大的绒毛狗熊。房间也收拾得很利落。后来才知是房东女儿的闺房。

　　待要去受灾村采访时，雨来了。房东女人说："雾缠在半山上，看架势又得下好几天。"又说，"今年雨水格外多，下得人心里乱麻麻的，庄稼都烂到地里了。"眉眼里有着庄稼汉的愁绪。可看她的打扮，又似乎更像是一个旅馆的老板娘——浅绿色短袖，颈间一串珍珠项链，挽着发髻，

① 原载《因为风的缘故》，西苑出版社2019年版。

爱笑，贤惠而开朗的样子。

我喜欢这样神情淡定、贤良从容的女人。她没有因为生意的突然火爆而仓皇忘形，也没有对平日的清冷抱怨。我在旅馆的平台上看雨时，见到了她屋后的菜园子，里头种着白菜、蕃瓜、豆角、向日葵。很富有的感觉。我假想了一下晴日里她戴着草帽在菜园里拔草时的情景，再次感觉到了她的富足与幸福。每次上下楼梯时，总能看见她的丈夫——那个憨厚而爱笑的男人在厨房里拉面或炒菜的情景——除了小旅馆外，她还兼营着一个小饭馆。

她的幸福，成了我对藏巴哇第一印象的缩影。

天完全黑下来时，雨依旧缠绵悱恻地下着。若没雨，可以去河边走走，寻两束平日里没见过的野花儿带回来。反正旅馆房间里花朵多得晕人眼睛，多一两朵活的也无妨。可是，雨滴反复敲打着屋檐，哪还能去河边摘花儿呢？只能洗了一路的风尘，上床枕着狗熊听雨，听窗下行人匆忙的脚步声一次次路过。

在藏巴哇及去藏巴哇的沿途，全是绵延不断的庄稼地。偶尔有一两个小村庄，也是被庄稼包围了的。其时，大豆鼓着日渐发胖的肚皮，小麦和青稞都已挺起了沉甸甸的穗子，散发着成熟的气息。这些农作物都像是听话乖巧的孩童，只要有充足的雨水和阳光，便会使劲生长努力成熟直到颗粒归仓。这大片美丽丰饶的田野，一定会让村里的老人们在梦中笑醒。

还有那些花儿。

怎会有开得那么纵情的花儿呢？红的浓烈，黄的惊艳，白的淡雅，紫的娇羞。完全就是色彩的媲美大会！小的时候，我的村庄里也有这样满坡满洼的花儿，色彩浓烈到让人眼花缭乱。常常摘一大把带回家，在空的酒瓶里灌上泉水让其继续盛放于案前。有时也会和妹妹插一两朵于鬓间扮着玩儿。兴起时，还会用山丹花的花蕊涂红整个脸蛋。但一个村庄和一个村庄的野花，竟有如此大的不同。路边见到很多开得像荷花一样好看的花儿，叫不出名堂。咨询了藏巴哇本地人，说是野棉花。可在我看来，亭亭玉立的它们完全就是开在陆地上的荷嘛！旁边的人又纠正道："就是野棉花。"

看，这就是乡间独有的雅致了。一朵花，完全可以根据自己的喜好来命名，不用担心花儿的计较。我一直觉得，只有乡间的美，才是最接近完美的美。因为自离开我长大的那片乡村后，我几乎再也没有感受过能让人钟情至骨髓里的美。那种美，应该像水一样柔软，却能让飘散无形的心于瞬间回归。在乡村，草木、昆虫、石头、溪水都有着属于自己的语言和信仰，它们比人更懂得节制和珍惜，因此相互依存又保持着必要的距离。

到藏巴哇的第三天，抽空去了五千米外的九甸峡库区。车上的人指着那一潭绿油油的湖水介绍：这儿原来全是村庄，都被淹了；那儿有几棵很大的核桃树，树被砍了，根还在水底……

九甸峡库区移民，是当年数得着的大工程。因为一湖水，很多人带着对故土的眷恋和不舍，依依不舍地离开了自己的村庄，去了风沙弥漫的河西走廊。自古以来故土难离，不知道这个湖里，有多少是他们擦也擦不干的泪水？后来我曾专程去河西走廊跟踪采访过移民们的新生活，却没料到有一天，我会站在与他们曾经朝夕相处过的、那个被称作故乡的地方，对着浩渺无垠的水面任思维在瞬间短路。

若是沿着九甸峡库区再往前，经一个小镇后就到了我心心念念的冶力关——原来，所有的道路都能通向故乡，只要你心里惦记。

又想，若自己也生活在这个小小镇上，会不会也开着一间小旅馆，偶尔操心着地里的庄稼和眼前的生计？或者，种上一个园子的向日葵为生机盎然的乡间生活铺满阳光？

包红霞①的散文

——————————

① 包红霞，女，藏族，出生于1973年2月8日，甘肃省卓尼县人，中国作家协会会员。作品见《甘肃日报》《飞天》等。著有《走进甘南》《悲情舟曲》等。曾获甘肃省少数民族文学奖和黄河文学奖。现供职于舟曲县气象局。

藏族阿妈的爱心 ①

有种世俗无法丈量的干净纯洁产生于尘起尘落，却不因时空和地域而失却光华。舟曲"8·8"特大山洪泥石流发生后，迭部县的洛大乡有两位叫李九地的藏族老阿妈曾到舟曲救援献爱心，一位是洛大乡洛大村的妇女干事，我要寻找的李九地是普通村民，深居达尕坪山寨，与舟曲巴藏乡的黑水沟相邻，属洛大乡查居行政村管辖。通往她家的路不好走。第一次听说她的详细情况是她所在乡的驻村干部小马讲述，他说李九地阿妈是将自家腊肉徒步背到舟曲给解放军战士的。没有见到她之前，我想象着她的家应该很殷实。

早上从舟曲出发到达洛大乡政府驻地时已是十二点过些，小马在乡政府等我们，与他见面后他带路我们便驱车前往阿妈所在的村子。越野车在公路上行驶十多分钟之后拐进了黑水沟——这是舟曲和迭部的交界处。早听说到阿妈家的路很难走，走过舟曲许多山路的我不以为然，可是待进入沿沟修起的村道，才看到这里的交通政府虽然尽了最大努力或者说村民修路想尽了办法，但山势决定路况行车依然很艰难。村路沿沟崖伸展或高或低，通向村庄的路一直是胳膊肘子样回旋，司机技术得到了充分考验。四十多分钟后我们终于到了阿妈所在的达尕坪自然村，村委会办公地建在村头，小马说建村委会选址时找不到地方，阿妈便将自己唯一最平坦、离家最近的一块地全部让出来建成了村委会，拿阿妈的话说，一个村子没有村委会就像国家没有了北京天安门，主心骨没有落脚点还办什么公？

车勉强进入村子，阿妈不知道我们的到来，小马下车进去说明我们的来意，六十二岁的老人连忙放下手中的活走出院落。其实那算什么院落呀！篱笆院子只有一座夯起的土墙修建的二层踏板房，吃住放东西全在下面，房子比较大，类似于二十世纪七十年代生产队的大仓库，屋檐上挂着十多

---

① 发表于《飞天》2016 年特刊，2018 年 12 月获第七届黄河文学奖。

串包谷棒子，一条小狗拴在屋前的一截木杆上，几只鸡在草堆旁刨食，白母鸡红公鸡，羽毛都很干净，偶尔扇动翅膀，你就会发现羽毛在太阳下还发着光。阿妈的老伴背着个两岁左右的小孩冲我们笑，老两口都是那种很善良的长相，满脸皱纹把一种憨厚朴实写进我们心田。屋内挂了很多腊肉，大小不一，看到我注视她的腊肉，她说今年杀了三头猪，一个大两个小，全挂成了腊肉，舟曲抗洪救灾时她没有找到甘南的解放军，心中一直是块疙瘩，猪杀了后她腌制的这些腊肉全部留着，准备有机会就给解放军送去。解放军在合作，来回坐车要买票，她除了低保没有经济收入，所以路费也是个问题。我说人生地不熟背东西找人很费力，你可以将自己的愿望告诉乡领导，让他们去合作出差时顺便把你带上直接送到解放军驻地，要不你一个人背东西去不方便。她说，她也想这样做，但又怕给领导找麻烦，她已经给共产党找了好多麻烦了。

问及舟曲救援时她去灾区的情况，她说听到舟曲发生泥石流灾害时她在岷县，那天岷县到代古寺的路也不通，她从岷县坐班车走到中途车过不来就走回了家，回到家的第一件事便是想舟曲发生灾难，解放军肯定要去救援，那些孩子都很辛苦，她一定要去看看他们，于是她便准备东西，可是家里能拿得出的除了腊肉之外什么都没有，她便煮肉、烙大饼，准备了一个下午，第二天天发亮从家里出发走到马路上。

小马说，那几天除了运送救援物资的车辆，其余大小车辆一律禁止进入舟曲，原来走舟曲有班车，班车禁止通行，救援车阿妈搭乘不上，她只能是步行赶往舟曲。公路旁的村民有些认识她的人问她去干什么，她说去舟曲救灾，人家就笑。从洛大到舟曲，保守计算路程至少也要八十多千米，老人背着六十多公斤的背篓行走在马路上，阳光很强烈，天气很热，汗水湿透了全身的衣服，走到巴藏时天已完全黑了下来，阿妈的两个女儿都出嫁在巴藏，阿妈便落脚在女儿家，两个女儿得知妈妈的行动，连忙将自家腊肉拿出，当即煮熟要阿妈拿上。休息了一夜的阿妈依然是黎明出发，大概在下午四点终于走到了峰迭瓜咱坝，当时普通行人限制进入县城，她便走到限制通行的执勤交警面前说明自己的来意，要求他们将自己的东西一定转交给救灾的解放军。东西交给交警后徒步往家返，走到巴藏后在女儿家住了一夜，第二天回到家后依然记挂着灾区救援的解放军。老人走往舟曲的过程中听人说舟曲救援难度很大，她不知道难度究竟大到了什么样子，于是她又赶快发面烤馍馍、煮腊肉，第三天黎明她又出发。这次与上次不同的是她专门装上了自己亲手绣的鞋垫，那是她趁农闲时给老伴和儿子做的，因为她去舟曲时脚底打起了泡，她想到的是解放军娃娃救灾一刻不停脚底一定也起了泡，尽管只有六双，但至少也能让六个娃娃的脚舒服点。

　　第二次赶往舟曲随着救援工作的进展和交通道路的梳理，外面车辆和人员进入县城相对放松了限制，这次阿妈步行走到了某救援部队驻地处，当时阿妈只知道那些解放军全来自兰州，阿妈说不管来自哪里，在她的心中解放军就是共产党的子弟，只要是共产党的子弟，就都是老百姓的大救星，东西给他们她都心安。讲述过程中的阿妈眼中又飘起了泪花，她说部队领导知道她的来意后握着她的手流下了眼泪。她流着泪说舟曲的灾难是党和国家的灾难，全中国人都是共产党的百姓，东西不多，但能送点东西也是她的心意。部队领导问她有无困难，一直靠乡政府扶贫救济的她老老实实地对领导说，我的困难很多，那只是我自己生活上的困难，不是灾难，现在舟曲这么大的灾难，先救舟曲是大事情。见领导们很忙，阿妈放下东西就要返回，与她见面的领导一再表示要找车送送阿妈，阿妈说她来看救灾的解放军娃娃，本是自愿的，再派车送回去她这不是给解放军找麻烦吗？哪能这样呢！

　　两次煮完了自家腊肉，她又向亲戚邻居家借，收集来了一筐后，又做了些大饼，第三次赶往舟曲。班车依然限制通往舟曲，她还是步行走到舟曲县城，这次把东西背到了三眼峪那些挖掘遇难者的部队官兵面前。听说了武警王伟的事迹后她打听到了王伟妻子家所在的地方，想帮王伟挖出妻子，可是到了九二三这里后到处是挖人的解放军和遇难者亲属的哭号声，她不知道王伟的妻子全家埋在什么地方。看到一个四十多岁的女人在坍塌的房子跟前哭，她上前劝才知道这个女人全家六口人全死了，就剩她一个，阿妈说她劝那女人别哭了，哭也哭不回来，自己的身体要紧，看着她哭，阿妈也陪着掉眼泪，将自己身上的十元钱放到了那个女人手里要她别嫌少。

阿妈说因为无法挖王伟的妻子，她便往回走，准备回家。走到超市那里看到超市已营业，她又想到去看看王伟，于是到超市里买了饮料，打听到王伟的工作地点，终于在武警中队见到王伟后老人流下了眼泪，要王伟收下她的心意，返回时王伟他们送了阿妈两瓶矿泉水让她在路上解渴，她走过重灾区看到一处挖人的坑旁边两个小女孩口干巴巴的，便将矿泉水全塞到了孩子手里。

第四次，班车已通行，阿妈决心要给甘南解放军送点腊肉和馍馍，走下山后搭上班车，一直坐到了县城，但费尽周折依然没有打听到甘南解放军具体在哪里救援，就将东西一部分给部队，一部分背到了县政府，办公室一个女孩把她领到了一个姓杨的领导跟前，那领导很热情地和她聊了聊，放下东西后她又来到挖人的地方，一些记者听说她的事迹后找她要报道她，她说做那么点事就报道她很羞。这次她接受了部队领导的安排，拿了些部队的方便面、矿泉水，背篼装满后才放行，领导安排部队运物资的车送了她一程。

我直接问及阿妈为什么要这么做，她说她的老伴害病快十个年头了，在舟曲县医院看了六年，肾结石、前列腺炎拖垮了身体，家里农活不能干，要做手术没钱，去年舟曲的大夫给老伴动了手术，她送礼人家不收，叫大夫去吃个饭人家也不去，只让她照顾好病人。去年老伴动手术的钱全报销了，和干部没有区别，乡上给她一家五口都给了低保，一个人一年七百元，五个人三千五百元，老伴的病治好了，等于活第二次，这第二次的命是共产党给的，没有共产党的关心照顾，她一家早死完了，门早就关上了。舟曲的灾难是共产党的灾难，她只想到的是共产党帮她，她就应帮帮共产党，哪怕能帮一点点，她心里也会好受些。

当我问及老伴背上的小孩是否是孙子时，她说那是个捡来的孩子，父亲不知道是谁，母亲是村里的一位傻子，孩子生下来放村口路边，村中一位七十多岁的老人路过时发现就抱到了她家，她二话不说就收下了，一口饭一口水地喂养，现已两岁零四个月了。我仔细打量小女孩，阿妈用剪刀给她理的头一道一道花，如羊剪了毛的身子，两个脸蛋红扑扑的，黑黑的眼珠子，眼睛很机灵，伏在阿妈老伴背上打量着我，仿佛在问我是谁。阿妈给她取名智花草（宝贝女儿的意思）。

阿妈说孩子争气，很聪明，吃饱了就乐，很少生病，是棵草都有活下去的理由，那是个命，是个娃娃怎能丢路边不管？邻居老阿妈把孩子抱给她说明她和孩子前世修了缘分，这是她的福气。

问及她的生活现状，她说因为老伴身体不好，小儿子智力方面有些问题，她家重些的农活都是雇人干，雇人一天至少要花五十元才能找到干活的人，自己生活困难，全靠政府扶贫救济，临近春节，政府又送来了米、面、油和被子，还有慰问金。她现在难的是自己没本事一天天老了，老伴身体不好，儿子也没本事，日子穷净给政府添负担，要是有一天自己能盖间房买些家具让政府看到她全家日子过好了，不再给政府添麻烦就好了，因为是这样，她说她晚上想着想着就掉眼泪，就在心中给共产党念玛尼。

细瞧阿妈的家，除了乡政府扶贫的电视，屋里没有一件像样的家具，好多地方漏风，很冷。阿妈执意给我们煮腊肉，炕头坑火旁有蛇皮袋装就的麦草坐垫，我们围着席地而坐。说到现在的生活，阿妈用民歌的调子自填的词唱起了："共产党好共产党好，跟着共产党，穷人心不慌，迎新年慰问亲人大门进（乡政府扶贫工作人员给她家送东西的情景），跟着共产党过日子再穷吃喝全不愁……"

柴火映红了阿妈黝黑略显粗糙的脸，听着阿妈的歌，领会她的歌词，我豁然开朗，心被一种古老的干净和纯真包裹，也被这种干净和纯真所特有的善良打动！

我们去时给她带了点茶叶、冰糖和一箱牛奶，走时爱人给她放了三百元钱，这仅仅是看到她在自身窘迫的情况下还尽其所有救助灾区奉献爱心的钦佩和肯定，起初她硬是不收，说我们来自灾区，她的困难没有灾难大，她拿给舟曲的东西都是自家产的，没花一分钱，她怎能收我们的钱和东西呢？她说舟曲的灾难是共产党和国家的灾难，共产党那么好，她替共产党难过……

赶快跑！妈妈，我的腿今晚可能出不来了！ ①

一

2010 年 8 月 8 日是黑色的，不堪回首的满目疮痍，狼藉一片的废墟，让昔日美丽祥和的舟曲到处演绎着悲伤和凄苦。8 月 7 日午夜，县城的伤痛定格！23 时 30 分前后，闪电狰狞，惊雷炸响，县城东北山区突降暴雨，引发三眼峪、罗家峪两条沟爆发特大山洪泥石流，洪水和泥浆，大大小小的石块，以每秒约 10 米的速度狂泄而下，强大的气浪和冲击波混合成隆隆巨响，泥石流以不可抵挡之势，摧毁沿途的一切防汛设施，闯入居民区，横扫月圆村，吞噬三眼村三十多户人家，北关村受重创，沿路五六层甚至更高的钢筋混凝土建筑丝毫没能延缓它狂泄的势头，大多被洞穿甚至连根拔起卷入泥浆中。最后，泥石流疯牛般冲向县城北街，越过东街，涌进白龙江。

2010 年五十一岁的洪玉琴是单亲母亲，与一儿一女相依为命，泥石流中她家被冲毁淹埋，女儿洪萍萍遇难。

二

洪玉琴二十七岁成为单亲母亲，生存所迫，她在南门靠马路租了间小屋，卖酿皮抚养儿女成长。加工酿皮需要很多水，萍萍九岁用小茶壶给母亲提水，十岁开始用铁桶挑水直到遇难（除过离家的日子）一天都未间断，洪玉琴至今难忘女儿挑着水进门时怕桶碰到门槛上而踮着脚尖迈过门槛，两颊通红流着汗的模样。

虽是单亲母亲，洪玉琴对子女教育却一点都不含糊，她担心溺爱娇惯会使儿女长大后成为社会的包袱，对姐弟俩管教甚是严格。萍萍上小学时一个夏天的傍晚，做完作业偷偷跑出去耍，九点跑回家时妈妈已关上大门，小萍萍深深地记住了母亲生气时的泪眼，哭着请求妈妈开门，她保证以后

---

① 原载《悲情舟曲》，中国社会出版社 2013 年版。

不再贪玩……

自那以后萍萍再也没有因出门回家迟而惹母亲生过气，母亲说女儿遇难后，每次想起孩子六岁失去父爱，与她一同承受艰难困苦，没过过一天轻松日子就难过得要命，十分后悔自小把孩子管得太严。

三

苦水中泡大的孩子懂事早。萍萍初中毕业，本来可以上高中考大学，但为了减轻母亲的负担就上了甘南藏族自治州卫生学校。选择卫校，是看到妈妈病了去医院还要看医生的脸色，穷人小病都无钱医治，她立志要给妈妈看病，要当穷人的医生。

上中专之际，萍萍一边学专业，一边刻苦自学参加成人高考，2009年以优异的成绩取得大专文凭。毕业后，萍萍被县城一家较有实力的药店聘请为护士。她善良热情，来买药看病的男女老少都很喜欢她，老板也很器重她。她一边打工一边学习，换班时间还帮母亲打理酿皮店。"8·8"前准备参加全县事业单位8月23日的招聘考试，按她的基础，考取被聘用应该不成问题。

省吃俭用的洪玉琴不仅靠卖酿皮抚养大了萍萍姐弟，而且还积攒了十几万血汗钱，又向亲戚朋友借了几万元于2008年将旧房翻修成了两层小楼房。

四

8月7日下午五点，洪玉琴母女俩在店里揉洗酿皮忙完回到家，女儿要妈妈去休息，她做饭。妈妈让女儿赶快复习看书去，时间距离23日不远了，希望女儿好好准备，认真复习，争取考中。看着女儿拿起书，母亲换了衣服走进灶房。

天气热，母亲做了酸菜拌汤，吃完饭，女儿看书，她出去与乘凉的邻居聊天。十点后，县城北边播鼓山那里电闪雷鸣，这边也有雨滴落下，风也刮了起来，天气有了一丝凉意，大家知道洪玉琴早上三点要蒸酿皮，就说回去睡觉吧，天再热，觉还是要睡的。

回到家女儿坐外面石凳上看书，看到她回家，天气变了就跟了进来，女儿说她再看会儿书要母亲先睡。母亲躺床上，看着女儿埋头看书的脸很是欣慰。日子总是那么忙碌，一晃二十多年，女儿已长成了大姑娘，一条辫子粗粗地垂到了衣边，该给她准备嫁妆了，以前总没有时间仔细端详她，那晚不禁盯着她看了许久，也想了很多……

十点半，女儿说她想洗个澡，母亲说太迟了，洗了头发一下干不了，女儿说，她用吹风机吹干，让母亲先睡。躺在床上的母亲，听着女儿洗澡的声音很安然。

过了一会儿，一声雷炸弹一样响了。

女儿说："妈妈，今晚这雷，声音怪怪的，咱们睡不睡？"

萍萍头发披肩上，粉红色浴巾遮身从二楼往下走，宛如仙女！

母亲说："没事，干打雷不下雨，能下点也是好事。"

这时天空又是一声巨响，萍萍说："妈妈，雷这么响不会出什么事吧？"

电突然没了，屋里一片漆黑，没几分钟狂风吹得门晃动，房背后"咔嚓咔嚓……"传来剧烈的响声，母亲以为是风把邻居家的拖拉机吹到了房上，感觉声音很反常！

萍萍在床上摸到了手电，要母亲赶快起来。闪电的一瞬间，母女俩同时发现房子后墙已裂开近一尺的口子，窗子玻璃发出很大震动，房子左摇右晃，萍萍说："妈妈，地震了还是雷击了？"外面人声喊叫很乱，萍萍一把拉开推拉窗，院外灰雾腾起，水扑墙而来，随风猛扑的灰尘扑面而来，呛得母女直咳，母亲赶紧拉上窗子说："山水来了快往楼上跑！"

可是当母女俩跑出卧室，跑到自家二楼时，发现二楼码放的一摞砖正哗哗往下掉，楼上去不成赶快调头往外跑，跨到大门口时泥石流已涌进门槛，未经受过泥石流灾难，那一刻谁也想不到已是灭顶之灾，开门的一瞬间院子里已被洪水带着大小石块涌满，母女跑出大门奔到地势较高的邻居家，泥石流随脚后跟就进了邻居家院子，萍萍焦急地问："妈妈，咱往哪儿跑？"

母亲说："赶快进房子！"

可是，邻居家一楼的房子出租，门锁着，女儿拦腰抱着母亲踹门，涌过来的泥石流已漫过女儿的小腿，她把母亲扶上半米高的台阶焦急地说："赶紧跑！妈妈，我的腿今晚可能出不来了！"

母亲说："胡说，萍萍，拉住我的手，用劲！"

然而，就在母女俩努力拔腿之际，第三波泥石流峰头又涌过了女儿的腰，母亲清楚地看到一块大石头击中了女儿的左肩膀，刹那间第四波泥峰袭过女儿的头，一只想与母亲相握的手朝母亲挥了三下，紧接着手也看不见了，母亲发疯般地喊："萍萍，萍萍，老天啊……"

"老天爷啊，我的萍萍……"

眼睁睁看着女儿消失！母亲发疯般地刨，可是没容一分钟，泥石流再次漫过女儿所在的位置，她目瞪口呆，仿佛被钉在了那里，仅仅几分钟活生生的女儿就没了踪迹！

那高高举起的手臂好像给母亲指明了逃生的方向，书写了女儿的眷恋。泥石流依然翻滚，洪玉琴木然不知移动，此时泥石流已淹到了她的膝盖，翻滚的沙石不断撕扯着她的双腿，跑出来时脚已被玻璃划破，那一刻她却感觉不到疼，真想握着女儿的手一起死，但女儿是要她活下去，而且最后分明是朝她挥手指明方向的……

五

一道闪电照亮了院子，天空又是一声炸雷，邻居家租房住的一对小夫妻是乡下某卫生院的工作人员，人生地不熟，抱着孩子惊惶失措从二楼冲出往楼下跑。夫妻俩和孩子的哭叫把洪玉琴唤回现实，她立即意识到，要命的灾难绝对不是地震和雷击，也不是一般的山水，连忙拔腿爬上二楼，喊他们赶快往高处跑，上四楼！三人跑上三楼时，另一位来自平凉的女房客也哭喊着跑出房门。

舟曲县城的民居相邻房院大部分彼此一步可跨过去，洪玉琴熟悉周围的环境，让他们跟她上楼顶，然后从楼顶再到另一家的屋顶。洪玉琴说她们爬上楼顶后，看着腾起的黑浪，她跪倒在地，磕头祷告老天爷住手，半个城都没了，您收走的人已经够多了，天爷爷住手吧，我的女儿也被您收走了啊，把活着的人都留下吧！

天亮后，洪玉琴和那几个年轻人一起被武警解救下楼，几个年轻人对她感激涕零，他们不熟悉环境，如果不是阿姨当机立断喊他们上楼，冲下楼走大门就必死无疑。

晨光没有顾忌，太阳依旧炙烤县城每个角落。十点母亲赶到女儿遇难的地方，身子像被寒风袭过，腿直抖。她们的家在东街，许多人家被夷为平地，好多人开始挖被埋的人。母亲受伤的双腿跪在泥浆里，徒手刨女儿，可是埋得太深了，指头出了血，女儿还是没有踪影。母亲始终记着女儿遇难的地方，她说女儿在泥里受着委屈，她一刻也不能离开。中午十二点救援部队赶到，刚开始的救援以活人为主，挖死人都是自己的事，看到洪玉琴周围没有被困人员，解放军离去，赶来的亲戚帮忙挖，但只有四五个人根本挖不开，挖出碗口大一点点喘口气就被稀泥埋掉了。

洪玉琴的外甥说他去找军人帮忙，临洮石化部队没有拒绝他，派来几名救援战士，军民一起动手，下午七点终于将萍萍挖出。因为当时萍萍刚洗完澡，跑出来时没来得及穿衣服，泥石流中浴巾也丢了，母亲说女儿害羞，更不能让解放军战士难堪，快挖出来时，她吩咐外甥取来邻居家四楼洗了晾晒的床单，女儿是爬着的，她要亲自把女儿从脊背缠过去包住。

六

萍萍的男友是个藏族小伙儿，很有才华，在迭部县花园乡卫生院工作，两人上卫校时是同学，男孩在学校里表现很优秀，因远在迭部，洪玉琴不同意他们交往下去，关系一直没确定。泥石流发生后，男孩骑摩托赶往舟曲，走到峰迭乡瓜咱坝时，受交通管制，顶着烈日他徒步走山道历经五个多小时，下午六点赶到挖掘现场。

洪玉琴说，满脸汗水，满嘴血泡的男孩，看见她，喊了声："姨姨！"就晕了过去……

柔软的时光，灿烂的爱情，美好的过往如同隔世。也许是男孩的痴情感动了上苍，他还能最后一次为自己心爱的女孩拭去脸上的污泥，那双紧闭的大眼睛盛满对生活对亲人的眷恋，对妈妈的牵挂……

泪眼婆娑的男孩回想着从前，这是那个曾与他散步于合作当周草原小径的女孩吗？合作市的街头他们曾一起看车水马龙的夜景，一起聆听这个世界的喧嚣——生命如此孤单，我们曾经同行，若有来生，你是否还认得我？

那天，男孩的眼泪足以洗掉女孩满脸的泥巴！泥坑里他抱住满身伤痕的女孩，仔细为她擦拭脸上的泥沙，然后用床单遮住她的身子，抱着她走出泥坑放到门板上，盖上床单又一遍遍揭开凝视……

抬出泥坑的萍萍，头发全是泥浆，满脸擦伤，妈妈一点点给女儿洗泥，遇难前一个小时女儿是洗过澡的，可是泥浆浸满了她的全身，她的洁净荡然无存，她要让女儿干干净净地走。

母亲给女儿梳理头发，辫子里满是细沙，黏度强，她洗得很艰难，那是女儿吗？是那个九岁就跑前跑后帮妈妈干家务的小女孩吗？是那个2010年除夕深夜两点妈妈胆囊炎发作焦急跑往亲戚家给妈妈取药的女孩吗？那个和母亲一同上街时因母亲的熟人直呼母亲小名而不高兴的女孩哪里去了？那个洗了澡披着粉红浴巾走下楼梯的美人瞬间就不见了吗？孩子啊，妈妈为什么就先上了台阶呢？从此我病了，谁来给我倒水喂药，谁来给我打针啊？

……

梳洗完毕，舅舅找了根皮线，把萍萍紧紧地固定在门板上。萍萍的表哥去锁儿头买棺材，一副四百元，第二天才能拿来。军人们把她抬到了县幼儿园路口。因为遇难的直系亲属还有十几位，洪玉琴随大家去挖其他亲戚的尸体，离开了女儿的担架。

指挥部要求街道上不能停放尸体，9日早上各路救援大队抽调人员集中往尖子石停尸场抬尸体。待棺材抬来，洪玉琴发现女儿的身子不见了，这时已是下午四点。萍萍的舅舅说，他是用皮线扎住包裹萍萍的床单的，皮线和床单他认得，立马抬上棺材带人去尖子石停尸场认领，抬回来走了六个多小时，在亲戚家给女儿要来衣裤穿好，连夜葬到了疼爱她的外婆身边。

……

七

2011 年 3 月 26 日和我见面时，洪玉琴边说边哭，眼泪时不时会噎住声音。她说，现在最怕上街，走路上看见与女儿一样大的女孩就想起女儿，就伤心，门都不想出了。她在省医院做胆囊切除手术时，怕伤口感染，每次小便后萍萍都让她用消毒毛巾擦下身，然后立马搓洗又用开水消毒，医生护士都夸孩子懂事孝顺，说她有福气。泥石流发生后，给洪玉琴做手术的大夫打电话，知道萍萍殁了，还专门到舟曲来了一趟。大夫说他的女儿和萍萍同岁，根本没有萍萍懂事……

泥石流后，洪玉琴将几张在废墟里找到的照片用白布包一起装在衣服内兜里，那是遇难亲人唯一能看得见的遗物。照片有母子三人的合影，也有洪玉琴妹妹、姐姐及弟弟两家的全家福。女儿和男友拍于合作世纪广场羚羊塑像前的照片，母亲一直装在胸口，说这样她就感觉女儿和她还是心连心。

正月十五，萍萍生前八个最好的同学来舟曲，专门为萍萍垒了坟，临走每人放了一百元，嘱咐洪玉琴保重身体，清明给萍萍多烧点纸多买点喜欢吃的东西。

"8·8"泥石流，洪玉琴做教师的妹妹、妹夫和一双儿女全失踪，姐姐和小弟全家覆没，直系亲属遇难十二个。

重建家园选择安置点，洪玉琴选择了瓜咱坝。她说，虽然不能在原来东街所在家的位置重新居住，但只要不离开舟曲，萍萍就不会认为妈妈离开了她，看见妈妈永远守着她，等她回家，她就有家回！

洪萍萍帮母亲挑水打理酿皮店的身影我是熟悉的。现代女孩很少梳就天生长来的辫子，洪萍萍的辫子又黑又粗，刘海也是传统小家碧玉的那种。印象很深的是她挑着两铁桶水跨过马路的图景，辫子灵巧地晃动在腰际，一副清丽、温婉、乖巧的模样，全身都是青春女孩的阳光。

　　生命原本有着一种执拗的力量，无论命运馈赠什么，生活必须要延续。面对洪玉琴的不幸，好多人都劝她"坚强"，我也想这么说，可是"坚强"两个字对她来说已写满了椎心泣血的伤和痛啊！

敏奇才 ① 的散文

① 敏奇才，男，回族，出生于 1973 年 11 月 10 日，甘肃省临潭县人。中国作家协会会员，鲁迅文学院学员。小说、散文、剧本散见《中国作家》《民族文学》《天涯》《美文》《延河》《光明日报》等多家报刊。出版散文集《从农村的冬天走到冬天》《高原时间》、小说集《墓畔的嘎拉鸡》等。曾获甘肃省黄河文学奖，甘肃省少数民族文学奖等。

孤　狼[1]

一、荒野狼崽

父亲说赛里木阿爷把那条叫赛狼的小狗从放羊的荒野里抱来的时候，不知是狼崽，以为是一条被老狗丢弃的狗崽。见它时因它的目光时不时地透着两道可怕的光，所以赛里木阿爷就把它抱回了家，想着把它驯服成一条出色的猎狗，帮他放羊打猎。抱来的时候，它站在陌生的院子里东张西望着，像一个失群的孤儿，怪可怜的，看着让人心疼不已。

父亲说赛里木阿爷遇见它的时候，它饿得摇摇晃晃地打着摆子，站都站不稳，好像是几天没有吃食的样子。但它一双贼凶的眼睛却狠狠地盯着赛里木阿爷，有种扑咬的狠劲在目光里沉着。赛里木阿爷看着那咬人的目光心想是一条好狗，是当猎狗的料，驯服好了就是一条不得了的猎狗，心里就有了些许的喜爱。眼里没有凶光的狗唬不住猎物，赛里木阿爷从它那两道凶光中发现了它的与众不同和当只好猎狗的潜在素质，照他的说法，把它驯好了就是一条咬狼的狗。当赛里木阿爷疼爱地去抚摸它的时候，摇晃着站立不稳的它竟对赛里木阿爷昂着头瞪着眼，龇牙咧嘴地发出了一声声狼嚎般的吼叫，抵抗着赛里木阿爷靠近它。赛里木阿爷从背后的挎包里取出一块不太硬的肉干，慢慢地伸向它的嘴边，它警惕地望着赛里木阿爷，不为所动，虽然它饿得快不行了。赛里木阿爷被深深地感动了，它的狗爸也许从小就教会了它不受嗟来之食的道理。赛里木阿爷微笑着看着它，把伸出的肉干轻轻地抖了抖，饥饿的它望着赛里木阿爷依然不为所动。赛里木阿爷收回肉干，伸向自己的嘴里狠狠地咬了一口，津津有味地嚼起来，然后又把肉干伸向它。它的目光有了些许的松动，伸出舌头舔了舔枯裂的嘴巴，肉干飘散的香味刺激着它的味觉，它向前伸了伸脖子，又使劲地嗅了嗅，突然向前一激跃，叼住了肉干，又退后几步，大口大口地咀嚼起来。

---

[1] 发表于《美文》2017 年第 4 期。

只几下就把肉干吞进了干瘪的肚子。这时候，它的目光中才放弃了原有的警惕和凶相，透出了一丝渴求与想望。

赛里木阿爷又从背后的挎包中掏出一大把肉干，放在它的嘴跟前。这回它再也没有了原先的那种警惕和不安，大口大口地叼起肉干吞咽起来。赛里木阿爷看着它的吃相，那是天生的凶相和狠劲，撕、咬、扯、吞，无不让人联想到狗爸的凶相和狠劲来。吃完了肉干，它扬起夹在屁股当中的尾巴，拉了块干硬的粪便，然后又警惕地望了望赛里木阿爷，转身走向荒野。赛里木阿爷是绝不放过这样一条好狗崽的。当他过去想抱它的时候，它又开始龇牙咧嘴，向赛里木阿爷发出了低低的嚎叫，阻挡赛里木阿爷抱它。赛里木阿爷是一个和狗打了一辈子交道的猎手，知道狗的致命弱点在哪儿。他用左手握着风干的牛肉干惹它，吸引它的注意力，然后出其不意用右手扼住了它脑后的皮毛，然后以迅雷不及掩耳之势抓住了它的双耳，任其跳蹿，直至精疲力竭。

赛里木阿爷把它抱回了家。

二、驯服赛狼

赛里木阿爷把这只从荒野里抱来的狗放养在院里原先用铁丝围起来养鸡的一个大木笼里，任其嚎叫，任其奔跑着撞笼好几天。几天之后，赛里木阿爷就给它的脖子上扣上一个结实的皮套，拴上绳子拉出来，然后在院子里遛它，训导它，让它习惯周围的环境，以及自己的气味和训导语。在训导中逐渐消磨它的野性，让它的精力在瞬间转化为赛里木阿爷的意志。

虽然赛里木阿爷时不时拉出来以一个猎狗的要求来训导它，但它的目光中仍然透着骇人的凶相和狠劲，让人不敢靠近它。后来赛里木阿爷拿家里养着下蛋的母鸡来训导它，往往惹得鸡飞狗跳，全家不宁。有一次，赛里木阿爷在训导中见识了它撕咬鸡脖子的那种毫不含糊的狠劲。赛里木阿爷训导它的时候，家门口那只看家护院的狗就狂吠不止，像是见着了一条异类似的，让人得不到片刻的安静。更让人吃惊的是它还扑咬家中那只羸弱的羊羔子，把那只羊羔子惊吓得不行，一直贴在母羊的身旁不敢走开半步。让赛里木阿爷拿来训导过它的那些鸡，只要听到它的嚎叫就连飞带爬地跑回窝里，窝着不动。曼茹叶奶奶看着这一切对赛里木阿爷说："这是一条驯服不了的野狗，它的野性不改，家里迟早要吃它的大亏呢。"赛里木阿爷不以为然地说："要的就是野性，只有野性十足，才能在打猎中不会失手。好猎狗是驯出来的，但还不能驯得太过，驯得太过，它的野性和斗志就不存在了，那就成了一条趴窝的懒狗了。我就喜欢这样的狗！你看着，几个月之后它就是一条不得了的猎狗。"曼茹叶奶奶摇着头气哼哼地转身进了灶房，不再搭理赛里木阿爷了。

院子里传来了赛里木阿爷兴奋爽朗的笑声，随后也传来了曼茹叶奶奶生气摔碟子的破碎声。

狗崽在赛里木阿爷精心的照看和训导下朝一条好猎狗成长着。赛里木阿爷给它取名叫赛狼。

赛狼偷闲和家里那条看家护院的老狗互咬着，总是不相融。曼茹叶奶奶追着赛里木阿爷唠叨，说那不是一个善茬，连大狗也敢咬，是咬狼的狗，怕是长大后不服训导。

赛里木阿爷笑着对父亲说："你听，你听，这是啥话！我要的就是咬狼的狗，咬狼的狗才是好狗，她偏不要。我要出门打猎，又不是她打猎，瞎操心。"见赛里木阿爷讽刺挖苦她，曼茹叶奶奶又生气了，跺着脚气吭吭地扭身走了。

父亲后来说，他看着那赛狼就不像是一条狗，而像是狼，可他不敢对赛里木阿爷说。不过还好，赛狼见了赛里木阿爷、曼茹叶奶奶以及村里的人都低眉顺眼的，没有露出它的凶相来。父亲说，要不它就是一条有心计的狗。要是一条狗对人有了恶意，那它的狗命也就不会长久，这是狗都明白的大道理。白天它被赛里木阿爷训导着不吭一声，显得很是乖巧，只是到了夜里，它就对着远处的山梁发出长长的嚎叫声，那叫声像狼嚎一样怪吓人的。那条在山梁上偶尔嚎叫的公狼就是那样的嚎叫声。只要它一嚎叫，整个村子的狗就狂吠不止。这更让曼茹叶奶奶发愁和不安。

暂时看来，它与人的相处还是融洽与和平的。

赛里木阿爷对赛狼的训导一天也没有停止。开始赛里木阿爷打上只野兔拴在马尾巴上让赛狼追着学捕猎，看驯得差不多了再买来活家兔放在旷野里让赛狼追捕。几个月下来赛狼长大了，但同时也经赛里木阿爷之手把它驯成了一条出色的猎狗。赛里木阿爷带着它试着捕了几次猎，赛狼还真没有让赛里木阿爷失望。走在村街上，赛里木阿爷向人们夸自己的眼睛还是很毒的，能一眼就认出赛狼有猎狗潜在的素质。

赛狼在村里的名声越来越大，赛过了任何一条猎狗。

三、孤独的狼

赛里木阿爷打猎放羊的山场变成了赛狼大显身手的猎场。赛里木阿爷击伤的野兔、野鸡、嘎拉鸡都逃不脱赛狼的追捕。原来没有赛狼的时候，赛里木阿爷就把自己当猎狗使着，时常跑得上气不接下气。但自从有了赛狼，赛里木阿爷一声招呼："赛狼上！"那逃脱的猎物就如囊中取物一样轻轻松松地回到了他的身边。自此，赛里木阿爷放羊打猎的日子过得有滋有味，赛狼的名声也是越来越大。

父亲说，后来赛里木阿爷带着赛狼打猎时，在他的猎场上出现了狼群，这是他料想不到的。狼群的出现对赛狼是一个大威胁。父亲说一次赛里木阿爷带着赛狼放羊，遭到了狼群的围攻。在这次与狼的大战中，赛狼的表现却极其不佳，只是远远地驱赶着狼群，不敢走近狼群。要不是赛里木阿爷连着放了几枪，那天他也许会有很大的损失。就这一点，赛里木阿爷从内心里开始对赛狼有点不满意了。连自己的羊群都保护不了，还叫赛狼呢，赛猫差不多！后来，赛里木阿爷发现赛狼望着狼群嚎叫，这一叫，狼群就会有所回应。后来又有狼群来攻击羊群，赛狼就护着羊和狼群互咬着打在了一起，但不是很尽力。再后来，村里其他的羊群也遭到了狼群的攻击，有些羸弱的羊被狼叼走了。然而只有赛里木阿爷家的羊安然无恙。的确有时候，当赛狼和狼群混在一起大战的时候，赛里木阿爷就分不清谁是狼谁是狗了。这就让人很惊奇。当赛里木阿爷把这些发现说给父亲听的时候，父亲说："狼是狗的舅，有时候还真辨不出来。"赛里木阿爷对父亲说："这些山场原来就是狼的领地，一直有狼存在。人进狼退，现在是狼来了，人就得退一步，要不然会遭到野狼疯狂的报复。"父亲笑着对赛里木阿爷说："你不是有赛狼吗？狼来了让赛狼上。"赛里木阿爷笑着回答："赛狼是用来打猎的不是驱狼的。"父亲说，其实这个时候，赛里木阿爷已看出赛狼是狼种了，只是赛狼碍着赛里木阿爷的面子还没有和人类撕破脸皮而已。要是有一日它撕破了脸皮，那村庄里定会遭血光之灾。

狼群的进攻让村里人很是气愤，村主任召集村里人开了一个灭狼大会，决定对袭扰村庄的这些狼进行围捕。几个回合下来，狼群在智慧的人类面前彻底失败了，狼群消失了。但在狼群消失的同时，赛里木阿爷家的赛狼也一同消失了。狼群是被人们消灭了，而赛狼是自个儿消失了。

赛狼的消失让村里人很是不安，也让赛里木阿爷不安。围捕狼群的时候他看到赛狼就很痛苦地长嚎，有点痛不欲生的样子。从这点看赛里木阿爷更确信赛狼就是一条真正的狼。

几个月之后的一天晚上，赛狼首先和他拴着看家护院的外甥们进行了一场大战。赛狼跳进四户人家咬死了三条哈巴狗，还咬伤了一条用铁链拴着的藏獒。和藏獒大战的时候，老炮爸从窗口探头看了一会儿。老炮爸后来说："我的爷，藏獒要是不拴着还能制服赛狼，但藏獒拴着使不上劲，让赛狼乘机咬住了耳朵，疼得直嚎。"他端上土炮想放一枪，但藏獒和赛狼互咬着扭在一起，不敢放枪，他只好朝天放了一枪，赛狼瞅准藏獒愣神的空乘机脱身像只幽灵一样钻出门洞跑了。天亮后，老炮爸看藏獒的时候，藏獒的左耳朵让赛狼咬掉了，血洒得满地都是。后来老炮爸家的藏獒就成了一条独耳藏獒了。

这晚老炮爸看到了赛狼的孤独，也目睹了它的凶残，更尝到了它的厉害。

赛狼的进攻让赛里木阿爷脸上很是无光，赛狼是他拉进家门喂养大的，更是他驯服出来的，要不是赛狼，说不定村里不会遭到狼群的攻击。有人分析那些遭到围捕的狼就是赛狼的兄弟姐妹。现在它的兄弟姐妹都不在了，让人类消灭了。它要为它的那些兄弟姐妹们复仇。一场人类与赛狼的大战已经悄然开始了。

四、狼烟四起

这时候的赛狼成了一个孤独的斗士。它疯狂地报复人类，但却不伤害救它一命的赛里木阿爷一家。这时候村里人都把对赛狼的怒气撒在了赛里木阿爷一家人身上。有人开始指桑骂槐地骂起来。

父亲说，赛狼还是通人性的。就是赛狼离家那年的春天，赛里木阿爷家的羊群走失了，不知走到了哪儿。据父亲估计是别人受了赛狼的气，没地方撒就把赛里木阿爷的羊给赶远了。那天，别人家的羊都进圈了，赛里木阿爷的羊却没有了踪影。羊没回家这是让人焦急的事。一家人还有村里人帮着找寻走失的羊群，翻了四周的山场也没有寻到羊的踪迹。但在第二天天快亮的时候，那群羊却一只不差地卧在赛里木阿爷家的大门口。几天后外庄的一个人说，他起早赶集时看到了一条狗赶着一群羊走，走得很是齐整。这很是让人惊奇。起先他以为有人指挥着狗，后来才看清是一条狗自个儿赶着羊群走。在走的过程中，有只山羊走岔了路，那条狗就跑过去狠劲地朝山羊腿上咬了一口，山羊蹦跳了几下，重新回归羊的队伍里面。那个人还说，要是谁家养这么一条狗，那就不用人放牛放羊了，该省多大的劲。人老八辈也没有听说过狗会赶羊。人们知道那人说的是赛狼。可谁也不愿意提起赛狼。

赛狼失去了家园，失去了同伴，失去了兄弟姐妹，彻底成了一条痛失家园的孤狼。

在明亮的月光下，赛狼时常悄悄地出现在村庄前面的山梁上，望着赛里木阿爷家的院子长嗥一两声，像是在诉说什么，又像是在发泄内心的愤怒。

赛狼虽然不再伤害村里的牲畜，但有人却在谋它的皮毛了。这是一个可怕的想法，只要人有这种想法的时候，那内心里是阻止不了的。有人开始想方设法地给它下套，挖陷阱。在人们疯狂的时候，赛狼比人类更疯狂。父亲说，人类的伤害让赛狼失去了最后的一点忧郁。它对人类彻底地绝望了，它要报复人类。在一个晴朗的夜晚，它第一次向人类发动了进攻。这时候的它真的变成了一个孤独的斗士。当狼性发作的时候，它是不计后果的。

那晚，当人们津津乐道地等待狼道上的狼夹发威的时候，赛狼已经跳进了羊圈，把十几只羊的血放完了。第二天人们早早起来放羊的时候，每家都有一两只羊被赛狼放了血，直挺挺地躺在地上一动不动。赛狼的行为狠狠地激怒了人们，养羊的人家开始轮流守夜，看护村里的羊群。但人总得有打瞌睡的时候，只要有这么个时候，你就防不胜防。村里的空气异常紧张，如临大敌。这时候人们把所有的问题都归在了赛里木阿爷身上。要他出手消灭赛狼。人们说，赛狼是他一手驯服和训导出来的，只有他，也只有他才能消灭赛狼。人们越是激怒，赛狼的进攻就越凶狠。当人们守夜守得精疲力竭的时候，赛狼就开始了新一轮进攻，又跳进羊圈悄无声息地咬死十几只羊，然后又消失得无影无踪。这时候，赛里木阿爷劝村里人不要和赛狼为敌。他说人们不是赛狼的对手。要是再一次惹怒了赛狼，它会更厉害地报复人类。人们笑着说："人还怕狼，前几年狼还不是让人给消灭了。"赛里木阿爷忧愁地说："这是一条通人性的狼，它懂得如何与人斗。"人们笑着走了。

人们防备了赛狼几个月，赛狼没有逮到机会。一晃就到了冬天。

但最终还是赛里木阿爷的话说对了。赛狼对村里人来了一次更大规模的进攻。这次它没有在夜晚进羊圈咬羊，而是把羊群赶进了几十里外的冰河里。那天它和羊倌玩了个心眼，惹得羊倌丢下羊提着发不了火的土枪去追它。它来了个诱敌深入、赶羊入河的绝招。羊倌追来时，它拐了个弯绕过羊倌，然后把羊群直直地赶到了几十里外的冰河里，在冰生生的冰河里白花花地冻死了几十只羊。

然后又在人们都出去寻羊的时候神不知鬼不觉地跑回村里咬死了觅食的十几只鸡，鸡毛撒满了村街，惨不忍睹。

这就让村里人气得咬牙切齿，捶胸顿足。

人与狼的大战正式开始。

五、孤狼之死

父亲说，赛狼与人斗争的过程也是寻死的过程。它斗争着注定是要死的。也许在与人开始斗争时就已打定主意要死了。因为它失去了同类，它没有活下去的勇气了。

但它死也要死在赛里木阿爷的手上，这是它一开始就预想到的。

这时候赛里木阿爷也向往和赛狼这条狼共舞的日子。要不是人们对赛狼的兄弟姐妹赶尽杀绝，赛狼绝不会反叛人类，向人类发起凶猛的进攻。

赛狼的日子不多了。这个日子是赛狼自己选定的。

只是赛狼还有点贪恋青春的阳光。虽然赛狼有点"我是孤狼我怕谁"的气概，但毕竟是要去牺牲，这是一个无比艰难的过程。

人们疯狂地搜捕赛狼。

报恩报仇，恩仇分明，这是赛狼的智慧。

终于赛狼慷慨地去赴死了。

那天的傍亮，赛里木阿爷家的大门外传来了几声低低的嗥叫声。曼茹叶奶奶正在洗晨礼的小净，她悄悄地叫醒赛里木阿爷，说你的赛狼回来了，在大门外嗥叫呢。赛里木阿爷披衣打开门扇，赛狼嘴里叼着一只野兔跑进了大门。野兔还活着。赛狼知道，赛里木阿爷是不要死兔子的。赛里木阿爷也知道，这是赛狼向他辞行来了，这是好事情，但愿赛狼走得越远越好。

赛里木阿爷摸了摸赛狼的头，赛狼摇了摇尾巴，欢快地蹦跳了几下，突然跑进屋门叼来了立在屋角的猎枪，放在了赛里木阿爷的脚边，然后三步一回头，朝大门外走去。

赛狼走到大门外，朝门里嗥叫着让赛里木阿爷开枪。

赛里木阿爷扣不动猎枪的扳机，挥手让赛狼走。但赛狼已做了死的准备，前腿跪着，眼望着赛里木阿爷一动不动，这时候它真像一条狗似的。

赛里木阿爷知道赛狼是不走了，它是赴死来了。

门里看家护院的狗一个劲地咬着，惹得全村的狗都叫起来了。

赛里木阿爷纠结着慢慢地抬起了枪口……

父亲说，他听赛里木阿爷说了赛狼的事，心里一直感动着，在人们的围追堵截中，赛狼没有了去路，只有向人类投降，但它不向他的敌人投降，而是通过恩人之手来结束自己的生命。

村庄里最后一条孤狼死了，死得慷慨、干净、庄严。

　　父亲说，村里至此没有了狼。有人从生下来就没有见过狼，很多年轻人只是拿狗和狼比较着，因为狼是狗的阿舅。

　　父亲一直被赛狼的死感动着，一直反反复复地说给我们听。

　　老态龙钟的赛里木阿爷晒着太阳，时常对周围的人感叹着说："我们人哪，有时候还不如一条狼呢。"真不知赛里木阿爷想起了什么，更不知他说的是人的哪方面。

王力①的散文

① 王力，男，汉族，1974年9月23日出生。甘肃省通渭县人。甘肃省作家协会会员，甘肃省评论家协会会员。作品散见《岁月》《星星》《中国诗人》《诗歌月刊》《诗潮》《上海诗人》等刊。

三棵榆树 [①]

榆树耐旱、命贱，是家乡最多的树木。

庄廓周围长了很多榆树。庄廓顶上的地埂边，榆树一溜排开，给庄廓里的人以夏天的阴凉，也好像是一种护佑。

小时候，奶奶经常给我讲起，在那苦难的年月，他们是怎样把榆树身上的部件，当成了救命的宝贝。榆钱当然是有限的，冒出来就被饥饿的人们一抢而光了；榆树叶子也被捋着吃光了。榆木自然是不能吃的，剩下的就只有榆树皮了。把榆树皮扒下来，晒干，在石磨上磨成粗粉。煮开水，放入榆树皮粉，烧熟，就是救命的糊糊。奶奶说，那种糊糊真不好喝。榆树皮粉见了开水，就成了稀溜溜一串子，一口气喝不了一碗，中间又断不开。即使那样，全村的榆树皮子，还是被人们扒得精光。很多榆树"不堪重负"，丢下饥民，走了。童年时生活虽然极度困难，但榆树皮是不用吃了。但当榆钱长出来时，我还是会捋一些解馋。榆钱要吃树龄很小的榆树上的，肥而大，新鲜，味特甜。待榆钱刚绽开不久，那时榆钱籽刚成形，充满水分。就捋下来，放在嘴里，越嚼越有味。

除了庄廓顶上一溜排开的榆树外，其实最引人注目的是庄廓门前的三棵榆树，基本上呈一条直线排开。从我记事起，那三棵榆树就已经很粗了，但不是一样的粗。出门左手的第一棵最粗最高，第二棵次之，第三棵最小。榆树可以籽生，也可以根生。想来第二棵榆树应该是第一棵的孩子，第三棵是第二棵的孩子。如此说来，它们就是祖孙三代了。第一棵榆树上，有一个很大的喜鹊窝。门前一棵榆树，榆树上一窝喜鹊，这在村人们看来，是很吉祥的。奶奶也常常给我说，我们家的风水好着呢。你看这光景，有的人家门前有那么多树，喜鹊就是不安家。我知道，奶奶虽然一字不识，但她未必那么迷信。她那样说，只不过是对我幼小心灵的一点安慰，也是

―――――――

[①] 发表于《岁月》2014年第6期上半月刊。

对自己的一点安慰。当然，更重要的是，这安慰里，包含奶奶对未来的希望。

榆树老了，枯枝会很多。小一点的枯枝，一到冬季，风一吹，就掉下来，捡了当柴烧。粗一点的，就一直赖在树的主干上。等我稍大一些，就自告奋勇，爬上大榆树，把那些枯枝弄下来，就像老人头上掉下的白发。

大榆树的孩子们容易被人忽略，但大榆树自有它的位置与威严。它成了我们家的标志。如果有人要到我家，又不大熟悉在哪里、怎么走，问及村人，村人就会老远地指着大榆树说：瞧，就是大榆树跟前的那家。于是一切问题迎刃而解。我们家离生产队其他的人家较远，属于独户，大榆树就成了我家地理位置的代名词。人们说起我家时，就说"大榆树下"，其实准确地说，是"大榆树旁"。

三棵榆树旁，就是我家的打麦场。夏天火热，干活累了，榆树的阴凉下，就是最好的休息的地方。村里民风不正，总有几个村民，觊觎着别人家打麦场上的麦垛或者粮食，所以有时候需要"看场"。有一年麦子丰收，场上有了很大一个麦垛子。叔叔害怕贼偷，就说晚上他看场。小时候，我除了奶奶，就跟叔叔最亲，自然是要凑热闹的。闹腾着求了一阵子，叔叔说，晚上很凉，你感冒了我可不管。

晚上睡在麦垛旁边的草铺上，抬头望着天上的繁星，听着夏夜里的各种虫鸣，一点睡意也没有。看看旁边的叔叔，好像已经平静地进入梦乡了。我不停地挠叔叔，老半天，他才嘿嘿嘿笑了，说，你这碎屄（就是小鬼的意思）。于是我们起来，沿着打麦场巡视一圈，其实就是装装样子，贼不会在这时候来偷粮食的。巡视完了，继续躺在草铺上。我还是睡不着，脑子里乱糟糟一片，说在想什么吧，什么也没有想；说没有想什么吧，思维好像很活跃。就在这种状态下，不知什么时候，就进入了梦乡，一觉睡到大天亮，直到被叔叔摇醒。醒来感觉脸上痒痒的，用手一抹，几只小小的虫子就掉在胸前。虫子是从大榆树上掉下来的，大榆树不但给了它的主人阴凉，也给了小小的虫子生存的空间。那些虫子以榆树叶子作为它们的食物。

奶奶在世的时候，家里是很温暖的，虽然穷困，虽然有很多问题无法解决。在田地里干活，如果能看见大榆树，心里总觉得很踏实。如果田地是在山背后，等干完活回家，三棵榆树进入视野的时候，同样能给人以温暖和力量，好像这苍茫的大地上，一下有了属于自己的一点地方。那里总会冒出炊烟，总会有一些粗茶淡饭可以解渴解饿。

大榆树最后的使命，是我从来没有想到过的。母亲终于没有扛得住病魔对她的摧残，过早地离开了人世。村人们在手忙脚乱中锯倒了大榆树，用来给母亲做"房子"。母亲活着的时候，一直住在一孔窑里。窑是西北地区用土块垒砌的住房。我想，榆木虽是一种很贱的木材，但比起母亲生前住的窑来说，作为住房，木材毕竟比土块要好一些。大榆树，作为我家标志的大榆树，也算是"材尽其用"了。母亲已经闭上眼了，大榆树呢，它也应该可以闭上眼吧。

大榆树跟随母亲走了。树根被挖了出来，放在庄廓外面，像生命里一道巨大的伤口。因为是锯掉的，自然有了一个平面。我拿着斧子劈柴，树根就是最好的砧板。劈着劈着，泪就会不知不觉地流下来，心就会抽搐。母亲由于一直病着，虽然没能给我起码的爱，但这不能成为我淡忘母亲的理由。

大榆树完成了它的使命。而一直被它挤在一旁的榆树的儿子，终于可以争得更多的阳光和雨露，生长的速度更快了。没过几年，看起来竟然和它的榆树父亲一般高大，一般粗壮。充当我家标志的任务，理所当然地落在了榆树儿子身上。村人照例会说"大榆树下"，一切好像并没有什么变化。我们照例会在榆树儿子的阴凉里休息、侃天；我和叔叔照例会睡在榆树底下看场，照例会有小虫子爬满我的脸；出门干活，看见榆树，心里还是温暖的，虽然那温暖少了许多。

奶奶去世的前一年冬天，我曾给父亲说起得准备一下的话，但父亲没有行动。一向硬朗的奶奶却突然倒下，突然闭上了眼睛，离开了给她苦难但她一直深深挂念的家庭，以及这个家庭里所有的成员。我从学校赶到家里的时候，奶奶已经搬到地下去了。门前榆树的儿子，也不见了。我知道，这棵榆树，是做了奶奶的"房子"了。两棵榆树，父亲和儿子，最终干了同一件事，都成了两个饱经磨难的人，唯一的存身之所。

　　两棵榆树不见之后，庄廓门前的视野开阔了许多，但也空了许多。温暖的感觉也随之减少了更多。甚至很多时候，有一种只有我才能感觉到的荒凉。这种荒凉，一直在我的心里，这么多年了，丝毫没有减弱。

　　记得老榆树的孙子，当时被它的爷爷和父亲挤在靠崖的一边，瘦瘦小小的。如今，也应该长大了吧。

刚杰·索木东^①的散文

———————

①刚杰·索木东，男，藏族，又名来鑫华，1974年12月5日出生，甘肃省卓尼县人。中国作家协会会员。藏人文化网文学频道主编。作品散见《光明日报》《诗刊》《十月》《民族文学》《星星》等文学期刊，收入数十个选本，译成多种文字。著有诗集《故乡是甘南》。现供职于西北师范大学。

洮砚，岁月雕琢的石头 ①

2015 年，南国之春，潮汕海边，因工作机缘，得知这个"丝绸之路非遗文化探寻"项目时，毫不犹豫地向主办方推荐了洮砚。一方面，它产自我的家乡卓尼，自己比较熟悉这个文化；另一方面，做这个项目，在老家有人脉资源，办事儿方便一点。当然，如果非要说一个高大上的理由，可能就是心底挥之不去那一份故土情怀吧！这份情怀，出门久了，年岁增长，日趋浓郁。

北方七月，亦是酷暑难耐。同行诸君三十余人，自兰州出发奔赴卓尼，归乡之旅，心绪难平。近乡情更怯，加上连日操劳，就把所有的邪火，都集中在了嗓子眼上——一遇事就无法淡定的秉性里——我就带着一个沙哑的喉咙回老家了。

同样是这一份不够淡定，居然让我在家门口数次迷路。——在抵达县城的那个中午，正在修建一新的小城西头，我居然找不到顺利进入故乡的路口。

循声问路，几经周折，抵达居所时，守候了一中午的母亲、妹妹和两位甥儿提来的地方时令小吃"麦索"，已经有点发干了。

次日一早，在县城经营洮砚公司的牛兄，开着私家车带我们向洮砚乡出发。这个唯一用"洮砚"命名的乡镇，境内有著名的水泉湾和喇嘛崖。这两个不大的地方，之所以出名，是因为这里有出产洮砚石优质石料的宋代老坑和明代老坑。

车子路过我家村头，四野寂静，烈日下的庄稼，一脸倦容。一垄垄梯田，在黑土地里裸露着旱天的贫瘠。路过的村庄破败依旧，这里仿佛就是一块被时光遗忘了的土地。

山间公路，崎岖颠簸，了无诗意。走走停停，百八十里地，竟然用了

---

① 原刊于《鸭绿江》2016 年第 8 期。

整整五个小时。偶尔路遇的艰险，更是让团队伙伴时有惊悚。

这就是家乡。活生生的家乡。

即便在我们的笔下，把它描述得胜似天堂。但是，当你站上地头，就会发现，它有多富庶，就有多贫瘠；它有多丰满，就有多干瘪；它有多幸福，就有多寒酸；它有多美丽，就有多丑陋。

一如我们的母亲，安详的村庄，就这么真实地裸露着朴素，无须掩饰，没有矫情。

这是我第二次来洮砚乡了。上一次是三十三年前。

那年，我六岁半，跟随母亲来探望在这里做医生的父亲。回去的那个秋天，我就上学了。

路在坎坷崎岖中慢慢延伸着，无所谓熟悉，亦没有陌生。

在大家准备放弃等待的时候，跨过长长的水库大桥，一个明亮的小镇，就在眼前伫立。

正午的太阳下，一身农民装束的银发紫脸老人，站在满街道铺开的麦秆那头，朴实无华。——他就是被尊称为"李爷"的李茂棣，艺名"金疙瘩"，是洮砚雕刻技艺唯一的国家级传承人，在业界拥有至高无上的荣耀和地位。

通往李爷家村子的路在翻修，车过不去。七旬有余的他，是一大早从距镇子十数里外的峡地村步行过来了。老人的脚下，手工纳制的布鞋上，沾满泥土。

老人的面容，在我的记忆里是空白的。如果在街头遇到，必然是错过去了。

作为父亲的授艺恩师，三十多年前，我应该在这里见过他老人家的。而且，我还曾以他老人家为故事原型，写过一个短篇小说，在那个名叫《广场》的小故事里，两代制砚艺人，在经济大潮里诉说着恪守和迷失，演绎着眷恋和背离。

小说里的师傅，是生动的、清晰的、众人熟知的。

而眼前的李爷，是木讷的、模糊的、令人陌生的。

也许，这才是本真，才是生活。

简单地打过招呼，老人抱着胳膊钻进牛兄的车里去了，他们非常熟悉。

继续在山间蜿蜒前行，路愈发陡峭和狭窄。唯有峡谷里的洮水，被拦截在大坝里，静谧如一面镜子，掩映着所有的秘密。

终于到达目的地了！

这个毫不起眼的小石崖，在一汪碧绿河水的掩映下，恍若一个美丽的传说，安静地伫立在破败的公路尽头。

这里，我也应该是来过的。可三十三年后的记忆里，居然没有一丝一毫可以查找的痕迹。

采访非常顺利。

老人用一辈子的人生智慧和半辈子的从业经验，给我们娓娓道来一个个传奇的故事。

在遥远的传说中，这里就是洮砚的祖师卢喇嘛诵经修身、传授刻砚技艺的地方。

在遥远的传说中，洮砚的祖师卢喇嘛，原来是一个屯边的军士。他在洮水边无意间发现的这块碧绿石头，千年来，一直是文人墨客案头牍上的一方雅致，后来就成了藏地到中原的一段传奇。

生于斯长于斯的李爷，从十七岁开始，就在和石头打交道。从采石、买石，到雕刻、研究，再到授徒、传艺，他是一个和石头打了一辈子交道的农民。从未离开，不言放弃。他已经和这块石头形影不离，他已经和这片土地融为一体。

那年，应该是1958年。为了给地方经济和群众收入添砖加瓦，胆大心细、年轻气盛的"金疙瘩"，一个人先后点燃七十余个炸药包，炸掉了覆盖在喇嘛崖山体表面的杂石层，让深藏山体内部的洮砚石重见天日，让宋代老坑、明代老坑重新成为砚工们采石谋利的福地。

那年，应该是1958年。那天午后，蹲在自己挖出来的一大堆沉默的石头面前，打小喜欢画画的李茂棣更加沉默！——在他的记忆里，有老人们传授下来的刻"砚瓦"的故事。在他的心高气傲里，不甘心一辈子做个挖石头、贩石头的粗人。

他立志学习雕刻"砚瓦"，延续这段断裂了的历史！

倔强的他，不顾亲友的劝阻和嘲讽，揣着卖石头赚来的血汗钱，在洮河两岸到处寻访能工巧匠。后来，终于让他在岷县的一个村庄，找到了会刻石头的老艺人赵兴和。他把老人家接到洮砚乡的家中，每月付给他七十元的工资，好吃好喝供养了整整三年。

这三年，别人继续在采石头、贩石头赚钱，而他潜下心来习得了濒临失传的洮砚雕刻技艺。

李爷说，那时候，我们这儿的公家人，最高的工资也就八十来块钱。

后来，作为改革开放后背着洮砚出门找销路的第一批艺人，他在岷县的几次悲惨经历，也差点让硬汉子"金疙瘩"血本无归。

半个甲子的岁月，就这样在温润的石头"沙沙"的打磨声里远去了。半个甲子的岁月，让那个倔强的少年，成为一代宗师。

今天，七十一岁的李爷，培养的弟子和再传弟子近两千人。其中，有省级以上工艺美术大师十七人。而他始终用谦逊的口吻反复强调，他是一个农民，没有文化，没有雕刻好砚瓦，他对不起砚石。

今天，七十一岁的李爷，听到外面很多人打着他的旗号，冒着他的名号，让一块块似是而非的石头，在市场上沉浮。他愤怒的面容，宛若一头狮子，在洮河边咆哮：还有人用机器刻砚瓦！这是糟蹋！对砚瓦的糟蹋！对艺术的糟蹋！

激动的言语和正午的太阳交织在一起，打在那些零落的杂石堆上，让突兀的崖头愈发突兀。

站在这个因过度开采、日渐荒芜的崖头，我不禁要问：再过五十年，喇嘛崖下的那些砚工们，还会在吗？从老坑深处，冒着生命危险背出来几块石头的采石人还会在吗？洮砚小镇上，打磨石头的细腻声音还会在吗？

那个时候，洮砚，还会在吗？！

突然想到三十三年前，未及而立的父亲，那个在一次公考后凭借勤勉改变了自己命运的赤脚医生，在进入公职的第二年夏天，就慕名投到了李爷门下。

父亲说，当年他拜上门时，李爷一声没吭。听明缘由后，转身扔给了他一块巴掌大的砚石原料，让他三天后来见。

第三天一大早，父亲交给李爷的那块打磨平整的石头，应该就是他的"投名状"了。

那个时候，父亲年轻俊朗的脸上，应该带着意气风发的刚毅。

三年后，做中医的父亲，在调离洮砚乡时，医术和刻技都有了精进。

这个细节，后来也被我写进了那个散文一样忧伤的小说里。

采访间隙，和李爷坐在崖下的阴凉里唠家常。他说去年去县城，还见到了我父亲。他们一起吃了几杯酒，我父亲也老了。

是啊，岁月不饶人！今年夏天，六十三岁的父亲，从老家捎来了几方给亲友们刻制的名章。偷偷和二十年前给我刻制的印章比较了一下，功夫是散了……

在我有限的洮砚知识里，以鹦鹉绿为主色调的洮砚，必须是带有一抹"黄膘"的。

父亲说，艺无止境。带着褐黄色石皮的砚台，就是在残缺美的昭示里，延续着天人合一的自然规律。

今天，满头银丝的李爷告诉我们，他对洮砚雕刻技艺的领悟，就是"随心砚"。也就是将洮砚石的天然造型和雕刻艺术的独具一格结合起来，诞生一方方巧夺天工的艺术精品。

我想，那是从心里面诞生的艺术精品。

那上面的色彩，是从大山的心里染出来的色彩；那上面的纹路，是从洮河的心里流出来的纹路；那上面的线条，是从岁月的心里绘下来的线条；那上面的图案，就是从人类的心里拓出来的通灵符号。

　　跟着李爷，沿着洮河岸边的陡峭山路向下行走，乱石横呈的崎岖小道尽头，就是传说中的宋坑了。

　　脚下，不时有小石滚落河里，溅起圈圈涟漪，复又归于平静。

　　这是个废弃了的坑洞。好的石料被开采完了，留下的坑洞太深，太危险。

　　李爷告诉我们，采石是非常辛苦的一门活计。——在窄窄的坑道里，蜷缩着采下石头，然后背着石头，从里面爬出来。而大多坑洞由于年代久远，动辄还有塌方的危险。很多采石人，也因此落下了残疾。

　　说话的间隙，他随手将半瓶水浇在几块石头上，给我们仔细讲解每块石质的优劣。

　　明亮的阳光，映在李爷的头顶，银光闪闪。

　　在李爷的记忆里，最痛心的，不是当年累死累活的采石岁月，不是当年几十方洮砚不翼而飞的旅途遭遇，而是在这个坑洞里，他错肩而过的那一块石料。

　　他说，当时在坑洞深处发现那块石料时欣喜若狂。可是，因为石料太大，加上天又黑了，就没能弄出来。第二天，他一大早下到坑洞里时，石头不翼而飞，地上有石头的碎痕。——显然，精美的石料，被人连夜砸开盗走了！

　　他说，他这辈子，再没见过那么好的石头。

　　他说，他这辈子，想起这事儿就心疼！

　　——在我们身后，黝黑的坑洞，宛若深邃的眼睛，从遥远的宋代，一直凝视着未来。

　　上山的时候，在荆棘丛里，发现了几株盛开的山丹。那一枝独秀的红艳，宛若一颗滴血的心。

　　李爷告诉我们，另一个还能出料的老坑，政府承包给了开发公司，大规模的开采已经开始了。

　　老人家无奈的眼神里，我听到了机器时代轰鸣的马达声，宛若丧钟。

　　也许，大批量的开采开发，会让乡亲们来回往返的这条小路，宽敞好走一点吧。

可是，即便是拓宽了所有的路，我们还回得去吗？！

回到小镇上，时光已经过午。

恰逢秋收打碾的季节，狭窄的街道上，到处是摊开的庄稼。

来来往往的车辆，互相挤让着通过。车轮滚滚里，一年的收成，就轻轻松松地落在了坚硬的水泥地上。

我知道，这样打碾出来的粮食，来年是做不成种子的。

这些被碾碎了心脏的粮食，只能淘干净了磨面吃掉。

街上，为数不多的几家小饭馆，不是歇业，就是缺料。三十来人的午饭，在这里竟然成了个大问题。

好不容易在街头找到一家能承受的卤肉面馆，急匆匆地让老板切肉、炒面，一拨一拨地吃下去，竟然用了整整两个小时。

跑到饭馆后堂督促的时候，发现年轻的胖老板有点面熟。仔细端详，竟然是一个远方亲戚。

离开的时候，我听到胖胖的老板给他的小女儿说，刚才那个人，你应该叫他爷爷。——哦！在故乡的大地上，我正在慢慢老去。

等饭的间隙，沿着小街走去。镇子上临街的房屋，大多是出售洮砚的商铺。

驻足的一家，年轻的艺人告诉我们，到这里来的，除了书法和雕刻爱好者，偶尔也有其他游人。而他在网络上卖掉的砚台，是店里的几十倍。

沿着小小的街道继续前行，我已经找不到父亲工作过的那个卫生院了。想问问路边歇脚的大娘。顿了顿，又打消了念头。——三十三年前，她应该还没嫁到这个地方吧？

再说，即便问到了，又能如何呢？！

当年小院里的平房，必定是早已修成小楼了；当年取水的压井，必定是早已改成自来水了；当年偷过苹果的那株树，必定也早已砍成柴火了……

三十三年，是多么漫长的一段时光啊！漫长得足以让一个人的记忆逐渐枯萎，漫长得足以让父亲的痕迹慢慢消散在风中。

站在这里，唯一的记忆，就是那个闷热的午后，粮站的铁门前，一地的牛虻。

那是我第一次见到牛虻。

那么多的牛虻，三十三年后，偶尔还会飞到我的梦里。

夕阳西下，返程尚远。

我们和李爷道别，他又得步行十数里路回家了。

想到下一次再来，不知是何年何月了。和李爷告别的时候，我刻意拥抱了一下老人家。

他略显僵硬的身板，提醒我，这样的矫情，有多么多余！

老人家托随行的牛兄捎话给我，说我们 T 恤上的图案不错，能不能给他留上一件。

他说，那两条鱼很像洮河里的麻点鱼。

他说，他要把这个两条鱼，刻在砚台上。

那个图案，是藏族传统图案八吉祥（扎西达杰）中的双鱼，藏语叫"赛聂"，象征慧眼。

鱼行水中，畅通无碍。喻示超越世间，自由阔达，得以解脱。

王琰 ① 的散文

① 王琰，女，汉族，1976 年 2 月 25 日出生，辽宁省沈阳市人，中国作家协会会员，鲁迅文学院二十四期高研班学员，参加第三十二届青春诗会。作品在《天涯》《散文》《诗刊》《星星》等刊物发表，并收入各种选集。出版著作《格桑梅朵》《天地遗痕》《羊皮灯笼》《西梅朵合塘》《崖壁上的伽蓝》《白云深处的暮鼓晨钟》《兰州：大城无小事》《庄严的承诺》等。甘肃省中青年德艺双馨文艺工作者，曾获甘肃省黄河文学奖、敦煌文艺奖等奖项。《兰州晚报》副总编辑。

丹巴他们 ①

丹　巴

隆冬，仿佛原本就应该是不尽的白，一场雪化不尽又被另一场雪覆盖了。

清晨的桑科草原，天还未亮，灰蒙蒙的，整个天空都显得低，如同深陷在一个深重的梦魇里。这广阔的草原，此时，满目萧条而荒凉。直到太阳跃然而起，白雪才变得耀眼，阴霾忽然不见了。曾经过膝的青草，此时枯萎苍老地伏在白雪之下。

一天只一趟班车，在碎石铺就的路上颠簸蹒跚，车停下，将他卸在白雪地上，从这里往老家的庄子，是不通车的。

丹巴向白雪深处慢腾腾地走来，犹豫不决，近了才看出，其实不然。他弯着腰，背着个硕大的东西，用床单包着，疙里疙瘩的，样子不太规则，所以走不快。

他保持着这个姿势，走了很久，疲惫不堪。

这里原本有一条小溪，冻住后又被雪埋没了，早不见踪迹，这让丹巴稍稍有些不安。

小时候丹巴在这片草原上放牧。每天凌晨起床，把羊群放出来，风追赶着羊群，往不见人迹的草原深处去。羊群隐隐移动，啃着挂着一滴滴泪珠悲伤了一夜的青草，反复咀嚼，像是舍不得咽下。草为什么悲伤，是因为久久不来的春天吗？真是老掉牙的幻想。

羊常抬起头，深情地凝望远方，长长的胡须在风中，像高原上的智者，思索着类似哲学的问题。夏天，远处山顶上总有雪，纯净而寂寞的白。

寒风没有阻挡地直吹过来，要把人吹透了。下午，才到家。刚进院子，两个穿白色警服的警察迎了上来。他们早等得不耐烦了，看到丹巴不免有些喜出望外。关心备至似的接过他肩上的东西，不由分说解开床单，看清

---

① 原载《格桑梅朵》，百花文艺出版社 2010 年版。

楚里面是个电视机，给他上手铐，带上辆三人摩托车，骑上走了。

丹巴去城里出差，住一个朋友家，见朋友的彩电，从心底里喜欢。趁朋友上班，将人家的彩电用床单包了，鬼使神差偷上就走。

邻居在院子里看见他背走一个大包袱，朋友又知道他家地址，警察就开着摩托，早早去他家等他了。

丹巴有个女朋友，就要结婚了，可是女方要个彩电，丹巴家穷，买不起，婚事就拖了下来。不知判了几年。

白雪化去，终于露出黑色的泥土，以及深藏在泥土下面蠢蠢欲动的芽尖。

丹巴的未婚妻要生孩子了，丹巴单位的领导说，丹巴去很远很远的地方学习了。

丹巴原本是他们庄子里最有学问的人。

卓　玛

卓玛不看人，忙着打酥油，拿一柄长木棒，在那个叫奥扫的高高的桶里一下又一下地捣，桶上盖着盖，木棒从盖上的孔里上上下下。木桶里是热的好奶，黄黄的油慢慢地离开了奶，打完油的已不叫奶，叫达拉水。晒在黑帐房外面的太阳下，干结成一地乳黄色酸酸硬硬的曲拉。

孩子们都是好样的，凌晨两三点就把牛羊赶到草山上，带着露水的草吃了是最长膘的。这会儿也已经吃得差不多了，一个个肚子圆圆地鼓着，安详地四处张望。没有树，大太阳里牛和羊也只能拖着肥肥的身子一起待在灼热里，高原的阳光就是这样强烈又耀眼。高原的天气是小孩的脸，刚刚还艳阳高照，一会儿就下起暴雨，偶尔还会下冰雹，像鸡蛋那么大透明的冰球乒乒乓乓地砸下来。

男人们四季都穿羊皮缝制的大皮袄，光面朝外，穿着皮袄不怕冰雹，也不怕炎热，热了把半边的袖子脱下来，露出里面的衬衣，皮袄在腰里扎住，袖子在身子边空空地晃荡。

卓玛终于打得差不多了，拍拍手站起来，眯着眼睛，脸黑红着，长长的辫子垂在胸前，绿毛线交叉着缠住。长柄木棒轻飘飘地放在叫奥扫的桶里。藏族女人们比男人辛苦，家里永远有干不完的活。

我们总是闲不住地骑着车子东奔西跑，这回我们进了卓玛的帐篷。

也就十点来钟吧，不到午饭的时候，说不清为什么，我们会停在这个黑帐篷前。

露水还没干，一闪一闪地亮着。卓玛给我们盛上窝奶，长毛的牦牛奶做的窝奶，比平常的多几倍醇，于是变得不平常的香。卓玛还在忙，我把吃窝奶的糖放了些在酥油茶里，味道也不错。

卓玛袍子的领口有些张着，露出小麦色的皮肤，让我觉得性感的美丽。她的笑靥灿烂如花。

我拼命地喝，卓玛只是看着我笑，不说话，只是一次一次添满我的杯子。

春夏，草原上开满格桑梅朵，不像油菜花那样单调地黄得耀眼，是绿中点缀着金属光泽，闪烁着让人过目不忘的色泽。这也许就是卓玛给我的印象吧。她比画着告诉我们她的名字，她叫卓玛，意为度母，藏传佛教里度母以颜色区分为二十一相，多彩的度母总是慈善优雅。

朱哲琴有首歌叫《卓玛的卓玛》："卓玛卓玛，阿妈叫我卓玛，我叫阿妈卓玛卓玛卓玛。"草原上的美丽女人，不知是不是都叫卓玛。

我们骑上车子，该离开了。卓玛背着背水的木桶在我的目光里走远，木桶幸福地贴靠在她的背上。

杨　旦

杨旦是个牧民，如同其他牧民一样，与草原朝夕相伴。可是他给自己取了个最普通的汉人名字，叫杨旦。

他总是高高兴兴地在他的庄子和城镇之间穿梭。我们家是他固定的落脚点，每一个月头上的那几天里，中午放学回家，就会看到一个人目光闪烁地坐在方桌旁，并向我们露出黝黑的笑容，等着和我们一起吃饭。吃完了他还要把碗舔得干干净净，两手交替着一抹嘴，搓在手上，顺便把脸和头也一起抹一遍，碗和他的脸一起泛着清爽的油光，一边还在嘴里发出"喈嘁"的声音，似乎是对饭菜一种礼貌的夸奖。我哥哥早在他一开始舔碗的时候，就已经逃之夭夭了。

他给我们带来大塑料桶的奶子，或是一大木桶的窝奶，又或是一小块黄灿灿的酥油和弥漫着熟香的青稞炒面。那桶奶子倾倒了一大钢精锅，于是我们便天天使劲喝牛奶。纯奶煮开稍一凉，上面就覆盖着一层厚厚的奶皮。这样厚重的奶子一天到晚喝下去，全家人就一起拉肚子。窝奶放两天就酸得要命，父亲请他们科室的护士鱼贯而入来我们家吃窝奶，吃完后再目光严肃继续回去上班。后来想出一个好办法，用窝奶当酵头蒸馍，蒸出的馍一个个像上好的棉桃，喜悦膨胀然后咧开嘴。

可爱的杨旦具有诗人气质，他擅长形象化描述，并切入本质。如果他说给我们拿了些肉来，褡裢里跳出来的有可能是一头小牛犊。冬天出生的小牛犊，母亲没奶是养不活的，于是都被卖了吃肉。调料腌过后放入热锅里爆炒，黏黏的有股特殊的味道。

小牛犊细细的腿，站都站不稳。杨旦说它生下来还没吃过奶。儿子的童话书上说宝宝生下来第一眼看到谁就认谁做妈妈，从褡裢里跳出来的小牛犊，边"哞——哞——"地叫着，边摇摇晃晃地向我走来。大大的眼睛里满满的泪。杨旦把它的前腿捆住，又把它的后腿捆住，一刀从脖颈扎入从另一头露出来，再一拉，气管食道都断了，它垂下头，就死了。那一次刀太钝了，一刀没扎进去，牛又"哞哞"地叫，叫得凄惨极了。杨旦双手合十，嘴里念叨着"刀子有罪，我没罪。刀子有罪，我没罪……"再一刀扎下去。

有两年，牧民们时兴色彩鲜艳的运动衫做内衣，杨旦是个时髦的人，于是红红绿绿的从藏袍里露出来。

他带着他的儿子进城，他的十五岁的大儿子静静地坐在一边，开始有了男人的沉默。说是就要娶媳妇了，不知道他父亲会给他带来一个什么样的新娘，我有许多的好奇。

杨旦有三个孩子，他说他只有两个，女儿是不算的。

那一天突发奇想，要跟着他骑车子去他家。他从心里高兴，什么也不说带着我们就上路了。三十里路，我们骑了近两个小时。小路高低不平，颠得五脏都不在原位。不过还好，一路上的景色给了我们慰藉，心情不错。

土坯垒成依山而建的房子，整个庄子错落着。羊圈、牛圈修在下面一些，草地上成群的牛羊，周围起伏不定的草山，像一切事情，总有波折。

热炕的炕桌上，我们自己动手拌着糌粑，一大块的酥油放进来，冲上滚水，一面吹一面喝，剩少半碗水时，油也就全化了，这时放上炒面，如果你能看见，一定也会认为我手艺不错。他们习惯再放上一些曲拉，酸酸柔柔硬硬的，只是我不喜欢。

酸奶发过了，酸得要命，又没有糖，食指和中指就是勺子，稀溜稀溜，我吃得很慢。

早晨从凌晨开始，女主人凌晨两点就起来把牛赶出去吃草，五点钟左右就要开始挤奶。幸福的城里女人这时是睡得最香的时候。

我们睡在连锅炕上，虮子不认生，捡我们下口，不然的话，好客的主人会欢迎我们多住几天。也是很早起来，一点不后悔，早晨的草原妩媚动人，日出辉煌壮观，比一天的任何时候都美。如果空气也能像矿泉水那样出售，那这里清新的空气一定会让每个牧民都过上好日子。

杨旦给我们牵来一匹，据说是最乖最乖的马，只有缰绳，往上搭一块毯子，没有马鞍，就这样骑。哥哥强作镇定，一使劲就骑了上去，在草山上来回溜达两圈，看起来还算顺利。只是上山的时候，人往下溜，下山的时候，身子又不停地往前杵。让我骑，我吓得不停地后退。过一会儿想通了往跟前一凑，那马却立刻拿大大的眼睛使劲瞪我，鼻子嘶嘶地出气，还不时用屁股对着我，像是想给我一脚。马当然是没能骑成，得出一个结论，谁都是欺弱怕硬，马也不例外。

十二年后，我看见杨旦的二儿子穿着红色僧衣在多和寺院门口溪水边脱了靴子在草地上晒太阳。老大和他一样，有了儿子姑娘，也说是两个孩子，女儿是不算的。大儿子养家，二儿子大多是要去寺院里当和尚，牧民们大抵如此。这是命里注定的因缘。杨旦的弟弟当年也在多河寺院为僧。

看多河寺院流光溢彩的大金堂，寺主阿可旦子说修建它的钱大多是远近的牧民捐的。忽然想起杨旦也捐了五千块钱，杨旦偶尔来借钱，借上五十一百，总是再三述说他的缘故，可是他这次一下就捐了五千。我总在想，杨旦这又要辛劳多少年？

这次杨旦盖了新楼，木头还没有刷漆，露着木香的纹路。他的孙子们排着队跑进跑出，杨旦见了我们欢叫着，在每个人之间不住脚地奔来奔去，两只胳膊充满喜悦地张开总也没放下来。他的老婆则老得露出了豁牙。

当　智

当智曾是甘肃省甘南藏族自治州合作镇那吾乡粮站的站长。合作镇改了市，听消息说，他有可能升为粮食局局长。

他高兴着回去准备，东看西瞧，想做些成绩好去上任。

粮站门口有六棵白杨，长得太大，挡着风，也阴，就砍了，改善粮库的通风。

粮站七个人，一人一棵分不过来，就给乡长打个招呼，乡长回答说你看着办吧。于是把乡政府门口的树也砍了一棵。

十几年的白杨树，一棵当时也就卖个三百多块钱。锯开了能当两件房顶的盖板。于是扎西才让弄了两三马子把自己的那棵拉回了家。

市长作风扎实，任命前亲自下去考察。

见新鲜的树桩，问起，说砍了是为了粮库的通风。打开库房门，有老鼠粪。到乡政府门口，又见一新鲜树桩，问时，答不上来。甩手走了。

后来市长提拔了另一个人，那个人专门给当智谈话："你还是退休吧。"

好好的仕途，毁在了几棵树上。

格　日

车过光盖山，山阴面四季有雪。

停下车从乱石上慢慢滑下，折了许多柏枝。

堆了高高的一后车座，回家晒干了，够一年煨桑用的了吧。

格日说柏树长在最高的地方，是最洁净的东西。所以点起来是一股远离人世的香气。我这样想着。

格日坐在车前面，一支接一支唱起了藏歌。歌声先被光盖山率意妄为的风扯出窗外，再从窗外吹进后排，听来曲折跌宕。

格日的父母在迭部，他请了探亲假要接父母来甘南住几天。而我想看看我小时候长大的地方，于是同行。

车一直拐进院子里，停在他们家的玻璃房前。

他家几个小孩跑进跑出，加上格日的女儿，四个孩子都差不多大。

我们喝茶，给他们一人一瓶农夫果园。

一个小孩边喝边用藏话叨咕："嗯，这个还好喝，在哪买的？"

格日带我们去香吧拉藏式酒吧。

清一色的藏歌藏舞，哈达满天飞。出来一个穿短裙唱流行歌的，掌声稀稀拉拉，没人买账。

草原上盛开着格桑花，要是长出棵牡丹像什么样子？

格日迷糊着一瓶接一瓶地喝啤酒，再把钞票像废纸一样撒了出去。他从喝第一瓶时就开始迷糊，一直能迷糊着喝一天一夜，还是那个样子，绝不醉倒。我没亲眼见，朋友们说的。

可我见过格日乡下的妻子，面孔粗黑，手指糙粝，躬着身子不停地干活，目光不敢与人对视。她能想象出格日在城里是什么样子吗？

其实城里也开了许多藏式酒吧。叫作格桑花、央金玛什么的。

穿藏服梳了许多小辫的姑娘现场为客人捏十个小糌粑卖三十块钱，带了许多表演的性质。我却看着假假的。其实我能捏得比她地道。后来想，如果将来失业了，我可以来这里打工呢。

一壶滚烫的酥油茶三十块钱，给你另拿了盐和糖来。我和一个朋友一人加一大块酥油进去，冲上滚烫的茶，油化了，边吹边喝。那油其实是要盖在茶上，反复冲反复吃着喝。喝完一杯再添时，看朋友连油一块喝了个精光，就笑她，你可比真正的藏民都厉害噢。

藏式酒吧啊藏式酒吧，坐在这里让我觉得我离草原越来越远。

晚上朋友打电话来，说拉肚子了。我又笑，可惜了那么好的酥油。

才　老

才老喝酒像英雄，不喝酒更像英雄。

他一直在迭部等着我们的到来，可是我们到的那天，他已经半醉着。

他半醉着给我们订好了饭，再半醉着不停地劝我们喝酒。你不喝他就举着杯子不停地唱祝酒歌。你喝了，他一定再高兴地陪你一杯，豪气如云。

我看着他担心极了。可我同往常一样是白担心，他喝了一晚上，始终如一的半醉不醉。

从酒店里一直喝到了我表哥家，喝完第二瓶，我表嫂出门买酒去了。

他母亲找来了，带着他兄弟和侄女。我表嫂放下酒，又去楼下把他母亲接了上来。从楼上看，他母亲坐在街对面的马路牙子上。

我注意到，才老总是说一会儿醉话，再冒出一两句特清醒的话，谁也不信他醉了。可自从他母亲进门后，他就一直是醉话连篇了。

他母亲说他从前天晚上出门，喝了两天没回家了。然后把他领走了。

第二天去他家，他母亲让我们"乔吐，乔吐"①。才老宿醉未醒，却端着酒杯，母亲一瞪眼，他连忙放下酒杯端起茶杯。母亲刚出去，他赶忙喝一口酒，我们都笑。

三四十岁了的才老在母亲面前，还是个小孩子的样子。我们走时，他母亲不让他出门，他急得什么似的，可到底没跟我们一块走，反复让我们一会儿给他打电话。

才老身高过一米八，原本是县篮球队的主力。留着小胡子，头发自然卷。资产不知有多少万，全是他自己挣的。朋友们都说他喝酒坏事，不然，更是豪气如云的一条好汉。

索南昂杰

一场冰雹，最大的有鸡蛋大，受灾无数。

高原阳光好，多修了玻璃房，冰雹下来，玻璃成块成块扑在地上，成

---

① 意为：喝酒喝酒。

了碎屑。玻璃全部涨了价，跟着，换玻璃工匠的手工费也涨了。

索南昂杰结婚不到一年，又升了职，单位给配了辆车，天天接送他，春风得意的样子。和父母一块住，有人操心，可也烦。

家里下了面，老婆端着面汤倒去，父亲叫住，唉，索南昂杰还喝呢。索南昂杰和媳妇喝得那个撑啊。

父亲一早起来拜了佛，然后出去卖柏香和纸钱。晚上看《地道战》，打胜了高兴的呀。看抓腐败分子什么的电视剧，抓住了更是欢欣鼓舞。

世界杯的时候，索南昂杰和媳妇半夜起来看，又叫又拍桌子又顿足。索南昂杰父亲起夜看见了，不就一群人围着一个皮球追嘛。父亲觉得这些人都有病。

一天大雨，索南昂杰开车出去，在路上突然遇见父亲。打着一把伞遮着他的纸钱，自己淋在雨里。索南昂杰忙下车，把纸钱一摞摞湿淋淋地搬上车，送回家去。父亲回去重感冒，输了好几天液。索南昂杰说父亲，那些纸不过卖个七八十块钱，你看病都花了好几百了。

父亲不吭声，心里生气。

下冰雹那天，父亲冲出去，踩着凳子，用棍子顶着上面的玻璃。碎玻璃乒乒乓乓砸下来，索南昂杰硬逼着把父亲拉回房子里，话说得有些重。

父亲生气了，棍子一扔，说砸球子，又不是砸我的。

天晴了，玻璃买来，父亲一问工钱，二话不说把人家给打发走了。一家老小相帮着，又叫了亲戚，和索南昂杰一起，那么大的玻璃房，整整安了一天。索南昂杰的手上全是玻璃拉的口子。

父亲专心致志地煮了一大锅羊肉，香喷喷的，使劲让大家吃。

索南昂杰让父亲看他的手，父亲"哧"了一声："这算什么，我年轻时候……"

加木措

七月的阳光，温暖着桑科草原，白色黑色的帐篷，散落在草原上。

牧民们正忙着剪羊毛。加木措养了两百多只羊，请了十个人帮忙。满身卷毛的羊放倒后，在手里翻个面就变得光光溜溜，模样怪异起来。羊们惊恐万分地立在草地上，细细的腿微微颤抖着，直到所有的羊都这样光着身子。加木措用大锅煮了肉，剪完就吃肉吧。

剪下来的羊毛白花花地堆在帐篷前面。

想起一个传说，修建大昭寺时，地基有水涌出，日日填土，日日泥泞。后来，一只神山羊下凡，拔下身上的毛变出很多只山羊，山羊用筐背土，很快将湖填平。我想象中，神山羊一定毛色洁白，气宇轩昂不同凡响。写《西游记》的吴承恩不知是不是受此启发，他笔下的孙悟空，一撮猴毛可以吹出铺天盖地的猴子来，这回倒是没带背土的筐子，握了一根无比神通的棍子打世界来了。

剪牦牛毛劳动强度更大。技术高的人空手将牛擒住摔倒缚住，手起剪落，让人惊叹。但是大多数人家不是剪，而是拔。用两根棒子火筷子样夹住牦牛背上的毛，慢慢地卷，一层毛就连根拔起。得两个人摁住牛，牛抖抖的，随时准备跳起来。

加木措家新娶的儿媳妇拉毛草坐在帐篷前的阳光里，快活地用牛毛织着新褐子，黑黑的褐子，是要缝了做新帐篷的。

黑帐篷，白帐篷，黑帐篷是牦牛毛织的，白帐篷是白布做的。

小时候没有见过白牦牛。据说能看一眼白牦牛的人是有福的，它是神的坐骑。于是草原上都是些与神无关的黑帐篷。

翻过七道梁一直往西，地处乌鞘岭的天祝多产古时进贡的白牦牛，那里的幸福会比别处多吗？

阿克班玛

这样一个明媚的清晨，电车咯吱咯吱的，不停地向前碾去，欲停未停。不似车上人的心情，早已风驰电掣了。谁又有什么办法呢？一向如此，岁月便是这样每日一点点地耗去。楼一栋栋地向后挪，车载着我向前，向前总是好的。

打开音乐播放器，华尔贡的《阿克班玛》响了起来，龙头琴一下一下像是弹在了人的心里：

> 阿克班玛耶
> 你是展翅翱翔的雄鹰
> 你落在悬崖上
> 是山峰的荣耀

唱《阿克班玛》的华尔贡跟我父亲一样，是外科医生。

我家刚搬到甘南合作的时候，住在藏医院。这里原本是甘南藏族自治州医院院址，州医院搬走以后，这里新设了藏医院。在我们家西面的楼，原本是州医院进修医生的宿舍。二十世纪七十年代初，母亲说华尔贡曾经在州医院的外科进修。一有空闲，华尔贡就在楼门口弹琴。他好看的妻子是妇产科医生，两口子一起来进修，他弹琴的时候，妻子就背着两岁的女儿进进出出地忙碌着。母亲说，他弹琴的样子就这样留在了很多同事的记忆中。

多年以后，他们的两个女儿也都成了医生。

华尔贡弹着弹着，就弹进了广播里。我上学的时候，每天都从医院大门上的高音喇叭里听到悠扬的藏歌，华尔贡的《阿克班玛》带着些许忧伤的弦子声，一圈圈缠绕上来，就算是停了，也让人惦记着。很多年了，那些歌声一直留在我记忆的最深处。

华尔贡出生在玛曲一个叫尼玛的小镇子。尼玛，是太阳的意思。一个诗人朋友说尼玛是红色的，他总想要翻过巴颜喀拉，去靠近太阳的尼玛。

石堆、经幡、哈达，转经的老人和孩子，眼睫毛在脸颊上落下淡淡的阴影。成片成片的沼泽地，白色的鸟蛋闪着银色的光芒。华尔贡跟父亲放牧的时候学会了吹柳树皮和羊肠子贴膜的笛子。

九月已经飘雪，父亲让华尔贡去学医。草原上的医生太少了。华尔贡吹着笛子去学医了。

尼玛的万相寺，红衣僧人都是静默的，静得能听到草拔节长高的声音。

学成回来的华尔贡，在玛曲的采日玛卫生院开始了他的医生生涯。每日没完没了的诊疗、包扎、出诊、手术，草原上的医生是异常忙碌的。而华尔贡，还有他的龙头琴。我常想他会觉得累吗？

医生解除人身体上的痛苦，龙头琴带给人精神上的快乐。弹起琴的华尔贡一改平日的少言寡语，变得神采飞扬起来。

《阿克班玛》是他写给哥哥班玛的一首歌。他的哥哥，是她妻子姐姐的丈夫。汉族人叫作"挑担"。

在那些寒冷的日子里，他们曾经在牛头琴声里歌唱着怎样的深情厚谊？藏历年，华尔贡在人群中弹起牛头琴，和班玛一起唱起歌来，我们两个好兄弟啊，我们来摔跤，不管是你摔倒了我，还是我摔倒了你，都没有关系。我们两个好兄弟啊，关系好啊，不管是你戴我的帽子，还是我戴你的帽子，都没有关系……然后，互相掬着躬换了帽子。欢呼声响起。

欢乐的时光总是太短暂。哥哥调去了远方工作。

> 阿克班玛耶
> 你是雄壮威武的汉子
> 你转身走来
> 是村庄的荣耀

很多年后，兄弟俩唱起《阿克班玛》还是会热泪盈眶。

相传玛曲的河曲马是格萨尔王的坐骑，而辽阔的玛曲草原是格萨尔王牧马的地方。五年前，玛曲举办第二届格萨尔文化旅游节，除了赛马，还有千人格萨尔演唱会。这实在是不得不去的。

翻过海拔三千九百多米的嘎玛梁，我开始难受，恶心头晕。

满目接天的草原，黄河细细地绕着流。朋友伸长胳膊，从车窗撒去最后一摞"龙大"。好在很快就到了。我嘴唇青紫着来到玛曲。

下了车，阳光耀眼。街上多了很多外地人。远处一个人向我们慢慢走来。玛曲不赛马时，其实是个非常缓慢的镇子。藏族女子头发中分了，细细地编了很多辫子，胸前挂了玛瑙绿松石米腊，腰间大块圆形银饰，安安静静地笑。

玛曲大小宾馆都住满了，家家忙着接待外地的亲朋好友。

一条步行街，全部是藏式建筑，屋檐翘起，小方格窗户，金粉饰边。

前面是积石山，后面是阿尼玛卿山环绕。阿尼玛卿山据说是祖父山的意思。黄河折回来，围着祖父山转了一圈。

这下祖父一定觉得温暖一些了吧。

在远处看黄河首曲，曲曲折折的河水在草原上缓缓流淌，高原的阳光下，闪闪烁烁，像敦煌壁画里飞天那长长的飘带。

欧拉草原上，河曲马正安安静静地吃着青草，成堆的狗娃花开得正艳。

很久没有见这么多人了。

马蹄飞溅而来，无数"龙大"抛向天空。风将龙大卷起，久久没有落下。

千人格萨尔演唱会开始了，华尔贡弹着龙头琴走在最前面，琴上挂着长长阿达。纵情歌唱的，是一千五百多名藏族歌手呢。

华尔贡教了那么多学生，却没有教他的女儿们弹龙头琴。英雄格萨尔的故事，几天几夜都唱不完。而会唱格萨尔的人，犹如神助，那是天分，是荣耀。"是雪山给了我强壮有力的筋骨，是草原给了我宽宏大量的胸怀，是祖先给了我能歌善舞的才华。"弹起龙头琴，唱歌、跳舞，就像是藏族人的奶茶、糌粑和青稞酒一样，是他们的日常生活。华尔贡的孙女桑吉卓玛在琴声中起舞，她是草原上最娇艳的一朵格桑花。

想起一部我很喜欢的电影《静静的玛尼石》，让人惊讶于那纯正的画面叙述。晴朗的天，小活佛和小喇嘛在草地上玩耍。小喇嘛甲对小喇嘛乙说："你在电视里见过华尔贡吗？"乙说："没有，他长什么样？"甲比画着说："长长的头发，两撇小胡子，高高的鼻梁，还穿着一件女人一样的花衣服呢。""你听过华尔贡的《阿克班玛》吗？""《阿克班玛》？太好听了。""你会不会唱？"小喇嘛甲于是一面做出抱着龙头琴弹奏的样子，一面稚气地唱：

　　阿克班玛耶
　　你是金色羽毛的鸳鸯
　　你在海面嬉戏
　　是大海的荣耀

　　龙头琴，举起神的手势，弦子声响起，辽阔而又周而复始，如同永不停止的转经。

马桂珍 ① 的散文

---

① 马桂珍，笔名法蒂玛·白羽，1976年2月27日出生，回族，甘肃省夏河县人，甘肃省作家协会会员。自2017年开始创作并发表作品，已在国家级、省级刊物发表散文十余万字。作品见《散文选刊》《散文海外版》《民族文学》《回族文学》《黄河文学》《朔方》《青海湖》等刊物，获《民族文学》2019年度散文奖；2021年第六届甘肃省少数民族文学奖；2021年第二届"化泉春杯"全国散文大赛二等奖；2019年第六届《格桑花》文学奖；2014年、2015年获第六、第七届新月文学奖。有作品翻译为蒙文、壮文、朝鲜文；入选人民文学出版社《21世纪年度散文选·2021散文年选》。现居甘南藏族自治州合作市。

刻在卵石上的小羊 ①

女儿偎在我胸前低声说："不能杀那只羊，我喜欢它！"

两小时前，我们从屠户那里买来一只羊，举意宰牲。羊是我们入圈挑选的。当时，女儿一进屠户家的院子，便挣开手冲进篷布搭建的羊圈："哎呀，好臭！"她小手捂住鼻子，在一地腥膻骚臭的排泄物中倒退了几步，一双眼睛却兴奋地探视着惊诧慌乱的羊群，像闯进了一个新世界。圈里仅有十来只羊，深冬时候，土生土长的藏羊就不好卖了，屠户们到牧区走乡串庄赶来一些喂养，但天气太冷，羊不上膘，卖不上好价钱。屠户不停地搓着手，他的鼻尖和脸颊冻得通红，缠在脖子上的黑毛线围脖挂着一层白霜："最近太冷了，羊冻死了两只，这群羊怕是要亏本了！"他边说边用力一挥，搭起羊圈的厚门帘："这样看得清楚些，你们挑吧。要不，我进去把羊往前赶一下？"他侧身挤进羊群轰了一下，受惊的羊四处乱窜，混乱的蹄下搅起一股腥臊的烟尘，女儿吓得往后退了几步。

混乱中我们几乎同时瞅见了一只羊。

真是奇怪！那只羊一直笃定地站在原地，一动不动，它体态匀称，骨骼清健，披着一身厚厚的白色卷毛，两只干净漂亮的角向上翻卷着，仿佛挑着一束光亮。它仰头注视着我们，在昏暗的羊圈里，像探进心底的一只眼睛。就是它了！

挑好了羊，屠户骑夹住羊身，双手握住两只羊角，像握着三轮摩托车的车把一样，将羊牵出圈房，羊在他的胯下顺服地走，拉下一路黝黑瓷实的羊粪蛋，像是在排解紧张的心情。走出狭长阴冷的巷道，屠户从兜里取出一截细麻绳，动作麻利地将羊的四蹄绑到一起，受缚的羊无力地卧倒，几个人合力将羊抬进小车的后备厢。羊安静顺从地卧在里面，伸着脖子，

---

① 发表于《民族文学》2019年第3期，获《民族文学》2019年度散文奖，第六届甘肃省少数民族文学奖。译为蒙文、壮文、朝鲜文。

湿漉漉的眼睛泛着波光。"这样行吗？三百多千米呢！"我担心地问。"没问题，"屠户自信地说，"这些羊从昨晚你们打电话后再没添过料。知道是举意的羊，就没敢再喂。羊空着肚子，一般不会出问题。"

"你们去哪？"他问。

"东乡，高山乡岔巴村。"我说。

"哦，远着哩，走一段把后备厢开一下，让羊吸吸空气，能平安拉到。"屠户率直地拍着胸脯，眼角深匿的狡黠也褪去了商人本色。"砰"的一声，关上车厢，我们第一次载着一只羊到三百千米外的高处。

无边的空寂中，万物沉淀为一片深沉的浅褐色。浪涛般翻滚的山褶沟壑，逼人静默。近处，萧杀的北风抖动着钢针一样竖在黄土峁梁上的野草，那些旧年的草棵，早已干枯，它的任何一点组成部分都容易破碎，然而它们依旧保持着青葱时候的完整模样：草穗上的芒刺分明可辨，籽粒潜藏其间。在山上行走，裤脚迅速蒙上一层浮土，这是不足为怪的事情，在干涸的黄土高原，水是无形的，浮尘在些微的惊动中总是扬得很高也很远，天地的边际混为一种色系，无尽苍茫。

车沿着国道 213 线一路飞驰，像一只甲虫从青藏高原爬进黄土高原的褶皱里。从东乡县城进入"锁达"公路开始上山，过了"汪集"便一头扎进东乡的腹地了。不同于青藏高原群山的峭拔逼仄，这块地理上不适宜人类生存的地方，这片十年九旱的令人心疼的山乡，目力所及处汹涌着黄土的波涛，没有一线溪流，没有一片河滩，每一座裸露的山体上层叠的梯田，水波一样荡漾，昭示着求生者在面朝黄土背朝天的绝境中给予生命最大的珍视和希冀。车在山顶飞驰，后备厢里的羊突然没了任何响动，我心里一紧，将车停到路边，迅速打开后备厢，一股刺鼻的膻腥让人屏息，只见羊瘫在里面，憋闷的车厢里一堆排泄物染污了它腹部的卷毛，那里灰乎乎湿哒哒的，变得不再洁净蓬松。

"小羊！小羊！"女儿奔过来，怯怯地伸手抚摸，羊的腹部随着呼吸均匀起伏，瞬间缓冲后，它仿若获得新生之力，迎着阳光仰起了头颅。

这是一只牙口刚长满的羊，刚刚在议价时，为了多赚一百块，屠户拖住它的下颌掰开它的嘴唇，展露了它的牙齿。我第一次那么仔细地看到一只羊的牙齿，它们整齐洁白，每一颗之间几乎没有缝隙，像编排紧密的手工艺品，那咀嚼过无数棵草的牙齿打磨得净如白骨，只是净白，没有珐琅质的光泽。

矗立山巅，举目眺望，可以清楚地看到不远处高山顶上飞檐斗拱的一座建筑和散落在山弯里的烟树和人家，浩渺烟霭之中山脊上的几棵树庄严挺立，像孤硬的鳍，仿若这黄土海里养着鲸鱼，养着蛟龙。女儿捧来一捧躲在阴坡上日久不化的积雪，举到羊的唇边，嗅到清冽的雪气，羊歪着头，嘴唇拱到女儿捧雪的小小掌心里，女儿欢喜地看着羊，湿润的舌尖情不自禁地舔着自己的双唇。

“妈妈，我喜欢这只小白羊……可以不杀它吗？”她可怜巴巴地望着我，恳求道，“答应我呀，妈妈！”

“你还记着这个吗？”我从贴身口袋里拿出那颗摩挲得油润的青卵石，石头带着我的体温传递到女儿手中，那只笔法稚拙的羊，在石头上清晰完好地翘着两只明亮的角，一笔绕成的羊身和刻得歪歪扭扭的四蹄让它看上去跃跃欲试，想要蹦出石头，跑到山野里撒欢。

“妈妈，那只走丢的羊，不会就是这只吧？”女儿歪着头，娇嫩的脸蛋轻轻蹭着温热的石头。

“或者，就是我们今天带来的这一只。”我说。

一年了，那只叫“花儿”的羊和那双婴孩般清澈的眼睛总会不时浮现在我眼前，迫我陷入沉思。有时在读到一行动情的文字时，有时在饭桌上夹起一片肉的时候，有时抬头无意瞥见窗外的星星时，她总会瞬间揭开记忆的帷幕朝我微笑，像背负阳光和阴影的顽童一样，咧开嘴角，灿若编贝的牙齿轻咬着下唇，清纯无虞地微笑。我不知道她的名字，可能叫“发图麦”或者“阿伊莎”又或者“桃儿”“杏儿”也不一定，但我知道她的羊叫“花儿”，她亲口告诉我的，白色的小羊，黑耳朵，黑蹄子，像朵绣着黑丝绒边的小白花儿。

那是去年，我在东乡高山拱北过耳麦力，仪式结束后大家到餐厅就餐，鱼贯的人群把餐厅挤得水泄不通，管事者嘴边搭着一只大喇叭，伸着脖子踮着脚，大声指挥大家落座："不要挤，不要抢，菜准备得很宽展，坐不上的等下一轮！"嘈杂中我被人流裹挟着挤到一张桌子跟前，顺势坐下，身旁围坐着七八个妇女和两个娃娃，每个人略带兴奋的目光瞟着面前苫着白塑料布的大方桌，桌上摆着两指宽的油炸"盘馓"、油香、小块垒起的素面饼和一次性纸杯，各人抓起一只杯子放到跟前，性急的娃娃等不及就伸手抓那桌上的盘馓吃，女人用筷子敲她的手背吓唬她，娃娃不干了，仰头张嘴哇哇大哭起来，好像受了多大委屈似的，老阿姨就站起来忙给娃娃掰油香，哄她，同时又谦让大家"口到"开吃。

从小到大，一年中总会享受到几次这种表面无序实则井然的大聚餐，因为某个节日或特殊日子，素昧平生的人们聚到一起，融入共同的一个情节里，而这种聚会，最终会在一顿丰富或简单的聚餐后自然分离，纵然相逢不相识。身旁穿蓝格子上衣的女人眼尖手快，坐下后又把手中的包放到跟前的凳子上占位，她眉眼和善，左脸颊上蹲踞着一颗醒目的黑痣，让人过目难忘。她略带羞涩地说："大姐，帮忙占个位，我去领个人！"不等我答应，她便奔出餐厅。年轻的义工高高提着壶口冒着白气的大茶壶给我们倒水，茶叶浮起又潜落，最后沉到杯底，那个女人没来，接着油汪汪的爆炒羊肝伴着四溢的香气上桌了，女人还没来，老阿姨端起碟子往两个空位前的小碗里各拨了几块羊肝进去。

"娃们会抢光，给她们留些口到。"她低着头，垂着松垮的眼角，自顾自地解释着。

冬日正午的阳光透过餐厅的大玻璃窗扑进来，稀释了热腾腾的食物乳白的香气，人都罩在一片暖洋洋的迷蒙中，那些深灰的、藏青的、黑色的身形几乎连成一片。对开的餐厅大门里突然跃进一个鲜红的身影，像一枚从天而降的红果，撞人眼目。是一个穿红衣服的女孩，十六七岁的模样，细高个，她跟着穿蓝格子上衣的女人朝这边走来，她很瘦削，阳光从她身后托举着她，仿佛她是个阳光捏出来的人，只是暂时穿上了一件红衣裳。

女人领着她从门口挤过来，侍者端着摆满手抓羊肉的托盘经过她们身边，我看到她深深吸了一口气，苍白的脖颈上喉头蠕动。女人侧着身牵着她的手穿过餐桌的间隙走来，她欢快地左顾右盼，那模样像只闯入林间的小鹿，兴奋得不能自抑。女人利索地拿起座椅上的东西，拍着她单薄的肩膀让她坐下，她这才回过神来，笑着坐到我们中间的那个位置里。一盘手抓羊肉举过头顶放到桌子中央，她盯着红白相间冒着白气的肉块，垂涎的目光像只探出去的小手，在热气氤氲的盘子边沿跃跃欲试，然而她并没有伸手去抓。她在肉食浓郁的香气里很郑重地拿起摆在面前的筷子，夹了一小块已经冷却的炒羊肝放进嘴巴里。不知为什么，她嚼得很慢，像掉光了牙齿的老人一样让人怜悯。女人夹起一块热气腾腾的羊肋条放到她面前的空碟子里，接着又夹了几块放进去，她涨红了脸羞涩地对大家解释说："她是个病汉……"这时她又夹起一小块羊肝嚼起来，依然嚼得很慢很仔细，让我想起物质匮乏的小时候，为了能让一颗糖的甜味更持久一些，孩子们总是放到口中抿一会儿，又吐出来包在纸里，等口中甜味消失殆尽，再抿一会儿。

"她这里长瘤了。"女人指着自己戴着黑头巾的脑袋说，"孽障人，越来越记不得事情了，连话都说不全了，连她大都认不得了，唉——"女人无限悲悯地发出一声叹息。

她像没听到似的，事不关己，低着头完全沉浸在食物的滋味里，几缕乌黑的发丝垂落脸颊，也顾不上撩去。红衣服映着她苍白的面颊和脖颈，仿佛细颈樱桃红的瓷瓶里插着的一朵白莲花，说不出的洁净。她仔细地吃完炒羊肝，拿起一块羊肉，她侧着头盯着那块羊肉看了又看，不知道如何下口的样子，忽然她笑了，那一笑宛如初生婴孩般清澈动人。她双手捉着那块一拃长的带骨羊肋条，覆在羊肉表面的脂肪上还冒着点点油花，她捉着它，像拈着一枝丰饶的花枝，她低下头深深一嗅，双唇噙住一端，婴儿般吸吮起来。桌上除了两个小娃娃，大家都放下了筷子。

我的胳膊被人轻捅了一下，身边的大妈从桌底递给我二十元钱，悄声说："给病汉娃娃。"我恍若初醒，也赶紧拿出出散的钱，但是我不忍打断她吃那块羊肉。想起小时候过宰牲节时，轻掩门扉，等出散的人来敲我家的门，相识或陌生的人都会笑眯眯地在我掌心里放一块羊肉，我用母亲教我的话说："费心了！"对方仍会笑眯眯地回敬一句："不费心！"我举着手心里尚有余温的一小块肉，雀跃着奔进厨房里，将它放进搪瓷盘里，它和其他出散的肉块挤在一起，像很多温暖的人挤在一起，然后，那些天的饭会格外地香。

我偷偷瞄着她，她低头吃那块羊肉，依然嚼得很慢，她吞下一小口肉，就会满足地微笑，动人的笑意始终挂在她薄薄的嘴角。她吃完肉又吸吮净骨头上残留的油脂，才恋恋不舍地将光秃秃的羊骨丢到桌下垃圾桶里。看她满足地舔着嘴唇，我将两张纸币递给她，她受惊般身体朝后一倾，定定地看着我像观察显微镜下的一只草履虫，神情却是笑眯眯的，完全是上一秒钟的模样。

"快点接着啊！"身旁的女人胳膊肘推了推她，"攒够了钱去看病！"她懂了，伸出纤细的手指接过钱，嘴角弯弯上翘，露出月牙一样清亮的笑容。过了一会儿，她像是突然记起什么，将手伸进衣兜里摸索着，半天掏出一块石子来，青色的卵石，已摩挲出一层油润的光亮，她将带着体温的石头递给我："花儿，黑耳朵黑蹄子。"她说，声音轻虚虚的，像一株柔嫩的植物，让人觉得她的喉咙好久没发过声了。

"唉！"身旁的女人无限怜悯地叹息，"花儿是她发病前养的一只小羊，她心疼它，不让家人宰那只羊，就把羊藏进路边一个洋芋窖里，结果那只羊丢了。"

"花儿，黑耳朵，黑蹄子，丢了。"她又说，她指着放到我手心里的卵石，我惊讶地发现光润的石头的一面刻着一只笔法稚拙的小羊！

女儿一路恳求着不肯宰羊，并开始掉眼泪，我问她："不让宰它，你是要带回去养它吗？""不！"女儿坚定地摇摇头，"我要给它一片高高的山坡，永远有绿草的山坡！"

一片高高的山坡，永远有绿草的山坡！也许那时候她也想给"花儿"找那样一片洁净的丰饶之地吧？在无尽循环的自然法则中我们总是试图留住一些东西，但最终什么也留不住，只有在那高高的山坡上，草永远是绿的，美和爱是共生的，是恒久的。我心里一动，急急搜出包里磨指甲的尖头小锉刀，左手牢牢地将卵石握在手心里，右手握着小锉刀，笨拙地在卵石的另一面划出一根线条。从未刻过石的手，握着不能刻石的刀，刮拉着石头，心手不一的笔法逃遁着找不到着力点，刀在石面上划下粒粒灰色粉尘，我感觉心里有股深沉的力量正划向四野。终于，我也浅浅地刻上了一只羊，虽然笔法笨拙抽象，四蹄犹如竹节，羊角犹如弯刀，可是女儿却笑了，说："我要留着它，一直一直留着！"她兴奋地翻转着卵石的两面，"看，它们不孤单了！"

羊从后备厢抬下来解开麻绳的时候，它浑身筛糠般战栗，每一根毛穗子都在瑟瑟发抖。帮忙的人问我们从哪里来，我说："甘南。""费心了，亲戚！"他真诚地道谢，蹲下身来抚摸颤抖的羊。宽大的手掌埋进羊毛里抚弄着，羊受到抚摸，渐渐稳妥下来，院里也备好了宰牲的刀子和清水。羊被牵着从拱北，大门走到后院，一大群红嘴鸦飞来落在不远处的一段院墙上，不似乌鸦般看见了让人心生沮丧，同样是形体相仿的黑鸟，但那些红喙黑羽、身形轻巧的鸟儿天生有股高贵的气质，就是围挤在墙头等待觅食，一个个也都仿若穿着燕尾服的绅士，优雅从容。从前听老人说过，如果逮到红嘴鸦，用火烫一下鸦嘴，那只鸦就能像鹦鹉一样学舌，不知道是不是真的。

跨进后院，离宰牲地十步之遥的时候，羊突然不肯走了，四蹄死死蹬着，脖颈伸得很直，试图全力挣脱。来人从后面推了它几下，羊又奇怪而顺从地走向那里，仿佛几秒钟间它的内心翻云覆雨，又或者听到了远方的召唤，羊顺从地走去。宰牲人将它按倒在地，细细捆住它的三只蹄子，留下的那只，是供它挣扎的。我已很久没有看到过宰牲的场面了，每年宰牲节都是家人去宰，我负责给邻里亲人舍散，有时也选择代宰，对方会发些宰牲的照片过来，也不忍细看，只是祈祷着更多的人能在这种循环往复的温暖里得到关怀和爱。

诵念过后，宰牲人先提起汤瓶洗了羊的脖颈处，没有准备毛巾，他用宽大的手掌朝下抚住羊的眼睛，然后念了"泰斯米"①，利索而有力地落刀，那只没捆住的羊蹄凌空挣扎着，骨骼仿佛要挣脱血肉皮毛和躯体的羁绊，一堆黝黑的粪球从尾部滚落。我想捂住女儿的眼睛，没想到她却很镇定，她看着羊，一只手用力握着那枚卵石像要捏出水来，另一只手紧紧握住我的手，手心潮乎乎的，已渗出汗来。

记忆中第一次见到宰牲的场面是在与女儿相仿的年纪，只记得那天是宰牲节，我们穿着新衣，嚼着糖果，欢天喜地地等待屠户牵来宰牲的羊，我们期待着像别人那样笑眯眯地将一小块肉放到邻家小孩的手掌心里，好让我们的心紧挨着另一颗温暖的心。那是一只什么样的羊呢？不记得了，只记得赶着羊来的是我那矮小得像只旧汤瓶的大大。大大是个老屠户，但看着却不像个屠户，别的屠户都是虎背熊腰、裤带上别着刀子的肥腻大叔，大大却又小又弱，看上去扳不倒一只羊，他怎么能当屠户呢？宰羊时，怕添乱，我们几个小孩都被轰出院里，我清晰地记得，当我忍不住好奇地回头，瞥见老屠户将雪白的毛巾苫到待宰的羊那双眼睛上，那片雪白毛巾似一道白光，映得老屠户又麻又皱的脸瞬间变得洁净温暖。

无聊的我们在门口玩，那时候好事的孩子总是很多，一只长腿蜘蛛爬过来了，好事者抓住便要揪条腿下来。残腿在地上，像镰刀，不停弯曲弹跳，一群孩子就围在那里看着："哎呀！娃们，可不能这么玩！"不知何时，老屠户将头塞进我们围成的圈里，他阻止道。"一条蜘蛛腿而已，你自己刚还宰了一只羊呢！"不知是谁低声嘟囔了一句，老屠户怔住了，像是被一根鞭子猝不及防地抽到痛处，他单薄的身子从内里轻轻颤抖了一下，一双蒙翳的眼睛瞬间黯淡得像一粒灰石头，他什么也没说，佝着头默默走远了。

十多年后，家里又请老人宰过一头牛，那时老屠户早已不再当屠户了，他变得越发矮小卑微，穿着黑布鞋的脚踩过地面时轻飘飘的，像是怕无意中踩到一只虫豸。许是因为他太老了，或者是那天的宰牲刀磨得不够锋利，

---

① 太斯米：阿拉伯语，意为：奉普慈特慈的真主之名。

一刀下去牛挣扎得更厉害了，老屠户惊得朝后退了几步，又上去拼尽全力按住狂甩的牛头，那头牛弄得他浑身是血，那头牛证实着他的老迈无力，那瞬间看见的仓皇，仿佛一些真相。宰牲后，他虚弱地坐在凳子上，垂着头半天不说一句话，他反复看着自己的手掌，仿佛那只宰过无数只牛羊的手掌里藏着命运的神秘和无常，藏着过往的无奈和挣扎，藏着他一生中所有难解的注脚，他静默着，那种静默是一种权威。我叫了一声"大大！"他蓦地抬起头，干枯深陷的眼眶里盈满清亮的泪水。

时间将一切带走，又带回来，仿佛将老人带走，又将孩子带来。老屠户已故去多年，时光将他的影子雕刻在我的眼底，我也曾因为宰牲流血而难过过，只是当那种温暖得以循环往复的时候，我懂得了宰牲与爱之间并不是浮留在表面上的矛盾，而是更深的温暖和守护。红嘴鸦纷纷飞到遗留着血迹和内脏的地上安静地挑挑拣拣，羊肉已切好，灶间的大锅里烧了满满一锅水，大喇叭里传出拐着弯儿似的难懂的东乡话，大致的意思是召唤山下村庄里的大人娃娃们赶来过耳麦力，宰牲了！不一会儿，闻声结伴而来的娃娃们挤满了廊檐，像一群挤在黄土窝窝里的洋芋蛋一样，他们乖巧地扔掉手中的秸秆和泥巴，放弃同伴间难分胜负的争执，带着他们的"小尾巴"弟妹，从山下奔来，笨重的"棉鸡窝"也拖不住他们兴奋的脚步，黄土小道顷刻扬起一片呛人的尘烟。他们围坐在一起，个个层层落落穿成小粽子，脸蛋冻得紫红，眨巴着小眼睛，吸溜着清鼻涕，叽叽喳喳地讨论着什么。女儿试图靠近他们，起先她蹲在他们身后的台阶上，渴慕地望着那群背影，这时，其中一个女孩回头看见了她，她将信息迅速传递给其他孩子，孩子们混乱的队伍整齐地朝两边挪开，空出一个位置来，女儿像只小鹿一样蹦跶进圈子里。

我走过所有的角角落落，盼望着那枚红果突然撞入眼际，深冬清冽的阳光薄而寡淡，仿若久未擦拭的铜镜，黄尘遮挡了它的劲道和力度。我走过礼拜殿平整的水泥廊檐，走过东西两面高耸的砖墙，走过后院摆着一排汤瓶的水堂，走进那间偌大的餐厅，最后走进厨房，哪里都不见她！火苗在灶洞里欢快地噼啪作响，煮着羊肉的锅边升起缕缕轻烟，仿佛巧舌，舔舐油烟熏黑的屋梁。

一个胖胖的女人站在锅台前握着漏勺准备撇肉沫，她围着碎花围裙的臃肿体态让人想到母亲的气息和田野里黝黑的沃土，她和善地微笑着朝我点头："亲戚在找啥呢？"

"哦，一个人，我找一个人。"我的头脑突然丢失了线索般不知该如何向她问询。

"啥样子的人？"她笑眯眯地问。

我于是如此这般地简述了去年遇到的那个阳光捏出来般的洁净的人儿。她无奈地摇摇头："忆不起，怕不是我们庄里人。"我忽然想起那只叫"花儿"的黑耳朵、黑蹄子的羊，我告诉她，女孩有病，养了一只羊，不想宰，就藏在路边洋芋窖里，结果羊丢了。

"哦，是她呀，再见不着了。"女人说。我的心如水一般凉下去，内里的幽暗无边无际，到底还是没能再见啊——

"那娃娃命大。"女人说，"今年公家来村里大病救助，选上她了，听说做了手术，一直在兰州住院呢……"她的声音不大，在我听来却犹如滚雷，犹如破晓！

我按捺住心头的激动，走出灶间。外面的天地在眼前豁然亮堂，薄薄的阳光给世界镀上一层金色，那金色仿佛始发于遥远的混沌之间，它沿着山峦高低起伏的脊梁，沿着黄土沟壑的波峰浪谷，万马脱缰，拂过高原的烟尘、拂过村庄夯土的院墙，拂过牲畜的犄角，拂过孩童的脸蛋，整个世界都被它拂照着，明亮动人。我悄悄找了一处高地，坐下。万千思绪在胸中涤荡奔涌，喉咙里涌上一股复杂的滋味，我根本就说不清它是什么味道，我只是努力吞咽着，不让喉头哽咽。

羊肉熟了。

那群馋嘴的小孩热乎地挤在一起，盘里的羊肉冒着阵阵香气，女儿小小的身影在他们中间，在雾气里融成一片，从背后望去，那排小小的身影，像春天的高岗上冒出的草尖一样晶莹闪烁。

赵江仙[①]的散文

①赵江仙，女，汉族，1976年6月，甘肃省舟曲县人，甘肃省作家协会会员。作品见《飞天》《山东文学》《贡嘎山》《新青年》《意林》《西部散文选刊》《文史博览》《中国文艺家》等。著《当时明月》，获第五届黄河文学奖。现供职于合作市政治协商委员会。

茶情漫语①

从小跟奶奶喝茶，多年下来竟养成了茶瘾，一天不喝点，总感觉没有精神。但对于品茶，我却没有太多研究，只是喜欢茶水那淡淡的苦，幽幽的香。独处时，一杯清茶在手，便远离了浮躁与喧嚣，恍惚身处山水林泉之间，陶然如醉。

上班第一件事，泡一杯清茶，端至唇边抿一口，任清清浅浅的苦涩在舌间荡漾开来，充溢齿喉，顿觉思维清楚，精力充沛。工作之余，捧一卷书，听着古琴曲，沏一杯茶，凝视茶叶在水中涵泳。清淡的水，因茶而透绿，萧索的茶，因水而舒展。

周末闲暇时，喜欢约二三好友找一个环境清雅的茶屋去喝茶。这样的氛围适宜漫无边际地聊天，无拘无束任话语穿越古往今来。我个人总觉得喝茶犹胜于喝酒。以茶相待，让人与人之间的交流归于真实与平淡，虽然没有那种热闹，却也少了很多虚礼和浮华，所谓君子之交淡如水，大概也就这个意思吧。

喜欢花茶，也喜欢桂花的香。老公游桂林时，买回几盒桂花和一副茶具。桂花配上西湖龙井，当开水浇下去时，清绿的茶叶、米黄的桂花浮在杯水之中，顿时清香四溢，满屋子桂林八月，西湖初春。这让我仿佛也回到了桂林、回到了西湖，回到了当初游玩的心情以及对桂林和西湖的眷恋。吃饭前，泡一壶茶，一家人在一起，即使普通的饭菜有了这别样的清香，也变得那么可口。

女儿放假后，经常一个人在家。每当在我们下班时，她便烧好开水，给我们各泡一杯茶，里面放了冰糖、葡萄干之类。打开门，看到放在茶桌上的两杯还冒着热气的茶，孩子给我们的温暖扑面而来，喝一口下去那清香直达心脾。

---

① 发表于《飞天》2015年第3期。

今天天气特好，一个人闲来无事，把家里的花卉全搬到阳台上。窗台上、地上全是春意盎然的花草。坐在花草间，泡一杯清茶，在悠然自得中品着茶，听着音乐，随意地翻书。只见唐代诗人元稹写道："茶，香叶，嫩芽。慕诗客，爱僧家。碾雕白玉，罗织红纱。铫煎黄蕊色，婉转尘花。夜后邀陪明月，晨前命对朝霞。尽洗古今人不倦，将如醉后岂堪夸。"心为之一动，把茶描述得如此清雅动人还是第一次读到。苏东坡却说："从来佳茗似佳人。"是呵，所谓佳人，所谓"精品女人"应当是好茶一般，清丽淡雅。如茶的女子也许没有沉鱼落雁、闭月羞花的绝色，但她沉静、含蓄，有着缜密的心事和悠远的情致，只有当真情像滚烫的开水冲下去时，才会在心底缓缓地展开它蕴藏的清香。犹如这杯龙井茶，在水中尽情地释放着清芬的魂魄。忆起那年去杭州，路过两边都是茶山的地方导游给我们讲，西湖龙井就产在这，并讲了茶的种植到成品的过程。才明白茶叶生平是如此非同寻常，它经历了四季的风雨，经历了霜雾雹露，所以我们喝到的茶，是大自然孕育的精华。茶是喝的，但需要用心去品味。

古人说：心静与浮躁乃个人所定，心静之人生性恬淡，与茶清淡的口感、清雅的绿色相符，所以心应茶，茶静心。或许是喜欢喝茶的缘故，无论如何忙碌，手边总有一杯茶，除了解渴，还可以养心。不同的心情，品着不同的茶叶，会有不同的心境。如心绪低沉颇感不佳，喝茶的过程中特别在意杯中的茶叶。一片茶叶，看起来是那样细小、纤弱，无足轻重，但却是那样地微妙。当它放入杯中，一旦与水融合，便释放出自己的一切，毫无保留地贡献出自己的全部精华，完成了自己的全部价值。在这时，人们所欣赏、关注、品味的或许不再是那片片茶叶，而是这杯中之水。转眼想起周作人的一篇《喝茶》的散文中写道："我所谓喝茶，却是在喝清茶……喝茶当于瓦屋纸窗下，清泉绿茶，用素雅的陶瓷具，同二三人共饮，得半日之闲，可抵十年的尘梦。"这情这景让人向往。人，只有在渐行渐长的岁月中经历了种种浮躁的事、烦恼的事、忙碌喧嚣的事，再回到一杯茶中，才会感受到清淡里有一种隽永悠长的茶味，这味如人生。

茶与水的相遇是一种缘分，真正的好水烹出来的茶，有自然的鲜活。

正如茶圣陆羽《茶经》所言："其水，山水上，江水中，井水下。"水为茶之母，壶为茶之父。前年放暑假带孩子回老家，帮父母摘花椒，我们的花椒树大多在一个叫崖下的地里。前面是滔滔的白龙江，两山中间是一条小溪，山脚下有一股冬热夏凉的泉水。听老人说这是神泉，每当雨过天晴彩虹出来时，一头就在那里，说是彩虹喝水。泉眼在一片槐树荫中，阳光很难照进泉眼。清澈见底的泉水边，是一垄垄庄稼地，为了浇水的便利，将泉水的水路引成 S 形，几道弯后汇入溪流，又灌溉下面成片成片的田地，最后又流入白龙江。早上出发时，父母把茶壶、茶杯、馍、挂面、咸菜、锅等都放在背篼里，午饭就在那里吃。那天，我们就用那汪泉水烧开了泡茶，那味道真如甘露一般，在炎炎夏日里，爽口爽心。连爱喝饮料的女儿，也跟我们抢着喝茶。坐在泉边的槐树下，边喝茶边看这一片片蔬菜地，听着各种鸟儿的叫声。女儿在溪边的花丛中跳来跳去，母亲洗菜，父亲做饭，那一刻我真正地明白了什么是诗意，什么是幸福。

我想，品茶的根本，不在茶的优劣而是一种心境。喝茶，其实喝的是一种真实和平淡，喝的是日月沐浴之下，山泉滋养之中，生生不息的造化灵动之气。

曲桑卓玛①的散文

① 曲桑卓玛，又名赵桂芳，女，藏族，生于 1979 年 1 月，甘肃省舟曲县人，甘肃省作家协会会员，鲁迅文学院第三十七期少数民族文学创作培训班学员，《舟曲文艺》期刊主编。作品见《飞天》《散文诗》《草原》《天津诗人》《格桑花》等刊物，作品入选《2020 中国年度作品·散文诗》等选本。出版个人散文集《坐看云起》。现供职于舟曲县文化馆。

山雨溪风又一春①

山雨潜伏在浓雾里，于幽暗的窗外滴答了一夜。晨起雨停，空气中流淌着湿润的凉气，炊烟漫漫飘荡在村庄上空，间或有饭菜的香味儿扑鼻而来，尘世幸福的一天就此开始。雾散了，阳光将万缕金线洒向村边那一湾溪水。溪流拐弯的地方却是一潭碧波，风吹水面波光粼粼。那天夜里，数不清的青蛙聚集在这里，水藻间传递着爱的讯息，那歌声竟像群鸟在欢快地鸣叫！潭水清澈依旧，翡翠色的水下游离着一串串蛙卵，像过塑的念珠在水底轻轻招摇。溪风里，又一个春天拉开了紫纱的帷幕，横笛短吹，景色灿然。

"农月无闲人，倾家事南亩。"人勤春早，靖边村南的山坡上，层层梯田里布满了春播的人们。一行行雪白的地膜下覆盖着新品种的玉米和洋芋种子，远远望去蔚为壮观。麦苗在清风里抖动着双臂，明亮的眸子里闪动着喜悦和甜蜜。我蹲下身去，指尖碰触叶片的那一霎，才发现麦苗怀着无比激动的心情直往上蹿呢！油菜花开出了一个金黄绚丽的天堂，蜂蝶成群，随风翻跹。昨晚那场山雨，又催开了多少爱与期待？

桃花灼灼，碧草茸茸。雨后的花瓣红晕湿透，楚楚动人。花香醉人，百花舞动的裙裾下，谁将斜倚青枝酣然入睡？花瓣零落，红雨纷纷挥洒出一园绚烂！落花点点，卧在青翠的草丛中，宛如繁星坠入大海，一湾浅笑，万千风情。海上是否也会有明月升起？花瓣儿静静地梳理着心情，将一腔心事，寄明月于千里之外。

午后，阳光明媚，总喜欢独自走进曲折悠长的小巷。坪关柴场咀的老人们带着孙子，在杏树下唠家常。那是怎样的一棵树啊？枝头缀满繁花，浓荫匝地。风从远远的溪边吹进了村子，将一些蝴蝶也带到了这里，霓裳舞动，色彩缤纷。青石板上泛起点点金光，有一种岁月的静美与安详栖息

---

① 原载《坐看云起》，甘肃文化出版社 2015 年版。

在那里，不声，不响。花香四溢，孩子们在树下欢快地奔跑，老人眯起双眼背靠石墙，静静享受着温软的时光，不悲，不喜。

清明时节，正好雨停。上坟的人们拥向村外的山坡，将一些黄色或者白色的纸条，悬挂在坟头的树丛中，叫作"给先人换单衫"。坟地从来也不寂寞，清脆的鸟鸣中，苦李儿树一丛丛地生长在坟头，芳华吐蕊，白色的碎花密密地爬满枝头，一副粉嘟嘟、憨疼疼的样子。

想起芸芸，去看看她吧！转眼，她走了已经两年了。晴朗的天空下，春意浓得好似一片望不到边际的大海。阳光纯净，就这么暖暖地洒下来，仿佛能数得清一颗颗跳动的光粒。翠峰古寺头顶着洁白的积雪，像终年屹立在天地间的背景，给人巨大的怀抱任凭依靠。芸芸的墓地，就在翠峰山麓的半山坡上。对着墓碑上的名字，真想说："好久不见，你还好吗？"

蝶舞清风，暖玉生烟。墓前，一片金黄的油菜花湮没了所有的哀伤与痛苦！黄泉路，忘川河，奈何桥，这一番轮回你去了哪里？彼岸繁花，隔着前世与今生，风用谁的指尖弹去满帘落花？喧嚣过后，终归沉寂，痴情葬花只为那一句不变的诺言。而如今，半世薄凉让你看清了——原来，诺言消融得比春雪还快！可惜芸芸，玉殒香消。繁花满目，却再也没有人陪你同看春色。又或者，你去了一个遥远的地方，那里也是莺歌燕舞春暖花开，你已化身成蝶诠释了永恒。

夕阳西下，橘黄的余晖勾勒出山的雄浑与伟岸，又一个黄昏蒙上了面纱。麦田里，风儿仿佛已经睡去，就连那些嫩绿的麦苗也好似睡着了。一只瓢虫静静地附在草尖儿上，一动不动，四下里静极了。明澈清浅的溪水，穿过乱石交错的涧底，涌入深深的潭中，几尾单纯的小鱼悠悠地吐着水泡，无忧无虑。石枣花，洇红了寂寂的水岸。春天，藏在三月的深处，真想枕着一个繁华的梦，千年不醒！

春到坪关风在香 [①]

"燕子不归春事晚，一江烟雨杏花寒。"

漠漠轻寒中，灿灿林花著雨盛开，麦田一片浓绿，明丽的色彩渲染了坪关的山山水水，虽然晚了些，但春天还是来了。远处高峰寺旁的山坡上，还有马子头、清子坪的房前屋后，桃花、杏花、李子花竞相绽放，散散淡淡，宛如一个个身穿粉红莎丽的印度姑娘，或微笑或低语，那迷人的倩影把村篱茅舍点缀得如同世外桃源！风过处，暗香浮动，却是春天的味道。

杏花春雨黄菜花。

阳光暖暖，烟柳依依。这美丽的舟曲春景中怎么能少得了油菜花呢？溪水袅袅婷婷荡漾着春波，梦里一阵温柔的风，竟然在原野上催开了这一朵朵绚烂的金黄！一畦菜花一畦香，那质朴的美如云似霞。蜂群鼓动着翅膀，引来蝴蝶载歌载舞，此时的田野流金淌蜜热闹非凡。想起小时候，跟姐姐到油菜地里挖小蒜，一只黄色的蝴蝶飞得好低好低，原以为很容易就可以捉住的，待我追到矮矮的柴篱那边时，眨眼间就找不着了。看到我垂头丧气的样子，姐姐笑了，她说这事儿早就让杨万里写进诗里去了，不信她可以教我背诵这首古诗。于是，我童年的记忆里定格了那样一幅春景图："儿童急走追黄蝶，飞入菜花无处寻。"今天，远嫁西安的姐姐还好吗？

姐姐是一首诗，姐姐是一支歌，午夜梦回的念想里，全是她粗黑的辫子和浅浅的微笑！天生胆怯和文静的姐姐，与整天嘻嘻哈哈的我形成了强烈反差。儿时除了学习好，我浑身上下再没有一样比姐姐更优秀。那时候，我们住在四合院的老屋里，木楼屋顶全是轻盈的榻板，用一块块石头整整齐齐地压着。春天来了，姐姐就会找来蚕卵，在家里养蚕。从最初产在一张白纸上的蚕卵开始，直到蚕宝宝一次次地蜕皮长大，然后吐丝作茧、破茧成蛾，给我的童年生活增添了无限乐趣。最喜欢下雨的夜晚，檐雨敲打着台阶上摆放的那一排坛坛罐罐，伴随着屋里蚕食桑叶的沙沙声，有着原

---

① 原载《坐看云起》，甘肃文化出版社 2015 年版。

始的音乐美！这时候，我会满脸带着坏笑，把那些白白胖胖的蚕宝宝一只一只捉住，扔到养蚕的筛子外面，再让它们自己翻山越岭地爬回到筛子里吃桑叶，姐姐看到了会很生气，但从来也不打我。转眼二十多年过去了，情深处，依然有着春天的味道！

屋后的杏花开了。繁花千丛万簇，嫩蕊细细绽开，那一树妩媚宛如贵妃舞动的霓裳！蜂群嗡嗡，舞姿轻灵，与蓝天上漫不经心的云朵相映成娇美春色。有风涌来，郁郁的花香在季节里流动。谁来吹响那支短短的柳笛？让音符在无边的花香里徜徉，让爱情在微微的醉意里荡漾！是啊，春到坪关风在香。

浮山漓水，凭栏远眺，我的心在诗意里沉默。依旧是山溪潺潺，依旧是莺歌燕舞，可是我的目光却无法停留在这寂寂的原野。什么时候有微风拂面而来？什么时候有你击节而歌？一样的天籁虫鸣，一样的月影疏淡，而我却期待着与你相聚，再撑一伞江南烟雨！

风清云淡，羊儿在柳坪的山坡上吃草。黑色的四蹄，迈着细碎的步伐，从水草油油的小溪边款款走来。对于一只羊来讲，生活在羊群里是一种无比幸福的事情，尤其是在春天里。它就是这样一只幸福的羊，在清风里吃草，在阳光下散步，或者跟羊群里的某只山羊咩咩地说上几句情话。偶尔，它朝我望过来，幽蓝的眼睛有些迷惘。

远处，那一丛丛玛瑙刺开花了，大朵大朵的黄色花朵，散发着馥郁的芬芳，沁人心脾。山坡青青，上有千古白云悠悠，下有百代青绿绵绵，其实做羊比做人更滋润！它不会说话，只是顶着一对尖尖的犄角沉思默想。春风吹来，花香弥漫山野，林花落了无需清扫。蜜香阵阵中，我只羡慕那只幸福的羊。

一架金秋话南峪 ①

南峪，藏语意即天上仙境。当你乘车沿着白龙江大峡谷上行至舟曲境内，南峪独特的风光总会让你眼前一亮！此地屋舍密集依山傍水，偌大的村落掩映在殷红的柿树和翠绿的桃树间。深秋时节，家家户户都在自己的土楼顶上支起一架架金灿灿的玉米棒子。远远望去，蔚为壮观。红色、绿色、金黄色，撒落一地瓜果香飘十里！王永琪老师的国画作品《一架金秋》，艺术地再现了这样一幅宁静的田园图景，也使得省内外许多文人墨客比较直观地认识了舟曲，认识了南峪。从此，南峪不再是白龙江南岸一条不起眼的小山沟，她吸引了众多慕名而来的人，当然也包括我们。

南峪盛产柿子，进得南峪沟中来，就仿佛闯进了柿树成林的大观园。山坡上、河谷中、田埂上、街巷中，大大小小的柿子树就那样蓬蓬勃勃生长着，一副怡然自乐的样子。高处的叶红似火，低处的青翠依旧，金黄的柿子在枝叶间灿灿地笑着，那笑声洗净了蓝天云朵，沉醉了一湾清泉！

品尝一颗舟曲柿子，与啖食岭南荔枝一样享受。相传，柿子又名火晶柿子。火晶原是火燕鸟变成的一位绝代佳人，她从远方衔来了一节果枝，并将此果枝嫁接到软枣树上，送给了她的救命恩人甘四子，两人也因此收获了一段甜美的爱情。秋天，满树的果子甘甜美味，像一只只红彤彤的水晶灯笼。人们为了纪念这两个有情人，将此果命名为"火晶四子"，即后来的火晶柿子。

山涧溪流潺潺，一棵柿树默默凝视着远方。阳光下，红色的枝叶像撑开了一把油纸伞，色彩斑斓而又遗世孤独！清风吹散了她的秀发，雨露润泽了她的容颜，她就这样守着一湾清清浅浅的小溪水，等待你从千里之外匆匆赶来，共赴一段烟火迷离的红尘眷恋。多少次莺飞草长，多少次花开花落，只是没有了你温暖的怀抱。眼中寂寞越积越厚，心底的原野秋风四起，雁子声声里走向荒芜与凋敝！

---

① 原载《坐看云起》，甘肃文化出版社 2015 年版。

流水人生，遍地春远。岁月在某一处幽静的角落书写了属于旧寨子的传奇：古代，从陕西辗转迁徙至此的先民们，披荆斩棘、垦田筑路，开始了几乎与世隔绝的田园生活。漫长的岁月，像风一样过去了，思念却像野草般疯长！山一程，水一程，故乡已是千里之外再也回不去了。星星亮了，一轮明月挂上了树梢。夜色如此倾城，一曲秦腔骤然吼起，那激昂高亢的歌声唱响了山野。从此，夜吼秦腔，就如同太白低吟《静夜思》，化作了人们思乡之情得以宣泄的闸口。听朋友讲，清朝的时候，有个戏班要解散了，旧寨子人买下了那一整套的戏服道具。村里每年正月十五元宵节唱秦腔的时候，演出服装、化妆、道具、彩头等物品一应俱全。旧旧的戏楼历尽了岁月沧桑，却依然伫立在村寨里，仿佛锁住了历史尘封的记忆。旧寨子也因此而成为舟曲唯一唱秦腔的地方，留给子孙万贯家财，哪儿比得上留下文化，留下精神财富？

南峪的安扎梁，是很有来历的。相传诸葛亮二取祁山无果，曾在陇西郡羌道县境内的一处山梁上安营扎寨，为三攻祁山做准备。当时，羌道县南通巴蜀，西接甘松，而这个山梁却占尽了地利优势。山脚下，是滔滔白龙江与岷江汇合的两河口，山这边是南峪寨，山那边是直通蜀境的武坪，登高远眺陇西小路上魏军的一举一动尽收眼底。安扎梁，也因此而得名。冰鼎先生在其著作中，还专门考证过此地名。

西固的商旅马队，经磨儿坪、安扎梁一路向南蜿蜒前行，从武坪青沙梁进入蜀地。西固的药材、皮货和烟土换来巴蜀的茶叶、食盐、蜀锦和布匹，走这条路多半要穿行在荒无人烟的丛林山野间，因此也有很多人命丧于土匪绑客之手，在舟曲至今有一句话叫"背茶去了"，意即一命呜呼。

> 一走走着黄崖廓，青沙梁上我来过。
> 一走走着罐罐儿水，这么难行不后悔。

耳畔仿佛还回响着西固商旅走黑河、下南坪时粗犷的歌声。岁月悠悠，青山依旧。这条透迤在丛林沟壑中的茶马古道早已湮灭在历史的尘埃里，空留后世在此感慨唏嘘。

曾经，朋友讲过这么个传说：古时，舟曲东山真节里有个商人在四川经商做买卖，他娶了个四川女子为妻，此女贤淑有才。商人辞世落叶归根，其妻千里路上扶灵归来。送灵队伍行至安扎梁，商人妇即兴作祭文一篇："上了安扎梁，高而有天，下山的路林近道悬。一到灰崖子，就是阎王边；一过大川桥，才把心放宽。进得峪子沟，亲戚都来添，青铜瓦房你不坐，走在门前扎茅庵。我在川，你在甘，前世里的姻缘一线牵。"是啊，姻缘天注定，有些爱注定要你勇走天涯！

磨儿坪，一个恬静美丽的小村庄，多年以前我曾去那里禁毒。萱麻湾、矿洞湾，那沟沟壑壑间散落着许多小窝棚，都是一些村民种庄稼时临时居住的山庄。最爱山腰间那一座碧绿的农庄：一个老人在山墙下种下了许多翠竹，他的屋舍古旧沧桑，却因了风中沙沙歌唱的竹林让我着迷。传说中的竹林七贤，也曾到他的庭院中对弈弹琴吗？至少，我想在幽竹之下高歌一曲。

穿过一片白桦林，走过野生草莓星星点点的草地，终于登顶去领略那无限风光在顶峰的激情与荣耀。一路上，两边的庄稼地望不到尽头。经过那片洋麦地时，我的心为之一震：高高瘦瘦的洋麦，像极了白洋淀茂密的芦苇丛。洋麦摇曳着青青的穗子，将田野的清苦和宁静酝酿成浓浓的喜悦。生命的诗意被一缕缕挑亮，在远离尘世的淡泊中，自由地舞蹈！

鸟鸣山涧，幽谷回响。远山着一袭青黛，静静地吹送着牛奶般迷离的晨雾，鸟雀从林间淡淡的花香里传来阵阵悦耳的歌声。流岚初起，为大山增添了几分神秘与浪漫！因禁毒而山居，是一种福气。从此，阳光、雨露、鸟语、花香都将珍藏在每个山居者的心中。夜晚，月光朗朗地照着，天外的流星与田畔间的飞萤，夜莺断断续续的吟唱，渲染得夜色像泉水一样明净！狐狸、兔子还在田野上漫游，獾和野猪也在寻找食物，一些动物用音乐般的号叫对另一些动物深情倾诉。我们燃起了熊熊火焰，头枕着山风夜露沉沉睡去。

走过人生四季风景，在那个千帆过尽的午后，纯净的骆地坪张开了他深情的怀抱，将我轻轻拥入怀中。真想把自己的灵魂安放在这青山绿水间，看白云舒舒卷卷，看鸟儿起起落落。从此，风定花落，鸟鸣山幽。我将透过隔世的熟悉与陌生，把爱和恨、荣与辱统统抛撒，守着那一缕袅袅的炊烟，让自己心静如水。

王小忠 ① 的散文

① 王小忠，男，藏族，1980 年 3 月 14 日出生，甘肃省临潭县人，中国作家协会会员。著有《浮生九记》《黄河源笔记》《洮河源笔记》等四部。小说集《五只羊》入选 "2020 年中国少数民族文学之星" 丛书。

黄河拐弯处 ①

一

公元 2015 年深秋，我再次踏上遥远的草原之路。翻越海拔三千四百多米的高山，于我而言不存在任何问题，唯独担忧着，所想之美与所到之处会不会有着巨大的反差？因为深秋时节的草原不但没有了花香鸟语，而且阴暗潮湿，空旷荒凉。

朋友一大早就在通往齐哈玛的路口等我。齐哈玛位于玛曲县东南部，距县城一百多千米。相对其他乡，齐哈玛不算远。我的另一位朋友早年在木西河乡当老师，他说一月半月才有一辆路过的车，从县城捎来亲戚朋友的书信和白菜萝卜之类的，见到那些信物和蔬菜他们就会大哭一场。那里四野不见人影，他们几个闲暇时间就修路。偶尔有路过的车辆歇歇脚，顺便蹭顿饭，但捎带东西往往少不了运费。大家也不计较，总之，能见到有人路过，心里就已经很高兴了。虽然已经过去了几十年，然而，他每每说起那段岁月时，总是愁肠百结，无法释怀。

齐哈玛地处黄河南岸，虽与木西河不在同一条线上，但都是纯牧区，大致条件相同——依然没有宽敞的柏油大路，草原深处的牧区依然没有电，有些地方电话依然不通。此时我坐在车上，望着远处花白的草地，似乎闻到了草籽成熟的精纯之气。黄河岸边的黑刺林和柳树连成一片，也不失为一道绝美的风景，但还是难掩深秋时分的荒凉。

一路颠簸，下午时分总算到了。

朋友叫索南，在齐哈玛乡工作了好多年，早成齐哈玛人了。到齐哈玛后，他一边忙着生火，一边收拾屋子，而我却一点精神都提不起来。

他笑着说："难道高原反应了？"

---

① 发表于《安徽文学》2016 年第 5 期"特别推荐"，收入《黄河源笔记》，广西师范大学出版社 2019 年版。

我在甘南居住了三十多年，自然称不上是高原反应，但不知为什么，总之是打不起精神来。

"先休息一会儿吧，晚上还有战斗！"

我一听真要喝酒，便说："有点反应，恶心，头晕。"

等我醒来时已经是第二天，房间里没有"战斗"过的痕迹。

索南一进门就破口大骂："老狐狸，不地道。摇都摇不醒，连饭都不肯吃，你装什么？"其实对昨夜所发生的事情我的确没有印象。大概真有所反应，或者沿路没有看到所要看的景物而心生疑惑，开始质疑这次出行的意义，所以没有了那份热情，也没有了路上豪言壮语要大战几百回合的信心了。

我穿好衣服来到隔壁房间，这里却是一片狼藉。有人还卧在床上一动不动，床单和地上满是秽物，气味令人窒息。我很高兴躲过一劫，于是便偷偷跑到外面，准备吃点东西再回去。

街道不大，人也不多，可能是天气阴沉的原因。乡政府背后的山脚下是齐哈玛有名的扎西曲朗寺，寺院四周有很多转经的老人。我沿寺院转了一圈，遇到了路边玩耍的孩子，也遇到了匆匆忙忙赶往经堂的僧人，他们对我的到来视而不见，那些转经的老人在一圈一圈地行走，更是目空一切。当人类完全回归最初的那种平静的时候，世界或许就和谐了。我不知道怎么就突然这样去想，也不记得这句话源自何处，抑或是自己的杜撰？不管最初的想法里夹杂着怎样的贪念，而此时，我努力让自己骚乱的内心在齐哈玛宽广无垠的草原上平静下来。

太阳隐隐约约有出来的意思，不宽的街道上，摩托车也渐渐多了。一个有阳光的地方，终究让人觉得温暖。让人心怀温暖的不仅仅是阳光。齐哈玛就是一个让人内心安静的地方，你完全可以找到那种源自心灵深处的温暖，它们来自果查，来自果青，来自哇尔义，来自遥远的牧场，来自这片宽厚而温暖的土地。

吃完饭我回到了索南的房间，索南的酒已经醒了，但看上去依然是满脸疲惫。

他问我："你去扎西曲朗寺了？应该说一声，我带你去更合适点。"

我说："我吃饭去了。"他"哦"了一声，没说什么。

我问他："你吃了吗？胃里空着会更难受。"

索南摇了摇头，说："明后天要进村，一大堆工作还等着呢。基层工作实在令人头疼。"

"有那么忙吗？差不多就行了。"我笑着说。

索南的话匣子打开了，他盘膝坐在床上，慢慢悠悠说起来。

乡上就那么一条街道，日常用品倒是很齐全，就是饭馆少，谈不上好不好或香不香。以前有几家，后来陆陆续续都搬走了，四川那对青年夫妇在齐哈玛算是扎了根。男的开个摩托车修理铺，女的折腾着在修理铺隔壁开了一个很小的饭馆。一年，两年……不知不觉，她的饭馆渐渐超出了修理铺。来乡上办事的，或是工作的都盯上她一家，现在已经是乡上最大的饭馆了。

将一件事做到让大家满意是不容易的，可人家四川那个尕媳妇还真做到了。从她那儿出来的人没有一个说菜不好吃，或人不热情的。来自四面八方的牧民群众，偶尔也有忘记带钱的时候，但在她那儿吃饭是不成问题的。都不认识，可是人家就不为难你。当然了，信任和被信任是相互的。赊账的人记得清清楚楚，某年某月某日吃了多少，欠了多少，倒是那尕媳妇忘得一干二净了。齐哈玛的钱都让他们挣走了，索南无不感慨地说。我们的基层工作为什么那么难搞？政府每年都要办双语培训班，几个月下来，会说藏语的有几个？到村子或牧场与群众交流的有几个？人家四川那个尕媳妇没有参加过任何培训，也没有人专门去教她，偏偏藏语说得十分流利，原因只有一个，她是把自己的职业和利益放在同等重要的位置上了，可我们没有。

索南在齐哈玛待了十几年，有好几次县上要求他调动，他自己不去，理由是齐哈玛的许多工作都没有做好，县上的工作会更做不好。我并不是笑话他的迂腐，也没有刻意拔高他的意思，像他这样的人真的不多了。也许大家都明白这一切，但都不愿意说，更不想去做。县城的诸多条件自然要比乡下好出许多，有调动的机会，谁都不会轻易放过，这是人性使然，除非你有不可告人的秘密，或者是巨大无比的野心。然而这两样对索南来说，似乎不具备。可他为什么如此坚守？我有点迷茫。

那天下午，我跟随索南去了距离乡政府最近的吉勒合村委会，回来之后，天色已经不早了。接连下了一周阴雨，总算有了晴的迹象。西边的天空出现了片片红霞，风也变得尖利起来。街道上行人多了，摩托车来来往往，几只藏獒大摇大摆在街面上徜徉，远处山上的扎西曲朗寺在暮色下更加显得寂静而安详，但我的心却变得复杂起来。

村委会办公室是红砖砌成的三间瓦房。院子里杂草丛生，中间是旗台，五星红旗被高原的烈日灼烧得褪色不少。旗台旁边是一个水泥墩子，上面安放了雨水测量器，当然还有四个绑在一起的高音喇叭。三间房屋各有安排，左边一间似乎是厨房，因为我看见了铁锅、牛粪和柴薪。右边一间大概是值班室，因为里面有一张床和桌子。中间房屋的墙壁上挂满了各种展板和表册，且摆满了长条椅子，估计是会议室了。墙角处是一个不大的书柜，上面落满了尘土。柜子里书不多，都是国家配合农村书屋发放的致富之类的书籍。我突然理解了索南所说的基层工作的难处。千百年来，游牧民族的生活方式注定了他们必须逐草而居，居无定所。召集开会，宣传政策，计划生育，扫盲普九……这些工作使久住都市的人永远无法想象。

二

我是被外面的嘈杂声惊醒的。不知道发生了什么事，外面好像有一群人，说了一会儿就走出院子了。

没有了睡意，取出白天捡来的几个十分光滑的石头，捏在手里，想着明天该走的路，想着将要发生的故事。

半个多小时，又传来杂沓的脚步声，接着索南就推门进来了。

"天晴了，明天就带你去采日玛。你起来看看，好多星星。"索南一进来就滔滔不绝地说。

我披衣起床，在院子里撒了一泡尿。天算是彻底晴了，星星稀少，而且格外明亮。不知道采日玛那边天气怎么样？采日玛和齐哈玛虽然很近，但草原上的天气是无法说清的，一片落着雨，另一片阳光明媚，这样的情况屡见不鲜。

还未来得及上床，索南就揪住我说刚才吵闹的事情。

原来是哇尔义村的懒汉来闹，说房子塌了一间，要求乡政府立马去处理。乡政府的每个干部都不同程度承包了来自不同村子的脱贫致富对象，听起来特像那么一回事儿，可实际情况恰好与最初的想法有所违背。帮扶政策的确是落到了实处，但观念却越来越落伍。索南说起帮扶，气就来了，平缓柔和的语气突然间变得咄咄逼人。

草场实施承包围栏到户后，牧业的确有了很大的发展，牧民的生活质量也提高了许多。然而草场划分给各牧户后，放牧的范围却受到了限制，部分牧户的草场出现缺水、无牧道现象，加之草原退化严重，牲畜承载量有限，因而生产生活就出现了问题。除牧民定居点外，草场牧户依旧用太阳能电池照明，网络信号也只能覆盖到冬春季牧场的百分之三十以上地域，绝大多数村民小组无法通车，只能靠畜驮人背来运输生活物资。基础设施相对滞后，这个客观的原因说实话是很难改变的。但是，这也不足以构成穷困牧民逐年增长的主要原因。

自古以来，哪个国家和地区没有贫富的差距呢？奇怪的是有人把贫穷彻底怪罪于政府，也有人彻底依靠政府，一不经营牧业，二不出门劳动，甚至把划分下来的草场都卖了，还说过几年国家会重新分配之类的话。有这种思想的人你怎么去扶贫？这不越扶越贫吗？这样说不可怕，可怕的是一旦有这种想法，并沿着这种想法前进，那后果实在令人担忧。更可笑的是，还有些懒汉将政府发放的面粉直接背到饭馆，换上几碗炒面，屁股一转就走人。说实话，扶贫政策使有些人丧失了勤奋的本能，大到国家，小到个人，靠依赖怎么能走上富裕之路呢？

索南说了大半个晚上，我一直认真听着。

深入基层是没任何问题，但似乎彻底解决的问题并不多。索南说起每年三月初草场防火蹲点工作，更是摇头不已。想象一下，三月的高原那是怎样的境况——大雪封山，寒风刺骨，飞鸟绝迹，人迹罕至。他们去各处草地高山蹲点，的确不容易。刚走出校门分配到这里的娃娃们在大山顶上冻哭的多得是，但好像为此而不干的人还未曾出现。说到底，都是为了生存。人在生存的条件下，或者说为了更好地生存，耐力和精神或许才会发挥到极致。那些在牧场常年劳作的牧民们起早贪黑，在精神的追求上更令人肃然起敬。但我不想过分强调精神的可贵和崇高，我会想到生存，只有在生存这个巨大的压力下，各种高贵和敬仰都会出现。

三

第二天我们并没有去采日玛，因为临时的工作变动，索南他们要去齐哈玛最远的村委会——果青村检查工作。当我们攀上海拔近三千八百米的奥道齐贡玛山梁时，距离齐哈玛果青村还有一段路。天气很凉，山顶上更是凉风习习。一条河在杂生的灌木丛与无边无际的草原上立刻缩小了身形。这条被誉为伟大的母亲河流在这里似乎不再是大动脉，而成了无处不在的毛细血管。

果青村在奥道齐贡玛山梁的东南边，几千里草原一望无际，牛羊肥壮，可是很少见到人影。黄河曲折迂回，滔滔而去，也没有稍作休息的打算，留下的只是寂寞和空旷。被保护起来的草场里，黑颈鹤们窃窃私语，不知道它们在倾诉着怎样的柔情密语。

空旷是绝对的，想象和意识里，那种醇厚的原生态民歌也没有在这儿响起。金钱、荣誉、掌声似乎都和这片草原无关，如果说有关，那定然是时间了。《玛曲县志》记载了关于羌族的最早的生活生产之地"析支"就在这里。

我们可以猜想这片草原上所经历的征战，而我们难以想象的却是千百年前具体的生活状态，部落之间处理大小事务，或传达某种急要事件，也像今天这样？

到了果青村时，根本看不见有任何村落的迹象，唯一证明这里是村委会的就是草坡上修葺的几间房屋——那是村委会所在。

云彩一直在天边奔跑，聚合，分散，再聚合，它不会完全露出亮色，也不会完全将天空吞没。黄河像一条丝带，弯弯曲曲，一直消失在遥远的天边。一路几乎没有看见帐篷，但在村委会下面不远的一处草地上，我突然看见了一顶白色的矮小的用草皮搭建起来的小房子。朋友说，那是家小卖铺，坚持了好多年，专门为路人服务。我们走了下去，小房子前边是太阳能电池，电池旁边是一只凶猛的藏獒，还未进去，它就发出强烈的抗议。旁边垒牛粪墙的一个女人走了过来，将沾有牛粪的双手在草地上抹了抹，然后说："求齐告额？"①

整个草原上，小卖铺显得很小，也很孤独，里面摆放着十几瓶饮料，几箱方便面，除此之外，再无其他。我一直猜想，静静守护小铺子的主人的牧场就在附近？这里没有所谓的路人出没，那仅仅是为路人服务？是什么让他们如此死心塌地？生存这个令人汗颜的词语再次浮上我心头。在自然面前，谁敢大言不惭地说人的伟大？其实，当我们用另一种思维去理解这一切时，那种雷打不动的坚守难道不伟大？千百年来，他们日出而作，日落而息，纵然有新的生存据点可选择，但也不会离开草原。他们与生俱来就属于草原，他们已将灵魂安葬在草原，从来不会因为环境或气候而放弃坚守。

回来的路上，索南问我："是不是觉得那家小卖铺没有存在的意义？"

我说："茫茫草原上哪有路人呢？"

他说："这家小卖铺曾经救过几个深入草原的背包客，他们专门到乡政府来说绝处逢生的故事。算起来已有好几年了，从此后，这家小卖铺就一直保留在草原上，无论任何原因，都没有搬迁。"

我的眼前立刻浮现出那几个饥渴难忍的背包客，他们在茫茫草原上，拖着沉重的步子，望着高原烈日，似乎对活着失去了信心。就是这家小卖铺让他们看到了希望，并且坚定地走了出来……

这家小卖铺在草原上就这么存在着，看起来没有多大意义。然而，当身处绝境的你在这里感受到家的温暖时，它足以使你从绝望迈向新生，从

①　求齐告额，藏语，译为汉语为：要啥东西？

此对活着产生信心，并且提炼出珍贵的黄金来。

我对佛的世界知之甚少，但我能感到他存在的意义。在绿茵无边的草原上，飘动的经幡引领着人心，于是生活在草原上的人们便有了一种精神的空间。那是一种力量，一种足以使内心安稳的力量。也只有这样的力量和这种坚守，或许草原才有了新生的意义。

这家小卖铺的存在和小卖铺主人的坚守何尝不是一种精神？这种你看得见，但却因为未曾深入而无法体味到的东西，往往使我们对原本存在的某种精神和坚守嗤之以鼻，因而也将失去更多的活着的意义。悲哀的是，我们往往自以为是，在各种物欲横行的当下，背负着空虚，谈论着伟大，觊觎着高尚。

四

从齐哈玛到采日玛只有七千米，路依旧是返回玛曲县城的那条路，中途向东，穿过一座吊桥便可到达。采日玛吊桥是 1986 年修建的，桥面上积满了泥沙和碎石，看起来已经很陈旧了。齐哈玛和采日玛往来的唯一途径就是这座吊桥，牧民们为了使这条唯一的通道在岁月里能够保持长久，因而在桥的两边垒起来了两堵很高的石墙，目的只有一个，不允许大的车辆通行。

采日玛海拔依然在三千四百米左右，相比县城而言，这里纬度较低，因而有了"玛曲小江南"之美誉。继续沿着黄河前行，河道离公路越来越近，直到看见采日玛寺院。采日玛寺院背靠群山，向阳，温暖，静谧，安详，加之眼前是一泻千里的黄河，更加显得神圣而不可侵犯。

路边几个小阿克一直看着我们。我没有拍照的意思，可当我摇下车窗，他们却不住朝我摇手。我知道，任何人都不喜欢让陌生人随意举起镜头将其装进幽深的另一个世界里。我也朝他们挥了挥手，说了声"齐乔代冒"①。

其实这里还不是采日玛乡政府所在，这里只是采日玛寺院，是一个相

---

① 齐乔代冒，藏语，汉语译为：你们好。

当安静的村落。街道不宽，占地不大，几排陈旧的房屋和四周的转经筒及牛粪房，使这里多了牧业繁荣的气息。几栋二层贴有瓷砖的小楼房和花花绿绿地摆在当街的集市，又使这里附着了现代文明的烙印。

"齐哈玛乡的塔哇村怎么在采日玛乡所属的草原上？"

我问了索南他们，可他们也说不出所以然来。后来，我专门去问过我的老朋友陈拓先生，因为他主编过《玛曲县志》，对边界很熟悉。后来，他给我写信将这一情况如实相告。

1948 年，齐哈玛部落与四川阿坝麦仓部落发生了重大纠纷，齐哈玛寡不敌众，被迫逃到河曲境内，原全部草场被四川阿坝麦仓部落占用。1953 年，玛曲、阿坝开展工作，多次协商，均没有得到解决。1960 年 9 月，根据四川成都会议协议，齐哈玛得以返回原驻牧地，但只得到三分之一草场，三分之二的草场仍然被阿坝占有。齐哈玛群众返回原驻牧地之后，认为与历史放牧习惯线差距很大，因此不断上访，双方多次发生纠纷。1983 年 6 月，国务院出面协调，并指出 1960 年的"成都协议"中对齐哈玛与阿坝州草场划分界线的不合理性，但在不能否定"成都协议"的基础上加以解决，同意甘、川两省各划出二十五万亩草场给齐哈玛乡，并于 1984 年完成定点、认线、立桩工作，彻底解决了齐哈玛和四川阿坝的草场纠纷。四川从阿坝州的姜琼麦、多钦、希洛等处割出二十五万亩给甘肃，而甘肃解决的最后结果就是将采日玛乡所在二十五万亩草场划给了齐哈玛乡。

四川若尔盖县和甘肃玛曲县均在黄河第一弯温柔的臂膀里，然而平静的生活却包裹着如此激烈的不和谐，我又一次想起生存。无论历史的过去，还是将来，生存这个巨大的压力下，除了产生各种高贵和敬仰之外，似乎只剩战争了。

到达采日玛恰好是正午时分，我们没有在乡政府停留，直接去了塔哇村委会，因为那边的人已经等了很久。到了塔哇村之后，索南他们开始谈论着工作，谈论着草原沙化的治理情况。我看着天边不断涌起的乌云，开始发愁，因为我的下一站是采日玛对面的唐克。采日玛和唐克虽说只有十余千米远，但草原上的行程往往不随实际距离来确定。

我决定要提前离开，因为一旦下雨，要困好些日子。他们知道我迟早要去唐克，所以没有执意挽留。塔哇村委会书记给渡口处打了电话，然后让一个叫栋才的中年人用摩托车送我去黄河岸边。

从塔哇村出发，行走不到五千米就找不见路了，眼前全是一滩一滩的水草地，摩托车渐渐缓了下来。阴云越来越重，迎面扑来的风中已经有了雨星。

栋才对我说："这样下去，你就到不了唐克，到时候想返回都是问题。"怎么办？茫茫草原上，如果遇到大雨，那只好坐以待毙了。我在心里也不住叫苦。

栋才的技术很好，他突然调转摩托，从散开的一处铁丝围栏里飞驰过去。草地上到处都是由于冻土而形成的凹坑，我险些从摩托车上倒栽下来。

栋才大声说："抓紧，掉下去就完蛋了。"我紧紧抓住他的衣服，贴在他背上，心里一片空白。

草原上的雷声似乎没有城市里那么响亮，反而很沉闷，很厚重。闪电在头顶叫嚣，一望无际的草原上，摩托车的吼叫分外刺耳。我知道栋才突然选择穿草原而过，是因为怕遇到大雨而耽误渡船。我还知道，草原承包到户以后，是不允许他人随意践踏的。栋才大概是考虑到时间的紧迫，所以才选择了十分为难且不得已的下策来。

依旧没有在预定的时间内赶到渡口，大雨就泼了下来。摩托车不敢停，我们在草地上醉鬼一样东倒西歪，滑倒，再扶起来，继续踽踽前行。我紧紧贴在他背上，感觉不到冷，唯有担心。

还好，赶到渡口的时候雨小了好多。遥远的天边似有一道光亮，而这恰好让周边的草原立刻陷入无边的铅灰色里。

渡口处开船的是采日玛乡的一个年轻人，我们出发之前，塔哇村委会书记已经打了电话，他在大雨中焦急地等候着我们。

从摩托车上下来，周身仿佛失去了知觉。刚走到岸边，只是感觉脚下一滑，半个身子已经掉到河里了。幸好栋才眼疾手快，一把将我拎了起来。

原来岸边的流沙早已吸饱了水分，变得十分疏松。如果没有栋才，我大概早不在这个尘世了。没有了害怕，突然之间，心里有种说不出的淡定。此行不死大概是因为上天的眷顾，因为我的肩上还有不曾卸掉的重担，因为我的人生还在路上，也因为我并没有完成前生与今世的约定。

柴油机的声音在刚刚涨了不少雨水的河流中显得极其微弱。到了对面，我踏上河岸，迈开步子朝唐克的方向走去。当我回头看了下浑浊的河面和苍茫的草原时，却在无法说出的感动和莫名的怅然里泪流满面。

五

远远的我看见了唐克小镇，不大的背包，此时在肩上感觉像是一副沉重的铠甲。整整走了一个多小时，快到唐克的时候才在路边遇到了一辆去小镇子的车。搭上车，穿过白河大桥天已经黑了。

快到国庆长假了，唐克小镇提前接纳了许多旅客。师傅说："我家就在镇子上，实在找不到住的地方就住我家吧。"他说着便给我递过一张名片来，我知道了他的名字——格登扎西。

唐克同样没有躲避过刚才的大雨，街面上到处有积水。格登扎西带着我挨个打问住处，好不容易找到一家小旅馆，他送我到房间后，就回去了。

不知是什么时辰，我睁开眼睛，看见了刺目的灯光。晾在衣架上的衣服依旧湿漉漉的，外面风声一阵比一阵紧。幸好临行前在包里装了一袋牛肉干，我撕开袋子，一边慢慢嚼着，一边回想着。人不能没有理想，有了理想，为何还会生出那么多痛苦？其实当我们静下心来，想想短暂的一生里，带给自己多少精神的愉悦，或者给予了亲人多少责任的时候，或许就不会产生那么多没必要的懊悔了。可惜我们活在红尘中，无法做到尽善尽美。

这家小旅馆恰好临街，此时风已停，外面没有一点声响。我下了床，慢慢拉开了窗户。天晴了。一弯月亮挂在高原的中天，它的四周是略带微红的流云，流云的四周是几颗明亮的星星。天空幽蓝无比，十分深邃，遥不可及。

唐克和川西的任何一个小乡镇一样，有着现代文明的气息和商业城市的繁华。大大小小的车辆拥挤在小镇上，花花绿绿的手工披肩挂在阳光下，各种各样的牦牛肉干替代了常见的充饥食品，红景天、贝母等满街都是，珊瑚、松石、蜜蜡也是随处可见。在这里，你已经很难看到昔日的牛羊肥壮、牧草连天的那番景象了。旅游大兴的今天，唐克毅然决然地走出了新的一步，是喜？是忧？

沿着小镇转了一圈，回到小旅馆，我给格登扎西打了电话。他说他在若尔盖，下午过来，之后带我去首曲第一弯看日落。

第一弯最好看的地方是索克藏寺后面小山的山顶上，海拔接近四千米。我和格登扎西赶到索克藏寺时，距离落日还有段时间。我去了寺院，格登扎西开车回小镇了。

索克藏寺依山而建，宏伟壮观，寺院的经堂、僧房、转经的长廊都分散在各处，使整个建筑显得错落有致，看上去更像是一个聚居的村庄。走在寺院四周，旁边的小屋里时不时会传出朗朗的诵经声，阿克们见到陌生人都会主动微笑，极为友好。

为便于游人观景，地方政府依山修建了一条实木的长梯。在山顶远眺黄河，黄河完全失去了昔日的磅礴，没有浊浪滔天的气势，也听不到惊涛拍岸的巨响，更看不到高出地表的堤岸，它始终情意绵绵弯曲迂回于草地深处，犹如一道道飘带平铺于大地之上。

夕阳一点点变红，并且朝山边落下时，整个天地被笼罩在一片金黄中。时值深秋，岸边碧草早已枯败，它和落日融为一体，顿时令人心生无限孤寂。

看日落在唐克，看日出，自然要在采日玛。采日玛和唐克隔河相望，采日玛日出当然也是黄河首曲最迷人的景观了。

黄河在这里拐了个弯，两地均在黄河的拐弯处，奇怪的是多年来，玛曲和若尔盖为打造天下黄河第一弯之景观而你争我夺。实际上，无论从那边看，看到的景观大致一样。景观非一人所有，只可惜大家都为金钱所迷惑，非要争出你我来。"天地之间，物各有主，苟非吾之所有，虽一毫而莫取。惟江上之清风，与山间之明月，耳得之而为声，目遇之而成色，取之无禁，用之不竭。是造物者之无尽藏也，而吾与子之所共适"。没有了古人的这般心境，一心想着将自然占为己有，这又是何等的胸襟呢！

六

格登扎西给我来电话的时候天刚亮。我不好意思拒绝他的盛情，因为刚来唐克的时候已经说了我要去郎木寺的。打完电话不久，我就听到他在小旅馆的院子下面按喇叭。

收拾好东西，在小镇上吃过早饭，就出发了。

没有经过若尔盖县和花湖，但沿途同样是壮美辽阔的草原。

因为黑河牧场，我选择了这条路，但走到半途却有点后悔，路难走不说，最主要的是黑河牧场和我想象的不一样。黑河牧场植被破坏非常严重，草地上全是无数隆起的土堆。牧民浑身上下裹得严严实实，看到有游客，立即策马飞奔而来，要求骑马照相。我叹息了一声，不知道说什么好。

格登扎西见我不说话，便说："都这样，放牧的不好好放牧，都想着不劳动就能富裕。靠骑马能挣多少？草原都成这个样子了，迟早有一天会失去家园的。"

路越来越难走了，草地与石头中间往往隐藏着湿地和大坑。我真的有点怕，因为车子的倾斜，因为额头撞到挡风玻璃上的危险。

格登扎西说："怕的没有，昨晚我点了灯，磕了头，念了经的。"

我问他："每次出远门都这样吗？"

他笑了笑，说："日①。因为你心里有了挂念，就应该念个经，佛就会保佑。"

佛在哪儿呢？如果我们内心始终持有慈悲，持有善念，那么佛就时刻在我们身边。我这么想，但没有说。因为我知道，信仰就是信任和尊敬，更是一个人内心的行为准则，它不允许你仅仅挂在口头而随意亵渎。

距离郎木寺应该不远了，我们从土路终于跑上了柏油公路。

天气的变化很突然，湛蓝如洗的天空瞬间就阴沉下来。格登扎西眼睛不眨一下，认真注视着前方。我迷迷糊糊中，听见格登扎西一直在说话，但我已经记不起他说了些什么。

---

① 日，藏语，汉语相当于就是。